## À PROPOS DE L'AUTEUR

Fascinée par l'Angleterre et l'Écosse médiévales, Terri Brisbin est imbattable sur la généalogie des rois qu'elle se plaît à mettre en scène dans ses romans. Elle est également présidente d'un cercle littéraire de Washington et prodigue des conseils en ligne à de jeunes romanciers débutants.

# Mystères sur les Highlands

TERRI BRISBIN

# Mystères sur les Highlands

*Traduction française de*
MARIANNE JACKSON

LES HISTORIQUES

HARLEQUIN

*Collection :* LES HISTORIQUES

*Titre original :*
A HEALER FOR THE HIGHLANDER



**HARPERCOLLINS FRANCE**
83-85, boulevard Vincent-Auriol, 75646 PARIS CEDEX 13
Service Lectrices — Tél. : 01 45 82 47 47

www.harlequin.fr

ISBN 978-2-2804-1557-6 — ISSN 1159-5981

# Prologue

*Les terres du clan Cameron, Loch Arkaig, Écosse, l'an de grâce 1358*

Anna Mackenzie regarda Malcolm s'éloigner d'elle pour entamer la longue et dangereuse descente le long des rochers glissants de la chute d'eau. Malgré ses efforts pour s'en empêcher, elle courut jusqu'au bord du précipice lorsque la tête du jeune homme disparut et ne le quitta pas des yeux jusqu'à ce qu'il arrive en bas. Se retournant, il lui adressa un signe de la main avant de s'enfoncer dans la forêt pour regagner le village et le château en bordure du loch.

Les bras serrés sur sa poitrine, Anna soupira en fermant les yeux pour mieux laisser le souvenir de ces quelques dernières heures l'envelopper à nouveau. Ils avaient ri, couru, s'étaient embrassés et… aimés. Elle l'aimait plus que sa vie.

Car Malcolm, le fils unique de Euan Cameron, avait bravé les rumeurs et les fables sur la sorcière de Caig Falls pour venir découvrir la vérité. Or c'était Anna qu'il avait trouvée, et non sa mère. Elle soupira à nouveau : ils avaient trouvé l'amour. Peu leur importait qu'elle soit la fille de la « sorcière » et lui le fils du chef de clan. Peu leur importait leur jeune âge. Tout ce qui comptait à leurs yeux, c'était leur amour et la certitude qu'ils seraient réunis un jour. Ils en avaient fait le serment, et Anna portait tout contre son cœur le gage qu'il lui avait offert.

Au bout d'un moment, un bruit de branches cassées l'arracha à sa rêverie. Se retournant, elle vit sa mère qui l'observait dans l'ombre. Depuis combien de temps se trouvait-elle là ?

— Anna, j'ai besoin de ton aide, dit-elle.

Avait-elle vu Malcolm ? Le ton de sa voix ne laissait rien deviner. Sans attendre de réponse, elle tourna les talons et regagna la forêt.

Anna la suivit le long du sentier dérobé qui menait au jardin niché derrière des arbres touffus. Bien qu'il soit parfaitement visible à ses yeux, aucun des villageois venus à leur recherche n'avait jamais réussi à trouver ce chemin. À part Malcolm.

— Nous devons cueillir tout ce qu'il reste, annonça sa mère en montrant du doigt quelques rangées d'herbes et de plantes.

— Mais, mère, vous en avez déjà plus qu'il n'en faut ! observa Anna. Nous en avons fait sécher il y a tout juste deux semaines.

— Il va nous en falloir davantage, répliqua sa mère.

Puis, empoignant un des paniers qu'elle laissait toujours là, elle le tendit à Anna et lui fit signe de se mettre à l'ouvrage.

Cela n'avait pas de sens. Il y avait un moment précis pour récolter chaque variété de plantes qu'utilisait Lara Mackenzie pour traiter et guérir affections et maladies. Personne ne le savait mieux qu'elle, et voilà qu'elle faisait sa cueillette avec des semaines d'avance !

Anna obéit pourtant à sa mère, et elles passèrent les heures suivantes à récolter tout ce qui pouvait l'être. À la tombée de la nuit, alors qu'elles triaient et emballaient les herbes et les plantes ramassées, un étrange sentiment d'inquiétude l'envahit. Quand sa mère s'assit à la large table usée et plongea le regard dans un coin sombre du cottage, elle se décida enfin à lui poser la question qui l'avait hantée toute la journée durant.

— Est-ce que nous partons, mère ?

— Oui, dès demain.

Ces simples mots suffirent à lui déchirer le cœur. Les mains tremblantes, elle réfléchit. Elle s'était toujours gardée d'emmener Malcolm près du cottage et du jardin dérobé. Sa mère avait-elle malgré tout découvert son secret ? Ses secrets ? Que savait-elle, au juste ?

— Pourquoi ? Pourquoi abandonner tout ceci ? Et pour aller où ? demanda-t-elle avant de se diriger vers la fenêtre.

Appuyée contre le volet, elle contempla la forêt sauvage qui entourait leur demeure, attendant une explication.

— Je *sais*, Anna. Cela fait trois mois, n'est-ce pas ?

Anna ne put s'empêcher de porter les mains à son ventre. Elle ne voulait pas se tourner vers sa mère, redoutant de lire la déception et la désapprobation sur son visage. Mais lorsqu'elle s'y résolut, elle ne vit que de la tristesse, un soupçon de pitié, mais surtout la lueur de l'amour.

— Oui, mère. Trois mois ou presque.

— Quand comptais-tu me le dire, ma fille ?

La gorge nouée, elle eut du mal à répondre. Elle n'avait jamais rien caché à sa mère… avant de rencontrer Malcolm. Taire son existence et leur amour lui avait paru naturel. Du moins, jusqu'à ce moment.

— Je voulais vous le dire, mère. Il… Mal m'a dit qu'il parlerait à son père, et qu'ensuite nous…

— Malcolm Cameron, le fils du chef ?

Anna hocha la tête.

— Et tu pensais devenir sa femme ? Crois-tu vraiment que le fils du chef épouserait la fille bâtarde et sans le sou de la sorcière de Caig Falls ? Je te croyais plus avisée que cela, Anna !

Les paroles de sa mère la forcèrent à regarder la cruelle vérité en face, et à cesser de rêver et de faire semblant. Il était bien plus romantique de croire que Malcolm tiendrait sa promesse et que leur vœu de passer leur vie ensemble se réaliserait. De s'imaginer que sa famille accueillerait leur enfant avec joie. Et l'accepterait, elle. Elle laissa échapper un soupir en regardant s'envoler toutes les illusions dont elle s'était bercée pour ne pas voir la douloureuse réalité.

Sa mère s'approcha d'elle et la serra dans ses bras.

— Tout ira bien, ma fille.

Elles restèrent ainsi en silence pendant un long moment, puis sa mère desserra son étreinte et la prit par les épaules.

— Ma famille acceptera de nous recueillir, le temps que les choses s'arrangent.

Anna hocha le menton en s'efforçant de retenir les larmes qui menaçaient de la suffoquer.

— Je veux lui annoncer la nouvelle avant de partir.

— Non. C'est trop dangereux. S'il sait, il risque de commettre une folie, et alors il en sera fini de nous. J'ai déjà vu cela, Anna. Lorsqu'une femme est traitée de sorcière, et c'est ce que Euan Cameron fera devant son clan si cela sert ses intérêts, cela équivaut à une condamnation à mort. Nous n'avons pas d'autre choix que de partir. Sans tarder, et sans mot dire.

Anna aurait voulu protester, discuter cette décision, mais le visage de marbre de sa mère indiquait que rien ne pourrait l'adoucir ni la faire changer d'avis. Le bonheur, l'amour et les espérances qui la transportaient quelques heures plus tôt s'évanouirent brusquement, la laissant en proie au désespoir. Son enfant ne connaîtrait jamais son père ni sa famille. Soudain, un frisson d'effroi la parcourut. En ce triste et terrible instant, elle eut l'intuition que jamais elle ne reverrait Malcolm. Jamais plus elle ne le serrerait contre son cœur. Jamais plus elle ne l'aimerait.

Les jours et les semaines suivantes passèrent comme un songe confus : Anna et sa mère réunirent leurs affaires et quittèrent la vallée et leur maison au-dessus de Caig Falls pour gagner le Nord. Comme prévu, la famille de sa mère, les Mackenzie, accepta de les accueillir. Six mois après naquit son enfant, un garçon. Lorsque la nouvelle de l'assassinat de Malcolm par Brodie Mackintosh lui parvint, trois ans plus tard, Anna se souvint du pressentiment qu'elle avait éprouvé ce jour-là, la veille de leur départ.

Elle pleura sa mort et fit le deuil de tous les rêves qu'ils avaient partagés. Mais peut-être, un jour, retournerait-elle sur les terres des Cameron pour que son fils, le fils de Malcolm, puisse connaître sa famille et ses amis et trouver sa place parmi eux.

Peut-être un jour…

# *Chapitre 1*

*Château d'Achnacarry, Loch Arkaig*
*Printemps de l'an de grâce 1371*

Davidh Cameron se tenait derrière son laird tandis que celui-ci écoutait les doléances et les justifications de chacun. En tant que commandant des guerriers du clan Cameron sur les terres du Sud, il se devait d'assister à ces audiences. Mais bien qu'il s'efforçât de suivre chaque cas avec attention, il ne pouvait s'empêcher de tourner la tête dès qu'un bruit de pas se faisait entendre à l'entrée de la salle. Après avoir constaté qu'il ne s'agissait pas de quelqu'un du village, il parvenait enfin à se détendre.

Lorsque le chef du clan s'interrompit au milieu d'une phrase pour le regarder, Davidh comprit qu'il ne s'était pas montré aussi discret qu'il l'aurait voulu.

— Vous pouvez partir, dit le laird en hochant la tête en direction de la porte. Cette affaire n'exige pas votre présence.

Regrettant d'avoir laissé paraître son agitation, Davidh se pencha à l'oreille de Robert Cameron.

— On m'enverra chercher si nécessaire, my lord. Je préfère rester ici et m'acquitter de mon rôle.

Après avoir attendu une réponse qui ne vint pas, il

recula d'un pas pour se poster à nouveau derrière le siège de son chef.

Il ne voulait pas se dérober à son devoir. Sa place était derrière son laird pendant les rencontres officielles comme pendant ses déplacements. S'absenter lorsque celui-ci avait besoin de lui était impensable.

Mais tandis que les audiences se poursuivaient, Davidh avait l'esprit ailleurs. Et si l'état de Colm empirait ? Si sa respiration devenait encore plus laborieuse que la nuit dernière ? Son fils semblait s'affaiblir de jour en jour. Que ferait-il si le pire advenait ? Comment pourrait-il survivre à la mort de son petit garçon, lui qui avait déjà perdu son épouse et, plus récemment, ses parents ?

Les dernières années n'avaient été que mort et destruction pour Davidh et sa famille. L'accession de Robert Cameron au statut de chef de clan avait représenté le seul événement heureux au cours de cette sombre période. Fort heureusement, le règne de son frère, Gilbert, n'avait duré que quelques années. Cela avait pourtant suffi à mener le clan au bord d'un important conflit avec ses ennemis de longue date, les puissants Mackintosh, mais aussi avec l'ensemble de la Confédération Chattan. Et Gilbert était allé jusqu'à prendre son propre frère pour cible afin de l'empêcher de prétendre au rôle de laird.

C'était finalement un Mackintosh élevé parmi les Cameron qui avait renversé Gilbert, apaisant ainsi les relations entre les deux clans et avec le roi lui-même. Au cours de l'année écoulée, Robert s'était affirmé comme un chef attentif et juste. Contrairement à Gilbert, qui s'était montré cupide et cruel, le nouveau laird avait pour seule ambition d'administrer son territoire et de diriger son peuple en assurant la protection de l'un comme de l'autre.

Tiré de ses pensées par un bruit de pas sûrs et réguliers, Davidh se tourna vers la personne qui approchait. L'angoisse lui coupa le souffle. Colm ? Sans attendre que la femme parvienne jusqu'à l'estrade, son chef lui adressa un signe.

— Allez.

Davidh avait déjà dévalé les marches lorsque Margaret, la fille du forgeron, le rejoignit.

— Son état a empiré ?

— Oui, murmura-t-elle.

Le visage inquiet de la jeune fille lui en disait plus qu'il ne voulait savoir. La laissant là, il se mit à courir à toutes jambes. Colm était peut-être… Peut-être allait-il mourir, cette fois. Des bribes de prières lui revinrent à l'esprit et il se força à les réciter, implorant le Tout-Puissant pour ne penser à rien d'autre. Colm était tout ce qu'il lui restait au monde. Il ne pouvait pas le perdre.

*Pas le petit. Mon Dieu, pas le petit !*

Sans même s'en rendre compte, il sortit du château, traversa la cour, franchit les grilles et parvint au village. Arrivé devant le cottage du forgeron, il s'arrêta. La peur l'empêchait de frapper à la porte, l'empêchait même de respirer. Son cœur cognait fort dans sa poitrine. Comment allait-il affronter la mort de son fils si c'était ce qui l'attendait à l'intérieur ?

Se reprenant, il étouffa toutes ses craintes comme il avait l'habitude de le faire depuis des années et, après avoir frappé, il souleva le loquet. Lentement, en adressant au ciel une dernière prière, il ouvrit la porte et chercha son fils des yeux. Colm était étendu sur une paillasse dans un coin de la pièce, près de la cheminée. Il était enfoui sous une pile de couvertures, si bien que Davidh ne voyait que son visage pâle et ses lèvres bleuâtres, signe d'une récente crise. Son enfant vivait-il encore ?

— Entrez, chuchota Suisan en ouvrant grand la porte. Il dort, le pauvre petit. Il est épuisé par… Enfin, vous savez ce qu'il endure à chaque fois que ça le prend.

Oui, Davidh ne connaissait que trop les terribles attaques qui lui ôtaient le souffle et les violentes quintes de toux qui contractaient ses muscles, laissant ses côtes meurtries.

Mais Colm était vivant. Il avait survécu à un nouvel accès de cette maladie des poumons qui le terrassait de plus en plus souvent depuis quelques mois. Les tisanes et les cataplasmes prescrits par le dernier guérisseur qu'il avait consulté n'y avaient rien changé. À chaque crise, l'état de Colm empirait et Davidh se doutait qu'un jour, l'une d'elles l'emporterait.

Mais ce jour n'était pas encore arrivé.

— Je ne voulais pas vous déranger, seulement, cette fois, j'ai craint… le pire. Je ne l'avais jamais vu comme cela.

— Je vous remercie de prendre soin de lui, Suisan.

La corpulente dame se contenta de hocher la tête avant d'étreindre sa fille, qui venait de pénétrer dans la pièce. Penché au-dessus de Colm, Davidh l'observa avec attention, scrutant chaque souffle inspiré et expiré par son petit corps fragile. Tout en lui caressant les cheveux, il se demanda combien de crises encore son enfant pourrait supporter.

— Margaret, porte ceci à ton père, dit Suisan en tendant à sa fille un petit paquet.

Davidh fut surpris de cette demande soudaine, mais la jeune fille obéit sans discuter. Lorsqu'ils se trouvèrent seuls avec son fils endormi, Suisan s'approcha de lui.

— J'ai une suggestion à vous faire, même si je ne peux me fonder que sur des rumeurs.

— Je vous écoute, répondit-il. Vous avez toujours été de bon conseil, Suisan.

— On dit que la sorcière est de retour à Caig Falls.

C'était bien la dernière chose qu'il s'était attendu à entendre de sa bouche !

— La sorcière ?

— Oui, vous vous souvenez des histoires que l'on

racontait autrefois sur la sorcière qui vivait au-dessus de la chute d'eau ?

— Je m'en souviens, mais je n'ai pas entendu parler d'elle depuis…

Depuis qu'il était tout jeune, lorsque son meilleur ami Malcolm avait prétendu l'avoir trouvée.

— Depuis bien longtemps.

— Ce n'était pas une sorcière, mais une femme très sage, vous savez, poursuivit Suisan. Elle a disparu il y a plusieurs années et n'a plus donné signe de vie. Mais, il y a quelques jours, un garçon est tombé en escaladant la paroi, et une femme l'a soigné avant de le renvoyer chez lui, ajouta-t-elle avant de planter ses yeux dans les siens. Je crois qu'elle est de retour.

— Vous pensez qu'elle pourrait aider Colm ?

— Vous avez tenté tout ce qui était en votre pouvoir, Davidh. Pourquoi ne pas vous tourner vers elle ?

Sur ces mots, elle s'agenouilla aux côtés de Colm et borda sa frêle silhouette. Il était malade depuis si longtemps qu'il était plus petit que la plupart des garçons de son âge.

— J'irai la chercher, dit Davidh en souriant.

L'idée que, peut-être, quelqu'un pourrait venir en aide à son fils lui redonnait soudain du courage. Au moins avait-il un but, à présent.

— Si le devoir vous appelle, je peux prendre soin de lui, proposa Suisan en se levant. Rejoignez-nous pour le souper. Ensuite, vous pourrez le ramener chez vous pour la nuit.

Pendant un instant, Davidh regarda la poitrine de Colm se soulever légèrement au rythme de sa respiration, régulière et presque normale à présent. Chaque heure passée sans quinte de toux était une victoire.

— Je devrais retourner au château, reconnut-il enfin en hochant la tête.

— Allez donc ! dit-elle en le chassant d'un revers de la main. Il va sans doute dormir toute la journée.

Sachant son fils entre de bonnes mains, Davidh reprit le chemin de la forteresse. Depuis que sa sœur s'était mariée et était partie pour Édimbourg, Suisan s'était beaucoup occupée de Colm. Mara les avait quittés trois ans plus tôt, suivie du père de Davidh et plus récemment de sa mère. Mais cette brave femme ne pouvait être la solution à son problème. Ce qu'il lui fallait, c'était un fils robuste et en bonne santé.

Anna Mackenzie se tenait debout au sommet du précipice, non loin du cottage dont elle avait repris possession. Le regard plongé en bas de la chute d'eau, elle laissait les souvenirs l'envahir, des souvenirs d'autant plus douloureux qu'elle savait qu'elle ne reverrait plus jamais Malcolm. Oh ! elle n'avait pas eu la naïveté de croire que revenir à Caig Falls serait chose facile ! Mais elle le devait à son fils… À leur fils.

Était-ce vraiment possible ? Serait-elle capable de vivre ici comme sa mère l'avait fait des années plus tôt ? Au fil du temps, elle avait remarqué entre l'existence de sa mère et la sienne des similarités pour le moins troublantes. Comme était troublante l'idée qu'en ce moment même, son enfant était en train d'explorer les alentours du cottage. Dire que treize ans s'étaient écoulés depuis la dernière fois qu'elle s'était tenue à cet endroit, le cœur empli de rêves d'avenir avec l'homme qu'elle aimait !

Soudain, elle se sentit bien plus âgée qu'elle ne l'était réellement.

Iain surgit alors de la forêt et elle le regarda s'approcher. Anna ressentit une pointe de culpabilité en songeant qu'elle n'avait qu'une poignée d'années de plus que lui au moment où elle avait rencontré son père… et l'avait aimé. Iain ne savait que peu de chose sur Malcolm : elle ne lui avait révélé que le strict nécessaire pour satisfaire sa curiosité. Mais ses questions l'avaient poussée à revenir ici pour qu'il connaisse la famille de son père. Elle leur devait au moins cela, à tous les deux.

Lorsque son fils fut à ses côtés, elle désigna du doigt, tout en bas, le petit étang dans lequel se jetait l'eau de la cascade.

— Ils appellent cet endroit « la Mare de la sorcière ». Nombreux sont ceux qui ont tenté d'escalader la paroi pour parvenir jusqu'ici.

Puis elle tendit la main pour lui montrer le sentier.

— Ils ne voient jamais le chemin qui commence là-bas, dans le taillis, près du gros rocher.

— Et mon père l'a vu, lui ?

Iain se trouvait à la frontière entre l'enfance et l'âge adulte, et il avait soif de connaître ses origines. Il avait besoin d'un père, de quelqu'un qui puisse le guider dans les dernières étapes qu'il avait à franchir. Anna avait refusé plusieurs demandes en mariage depuis sa naissance, car au fond d'elle-même, elle tenait à ce qu'il connaisse son clan. Et elle avait toujours su que ce jour viendrait. Un sourire aux lèvres, elle hocha la tête tout en constatant qu'il avait encore grandi de quelques pouces. À présent, il la dépassait.

— Oui. Mais non sans avoir essayé plusieurs fois d'escalader la paroi glissante !

Comme le rire d'Iain résonnait sous la voûte des arbres, elle remarqua une fois de plus à quel point il ressemblait à son père. Était-il possible qu'elle se souvînt de tous ces détails, quand leur histoire avait été si brève ? Sa mémoire ne lui présentait-elle pas les choses telles qu'elle avait envie de les voir ?

— Regardez, mère ! s'écria alors Iain en montrant au loin la route qui menait du loch vers le sud.

Un homme à cheval se dirigeait vers Caig Falls. Lorsque Anna avait soigné ce garçon, quelques jours plus tôt, elle s'était demandé combien de temps il faudrait pour que la nouvelle de sa présence se propage. Elle avait maintenant la réponse. Laissant échapper un soupir, elle secoua la tête. Ils allaient revenir, comme avant : certains pour chercher la sorcière et d'autres simplement pour tenter de relever un défi en escaladant la paroi.

Lorsque l'homme ralentit et leva les yeux vers la chute d'eau, elle poussa son fils dans l'ombre des arbres. Le vacarme de la cascade était tel qu'il ne pouvait les entendre, mais, si un rayon de soleil se faufilait entre les arbres, il risquait de les voir. Et il était trop tôt pour cela.

Anna avait encore des tâches à terminer, des plantes à trier et des mauvaises herbes à arracher avant d'être prête à offrir ses services aux villageois. Sa mère lui avait transmis ses connaissances de guérisseuse avant de la quitter, deux ans plus tôt. C'était à sa mort que l'envie de partir avait commencé à tarauder Anna. Jusqu'alors, elle s'était satisfaite de sa vie chez les Mackenzie. La nouvelle des récents bouleversements au sein du clan Cameron n'avait fait que la conforter dans sa décision : le moment était venu. Si la sinistre réputation de Gilbert Cameron l'avait toujours découragée, son décès et l'accession de son frère au rang de chef avaient achevé de la convaincre.

Oui, le moment était venu.

— Sois prudent, Iain, lança-t-elle à son fils tandis qu'il s'éloignait. Nous ne savons pas encore si nous sommes les bienvenus ici.

Il acquiesça d'un signe de tête avant de s'enfoncer dans la forêt pour l'explorer comme le font tous les garçons qui découvrent un nouveau lieu. Nul doute qu'il rapporterait un lapin ou quelque volaille pour le souper. Ses talents de chasseur, tout comme sa faculté à accepter et à s'adapter aux situations nouvelles, la surprenaient. Elle remerciait Dieu de l'en avoir doté :

comme il eût été difficile de faire face aux résistances d'un enfant de son âge !

Anna regagna le cottage pour s'attaquer à la fastidieuse besogne de le nettoyer de fond en comble. Lorsque ce serait fait, elle pourrait ranger les plantes et les réserves. Tandis qu'elle s'affairait, soucieuse de terminer les tâches entreprises avant la fin de la journée, le temps passa à vive allure. Un craquement de feuilles et de brindilles devant la porte ouverte l'avertit de l'arrivée de Iain.

— Bonjour.

Levant les yeux, elle découvrit un homme devant sa porte. Il était si grand et si large d'épaules qu'il bouchait presque complètement l'ouverture. En s'approchant, elle vit qu'il avait dû s'accroupir pour passer la tête dans l'encadrement de la porte.

C'était l'homme qu'ils avaient aperçu en bas, sur la route. Le plaid qu'il portait autour de la taille et par-dessus l'épaule indiquait qu'il faisait partie du clan Cameron. Le tissu était sec : il n'avait donc pas escaladé la paroi de la chute d'eau pour parvenir jusqu'à elle. Ce n'était pas un bon signe pour sa tranquillité et sa sécurité.

— Bonjour, sir, répondit-elle avant de s'essuyer les mains sur son tablier et d'écarter les cheveux qui lui collaient au visage.

Elle devait faire peur à voir avec sa robe et ses joues crasseuses. Tandis que l'inconnu était… dangereusement attirant.

Ses cheveux bruns tirés en arrière dégageaient un visage aux traits virils et un cou puissant. Quant à ses yeux, qui brillaient d'un feu intense, ils avaient la couleur du bois le plus sombre de la forêt. Jamais elle n'avait vu un homme d'une telle beauté, que ce soit sur les terres des Cameron ou au Nord, chez les Mackenzie. Soudain nerveuse, elle sentit sa gorge se nouer.

— Je ne voulais pas vous importuner, commença

l'inconnu en reculant tandis qu'elle s'approchait. Mais j'ai entendu dire que vous étiez…

Il s'interrompit comme s'il ne parvenait pas à prononcer les mots que la plupart des gens employaient.

— La sorcière de Caig Falls, poursuivit-elle à sa place.

# *Chapitre 2*

— J'allais utiliser le terme de guérisseuse, mais si vous préférez celui-là…

À la vitesse avec laquelle la jeune femme avait achevé sa phrase, Davidh devina qu'elle avait l'habitude d'être traitée de sorcière. Il contempla ses yeux verts, qui se mirent à étinceler lorsqu'elle sourit. Ses lèvres roses et charnues esquissèrent une moue aussi intrigante que séduisante. Considérait-elle ce mot comme une insulte ou un compliment ? Il n'aurait su le dire.

Soudain, elle éclata de rire et il ne put détourner le regard. La poussière qui lui couvrait le visage ne parvenait pas à dissimuler les taches de rousseur qui parsemaient ses joues. Et les boucles qui s'échappaient de son fichu dévoilaient des mèches d'un roux flamboyant mêlé à d'autres nuances brunes et cuivrées. Mû par une soudaine impulsion, Davidh leva la main pour libérer le reste de sa chevelure, et il dut lutter pour arrêter son geste.

— Non, je préfère celui de guérisseuse, car il est plus juste.

Davidh n'en était pas certain. N'était-elle pas en train de l'ensorceler en le dévisageant de la sorte ? Il sentit son pouls s'accélérer tandis qu'elle avançait vers lui, et il ne songea pas à reculer pour la laisser passer. Son corps frôla le sien tandis qu'elle franchissait la porte et il se retourna pour la suivre des yeux. Quelque chose en lui sembla s'éveiller. Un sentiment curieux, qu'il n'avait pas éprouvé depuis bien longtemps.

Cette femme le troublait. Elle l'attirait d'une façon qu'il n'aurait su décrire. Elle l'excitait.

— C'est la guérisseuse que je viens chercher, mais je m'attendais à quelqu'un de… plus âgé. Est-ce vous qui avez soigné Tavish ?

— Celui qui s'est foulé la cheville en tombant ? Un garçon d'une douzaine d'années ?

— Oui, c'est bien lui. Il a chanté vos louanges auprès de sa famille et des autres. C'est ainsi que j'ai découvert votre présence ici.

— Êtes-vous souffrant ? demanda-t-elle en se penchant près de lui pour scruter son visage, puis son corps, avant de planter ses yeux dans les siens. Avez-vous de la fièvre ?

Sur ces mots, elle approcha la main de son front mais s'arrêta soudain, les doigts à quelques pouces de sa peau.

— Je vous demande pardon, dit-elle en laissant retomber son bras.

— Je n'ai aucun besoin de vos services, répondit-il avant de secouer la tête, conscient que ses mots étaient mal choisis. Mon fils est malade depuis quelque temps, rectifia-t-il, et aucun remède ne semble pouvoir le guérir.

Il haussa les épaules, luttant contre l'envie de la supplier pour qu'elle lui vienne en aide.

— Je n'ai pas encore déballé mes affaires, mais décrivez-moi ses symptômes et je vous dirai si je peux faire quelque chose pour lui.

Davidh ne put retenir un profond soupir de soulagement. Quelque chose dans l'expression de son visage lui dit qu'il s'adressait à la bonne personne. Cette femme saurait apaiser les souffrances de son enfant.

— Sa respiration se fait souvent laborieuse, commença-t-il.

Il lui fallut quelques minutes pour lui exposer tous les

maux qu'endurait Colm depuis un an, et la façon dont son état empirait de semaine en semaine. Elle hocha la tête, laissant deviner que ces symptômes lui étaient familiers. Davidh se surprit à contempler ses sourcils, qui se fronçaient chaque fois qu'elle lui demandait des précisions. Elle était bien plus méthodique que le guérisseur du village et posait des questions sensées pour tenter de comprendre de quoi souffrait son fils.

— Pouvez-vous lui venir en aide ? demanda-t-il lorsqu'il eut terminé.

— Je crois savoir quelle est la cause de sa maladie, mais je dois l'examiner pour en être certaine.

Elle promena son regard sur la clairière où était niché le petit cottage isolé avant de se tourner vers la chute d'eau.

— Pouvez-vous l'amener ici demain ?

Ce fut au tour de Davidh de regarder autour de lui. Était-ce seulement possible ? Le petit bois qui entourait la maison et la clairière était comme une île bordée par des falaises rocheuses d'un côté et de l'autre par un fleuve impétueux qui formait les chutes. Oui, bien sûr, il avait suivi le sentier escarpé que Malcolm lui avait indiqué des années plus tôt, mais pourrait-il le faire en portant son fils ? Secouant la tête, il se tourna vers la femme.

— Non. Je ne peux pas le transporter jusqu'ici dans son état. Même en empruntant le chemin à flanc de falaise par lequel je suis venu.

En apprenant de quelle façon il était parvenu jusqu'à elle, la jeune femme blêmit.

— Ne pouvez-vous pas venir au village ? demanda-t-il sans se soucier de son trouble.

Il lut le refus sur son visage avant même qu'elle ne le formule.

— Je vous paierai pour votre peine, se hâta-t-il d'ajouter.

Il était prêt à lui donner tout ce qu'il possédait, argent et biens, pour qu'elle guérisse Colm.

— Ce n'est pas une question d'argent. Je n'ai pas encore

demandé la permission du chef de clan pour m'installer ici. Pour proposer mes remèdes et mon savoir-faire aux villageois. Rendre visite à votre fils sans cette autorisation représenterait une insulte qu'il ne pourrait ignorer.

Davidh éprouva à nouveau un immense soulagement. Ce n'était pas un obstacle. Présenter cette femme à son laird serait chose facile.

— Dans ce cas, je vais vous conduire jusqu'à Robert et je veillerai à ce qu'il vous accorde le droit de vivre ici, parmi nous.

Tandis que les mots franchissaient ses lèvres, son instinct le mit soudain en garde. Le laird avait confiance en son jugement, et il accepterait cette femme sans discuter. Davidh scruta alors le visage de la guérisseuse pour y déceler quelque signe de danger, mais il ne trouva là que l'expression de la sympathie.

— Vous pourriez faire cela ? demanda-t-elle en le dévisageant avec des yeux étonnés. Je ne sais même pas qui vous êtes, j'ignore jusqu'à votre nom !

Sur ces mots, elle détourna subitement le regard et sembla réfléchir, avant de poser à nouveau les yeux sur lui.

— Je ne voulais pas me montrer impolie. Vous venez de m'offrir votre aide ! dit-elle tandis qu'un léger sourire se dessinait sur son visage.

— Comment vous en vouloir ? J'ai fait irruption chez vous sans me présenter ni m'enquérir de votre nom, répondit-il. Je m'appelle Davidh Cameron et je commande les guerriers au nom de notre chef.

Ces paroles produisirent sur elle un effet aussi surprenant qu'immédiat. Elle battit plusieurs fois des cils et ses yeux verts s'écarquillèrent avant de se remplir de larmes. Troublé, Davidh contempla à nouveau son visage. Était-il possible qu'il l'ait déjà vue ? Non : jamais il n'aurait pu oublier cette femme. Mais bientôt, elle sembla s'arracher à son étrange rêverie et posa sur lui un regard clair.

— Pardonnez-moi d'avoir refusé de vous aider, dit-elle

doucement en s'inclinant devant lui. Je ne savais pas qui vous étiez et je ne voulais en aucun cas insulter le chef ni son commandant.

Cette révérence dont il faisait l'objet le mettait encore mal à l'aise, mais il savait qu'il lui faudrait s'y habituer. Sa nouvelle position auprès du laird lui conférait du prestige ainsi qu'un certain pouvoir. Des personnes désireuses d'approcher le chef ou de gagner ses faveurs tenteraient de le faire par son entremise.

— Vos paroles ne m'ont nullement offensé, mistress, répondit-il avec un hochement de tête. Robert ne verrait sans doute pas d'inconvénient à ce que vous vous rendiez au village avant de vous présenter devant lui, mais il est vrai que d'autres pourraient considérer cela comme un affront.

Certains en effet se faisaient un devoir de protéger la dignité du chef, ou espéraient gagner quelque avantage en le flattant. Comme la jeune femme attendait, ses beaux yeux verts plongés dans les siens, il perdit un instant le fil de ses pensées. Lorsqu'il voulut reprendre la parole, il se rendit compte que lui non plus ne connaissait pas son nom.

— Comment vous appelez-vous ? se força-t-il enfin à dire.

Il voulait savoir quel prénom chuchoter lorsque, une fois seul, il penserait à elle.

— Anna. Anna Mackenzie.

— Et vous venez de… ;?

— Jusqu'à présent, je vivais auprès de la famille de ma mère, dans le Nord.

— Pourquoi avoir décidé de venir dans le Sud ? De venir ici ?

Son attitude n'était guère hospitalière, et il s'en voulait d'interroger ainsi celle qui tenait peut-être la vie de son fils entre ses mains. Mais Davidh ne pouvait négliger son devoir envers son clan. La guérisseuse tourna son regard vers les chutes avant de le planter dans le sien.

— J'ai commencé à apprendre l'art de soigner les maux dès mon plus jeune âge, et j'ai démontré des talents pour cela. J'ai toujours désiré avoir un endroit à moi. Un endroit où je pourrais pratiquer mon savoir-faire et venir en aide aux malades et aux blessés.

— À vous entendre, il s'agit d'une véritable vocation, observa-t-il, impressionné par son sérieux.

Elle sourit et il en eut le souffle coupé. Aucune femme n'avait jamais provoqué en lui une réaction aussi viscérale. En l'espace de quelques instants, elle l'avait troublé, intrigué et excité. Cela ne lui disait rien qui vaille. Ses nombreuses responsabilités exigeaient de lui une attention totale, et rien ni quiconque ne devait l'en détourner.

— Ma mère en parlait souvent en ces termes, répondit Anna. Certaines personnes sont appelées à occuper des positions ou des fonctions particulières dans leur vie. Elle était destinée à devenir guérisseuse, et il semblerait que c'est mon cas également.

— Nous avons un guérisseur au village, mais il répare surtout les blessures. Le vieux Ranald ne connaît guère mieux que tout un chacun les potions et les remèdes contre les maladies.

— Qui soigne votre fils, dans ce cas ? demanda-t-elle en s'approchant de lui.

À ce moment, une légère brise frissonna dans la clairière et un parfum enivrant parvint aux sens de Davidh. Un savon qu'elle utilisait, peut-être ? Subjugué, il tarda un peu trop à répondre et elle sembla le remarquer.

— Nous avions aussi une guérisseuse, Morag. Mais elle n'est restée que quelques mois avant de suivre son époux, qui est retourné dans son village. Elle m'a laissé une réserve importante d'élixirs et de drogues pour Colm. À présent, c'est donc Ranald qui s'occupe de lui.

Anna marmonna quelque chose avant de hocher la tête.

— Je viendrai demain matin, si cela vous convient.

— Présentez-vous devant les grilles et demandez à l'un des gardes de m'envoyer quérir. Je dois rentrer au village, maintenant.

Il était resté trop longtemps : déjà le soleil commençait à décliner. Le sentier que Malcolm lui avait indiqué se révélerait dangereux une fois la nuit tombée. Quant à escalader la falaise, il fallait être naïf, stupide ou présomptueux pour s'y risquer, quelle que soit l'heure de la journée.

— À demain, donc, dit-elle tandis qu'il la saluait d'un signe de tête avant de tourner les talons.

— Comment connaissiez-vous le chemin qui mène jusqu'ici ? demanda-t-elle.

— Je le connais depuis longtemps, mais je n'avais encore jamais eu besoin de l'emprunter.

S'arrêtant, il se tourna vers elle de façon à ce que sa voix couvre le vacarme de la chute d'eau.

— C'est mon vieil ami, Malcolm, qui m'en a parlé.

Bien qu'elle soit pour lui une parfaite inconnue, l'expression de son visage l'alarma.

— Vous sentez-vous bien, mistress ?

— Oui, dit-elle en lui faisant signe de partir. Mais je préférerais que personne ne connaisse l'existence de ce sentier.

C'était compréhensible : une femme qui vivait seule, loin du village, avait toutes les raisons de vouloir préserver son intimité… et sa sécurité.

— Je n'en parlerai à personne, Anna.

Aussitôt, son inquiétude sembla se dissiper et son visage s'illumina.

— À demain.

Il descendit rapidement le chemin et retrouva le cheval qu'il avait laissé attaché à l'ombre d'un arbre. Pour la première fois depuis longtemps, Davidh sentait son cœur se gonfler d'espoir.

Son fils ne mourrait pas.

Cette femme, Anna Mackenzie, allait le guérir. Colm grandirait et deviendrait un homme, comme Mara et lui l'avaient rêvé à sa naissance.

Non, son fils ne mourrait pas.

Maintes fois il avait répété cette litanie, mais il s'autorisait enfin à y croire.

Anna avait à peine regagné le cottage quand les tremblements commencèrent. Même ses dents claquaient, et elle dut se cramponner à la table pour parvenir à s'asseoir sur la chaise de bois. Pourvu que Iain ne rentre pas maintenant ! Elle ne voulait pas qu'il la voie dans cet état.

Davidh Cameron. Le commandant des guerriers du clan Cameron. Le conseiller du chef. Un homme influent, puissant. Capable de la faire accepter à Achnacarry comme de lui rendre la vie infernale.

Le meilleur ami de Malcolm.

Les souvenirs affluèrent soudain dans son esprit avec une force qui la suffoqua. Elle entendait la voix de Malcolm quand il lui racontait les facéties auxquelles Davidh et lui se livraient, enfants. Quand il justifiait leur décision de taquiner sa sœur en déposant un oiseau mort dans son lit, et lui narrait les répercussions de cet acte. Ou quand il évoquait leurs projets d'avenir à tous deux, lorsqu'il serait chef et que Davidh le seconderait. Malcolm lui avait révélé alors que son ami l'avait aidé et protégé à maintes reprises.

Ils étaient plus proches que des frères de sang.

Malcolm était mort depuis plus de dix ans maintenant, et Anna se demanda si Davidh pensait encore à lui. Depuis, il s'était visiblement marié et avait eu un fils.

Un fils auquel il avait donné le prénom du disparu. Ou presque : curieusement, alors que les proches de

Malcolm le surnommaient *Mal*, il avait choisi d'appeler son fils *Colm*.

Que pouvait-elle attendre de cet homme ? L'aiderait-il à rencontrer Robert Cameron et à obtenir de lui la permission de vivre sur les terres de son clan ? Mais aussi à revendiquer pour son enfant les droits que sa naissance lui avait octroyés ? Car, s'il avait vécu, Malcolm serait devenu chef. Par conséquent, son fils pouvait légitimement prétendre au même titre.

Mais cette place était à présent occupée par une autre branche du clan, et le nouveau chef avait lui-même des fils qui entendraient lui succéder. Iain représenterait une menace pour leurs projets.

Un bruit de pas à l'extérieur attira alors l'attention d'Anna. Aussitôt après, Iain entra par la porte laissée ouverte, portant le produit de sa chasse. C'était un lapin suffisamment gros pour leur fournir plusieurs repas, mais pas au point de constituer une atteinte aux droits des Cameron.

— C'est une belle prise ! dit-elle en se levant, les jambes encore tremblantes. Je vais faire un ragoût.

Elle sentit qu'il l'observait tandis qu'elle lui prenait des mains le lapin qu'il avait attrapé, tué et écorché afin de le préparer pour le dîner. Mais elle eut beau s'efforcer de maîtriser sa nervosité, c'est avec des gestes mal assurés qu'elle souleva la lourde marmite pour l'accrocher au-dessus du feu. Iain s'empressa de lui venir en aide, se saisissant du récipient comme s'il était aussi léger qu'une plume.

Son fils était en train de devenir un homme. Cela signifiait qu'il devait se préparer à la vie qui serait la sienne parmi les Cameron si son plan fonctionnait. Acquérir les talents d'un guerrier, les connaissances nécessaires à un possible successeur du chef, et bien d'autres choses encore. Des enseignements qu'elle était incapable de lui prodiguer.

Davidh Cameron, lui, ferait un parfait instructeur…

Pendant que le ragoût mijotait dans la marmite, elle réunit les herbes et les potions qu'elle emporterait au village. Ensuite, elle expliqua à Iain les diverses tâches qu'il devrait accomplir le lendemain matin, durant son absence.

Mais tout en s'affairant, elle ne cessait de tourner et de retourner dans sa tête le projet qu'elle avait conçu avant que tous deux ne quittent la famille de sa mère. À présent qu'elle avait fait la connaissance de Davidh, elle entrevoyait un autre moyen d'obtenir ce qu'elle souhaitait plus que tout pour son fils.

Ce ne serait pas facile. Cela exigerait du temps. Et ce pouvait être risqué.

Non : elle n'aurait pas la bêtise de se cacher la vérité. Davidh Cameron était bel et bien dangereux, car c'était un homme prêt à tout pour défendre son clan et son enfant. Même si la menace provenait de l'amante de son meilleur ami et de son fils.

# Chapitre 3

Les nuages s'amoncelaient dans le ciel tandis qu'Anna, après avoir traversé le village d'Achnacarry, se dirigeait vers le château. Elle se couvrit la tête de son châle de laine et jeta un pan de l'étoffe sur son panier pour en protéger le contenu. Si le chef lui accordait son autorisation, elle examinerait le fils de Davidh avant de rentrer au cottage.

Elle n'avait pas prévu de révéler sa présence avant d'être prête. Il y avait encore tant à faire ! Elle croyait entendre les déesses de la Destinée lui rire au nez. Comment avait-elle pu s'imaginer qu'elle parviendrait à maîtriser tous les aspects de son entreprise ? Si seulement ce garçon ne s'était pas aventuré si près… Mais dès lors qu'il était tombé, elle n'avait pu l'abandonner et il lui avait bien fallu le soigner.

Le soupir qu'elle laissa échapper sembla résonner sur la route tandis qu'elle se hâtait vers la forteresse, impatiente de rencontrer le chef du clan. Croisant un vieil homme, elle lui adressa un signe de tête. Elle avait rencontré des gens de tous âges sur son chemin, mais rares étaient ceux qui avaient répondu à son salut. Cela n'avait rien d'étonnant : elle était une étrangère en ces lieux. Cesserait-elle jamais de l'être, ici ou ailleurs ?

Aussi loin qu'elle se souvienne, sa vie avait été découpée en segments. De sa prime enfance, elle n'avait gardé aucun souvenir. Elle devait donc s'en tenir à ce que sa mère lui avait raconté. Puis il y avait eu les années passées à Caig Falls, quand celle-ci soignait les maladies et les blessures de tous ceux qui faisaient appel à elle. Anna ne put retenir un sourire en songeant à la période qui avait suivi : les mois passés avec Malcolm.

Oui, quelques mois magiques et merveilleux d'amour, de bonheur et d'espoir. Ces souvenirs l'aideraient à vivre jusqu'à la fin de ses jours.

Ensuite il y avait eu la fuite vers le nord, qui l'avait séparée de lui, et la naissance de leur fils. Iain n'avait que deux ans lorsque la nouvelle du meurtre de Malcolm s'était répandue dans les Highlands et parmi les différents clans. Sa mère l'avait soutenue pendant cette période de désespoir. Iain également ; c'était un petit garçon si gai et enjoué ! Son enfance était passée très vite. Puis, à la mort de sa mère, Anna avait décidé de revenir ici.

Sur les terres du père de son fils, et au sein de son clan.

Elle aperçut devant elle les gardes postés de part et d'autre des hautes grilles de fer qui s'ouvraient sur l'allée menant à la forteresse. Enverraient-ils quérir Davidh à la demande d'une étrangère ? Dès qu'ils la virent, les deux hommes vinrent se placer devant l'entrée pour lui barrer le passage.

— Que venez-vous faire au château, mistress ? demanda le plus grand.

Il avait posé la main sur la garde de son épée, montrant ainsi la méfiance qu'elle lui inspirait.

— Davidh Cameron m'a dit de me présenter ici ce matin. Il a demandé à être prévenu de mon arrivée.

Les gardes changèrent aussitôt d'expression, et une lueur passa dans leurs yeux, si fugitive qu'Anna eut à peine le temps de la remarquer. De toute évidence, ils se méprenaient sur les raisons de sa présence ici, et sur les intentions du beau commandant. Écartant son châle, elle montra les divers pots d'herbes et de potions que contenait son panier.

— Je dois examiner son fils, expliqua-t-elle.

L'air penaud, les gardes reprirent leurs places respectives de chaque côté des grilles. Le plus petit cria à un troisième qui se trouvait à l'intérieur de prévenir leur commandant. Anna s'attendait à ce que Davidh vienne la chercher, mais c'est un autre homme qui accourut à sa rencontre.

— Venez ! Venez ! lui cria-t-il.

Au signe des gardes, elle franchit les grilles et s'arrêta devant lui.

— Il vous attend, mais pour l'heure, le chef est trop occupé pour vous recevoir. Venez, vous attendrez à l'intérieur.

Elle dut hâter le pas pour le suivre et arriva devant la porte du château à bout de souffle. Il l'entraîna alors le long d'un interminable couloir qui menait à une salle bruyante. De l'entrée, on entendait un échange houleux. L'homme la prit par le bras et l'attira contre le mur.

— Restez ici jusqu'à ce que Davidh vous appelle, dit-il en désignant du menton un petit tabouret qui se trouvait là.

Puis il disparut sans lui laisser le temps de prononcer un mot.

Une fois assise, Anna parcourut des yeux la grande salle du château, cherchant la seule personne qu'elle connaissait en ces lieux. Elle entendit sa voix avant même de le voir. Debout aux côtés de son chef, il participait à une discussion. À vrai dire, cela ressemblait plutôt à une dispute, à en croire le ton furieux de l'entretien. Mais Anna était étrangère à ces procédures et ignorait si cette colère était réelle ou non.

En observant les personnes qui se trouvaient sur l'estrade, elle se rendit compte que Davidh était un homme respecté. Le chef du clan, mais aussi ceux qui le servaient, semblaient en effet le tenir en haute estime. À plusieurs reprises, le laird lui demanda conseil et les autres reprirent son opinion dans leurs déclarations. D'après ce qu'Anna comprenait, le clan avait subi une incursion sur ses terres et il s'agissait de déterminer les mesures à prendre. Bien qu'elle ne connaisse pas les détails de l'affaire, elle eut l'impression que le jugement de Davidh allait l'emporter.

— Assez ! déclara alors le chef d'une voix claire et forte, mettant fin aux débats.

Le puissant homme se renfonça dans son siège en hochant la tête, et tous reculèrent de quelques pas, attendant sa sentence. Mais au lieu de leur crier des instructions, Robert Cameron s'exprima sur un ton calme, presque à mi-voix.

— Je prendrai ma décision avant la tombée de la nuit. Vous recevrez vos ordres de Davidh.

À l'attitude de ses hommes, Anna devina leur mécontentement. Auraient-ils voulu que leur chef tranche immédiatement ou étaient-ils contrariés de voir Davidh jouer un rôle aussi important dans cette affaire ? Elle l'ignorait, mais leur désaccord était évident. Quand leur petit groupe se sépara, le commandant leva la tête et lui adressa un signe.

Ainsi, il savait qu'elle était là. Au lieu de l'appeler, il s'adressa à une servante qui se trouvait à ses côtés. Celle-ci prit un gobelet et un pichet et, longeant le mur de la grande salle, se dirigea vers elle.

— Le commandant vous fait dire qu'il va vous falloir attendre encore, mistress, dit la femme en lui tendant la coupe. Voulez-vous un peu de bière ?

Anna accepta le gobelet et elle le remplit.

— Je peux vous apporter du porridge ou du pain et du fromage, si vous n'avez pas encore mangé.

— Non, la bière me suffira, répondit Anna à voix basse en esquissant un signe de tête.

La femme s'inclina comme si elle était d'un rang plus élevé qu'elle.

— Merci beaucoup, ajouta Anna tandis que la servante s'éloignait pour rejoindre, sur l'estrade, les personnes à qui de telles marques de déférence étaient véritablement dévolues.

Son panier sur les genoux, elle laissa retomber son châle sur les épaules et arrangea les mèches qui s'étaient échappées de son fichu. Puis elle attendit en observant les allées et venues dans la majestueuse salle de réception des Cameron.

C'était donc en ces lieux que Malcolm avait vécu.

Anna ne s'était jamais rendue au village, et encore moins au château. Sa mère l'avait toujours cachée et, avant que Malcolm ne la découvre par accident dans les bois près de Caig Falls, personne n'avait eu connaissance de son existence.

Malcolm… Elle l'imaginait sans peine, enfant, courant d'un bout à l'autre de cette immense salle, ou assis sur l'estrade auprès de son père, Euan Cameron.

En tant que fils et successeur désigné du chef de clan, Malcolm avait appris dès l'enfance à se battre et à gouverner. Anna repensa aux paroles prononcées par sa mère des années plus tôt et elle comprit soudain avec effroi à quel point elle avait eu raison.

Jamais le père de son amant n'aurait accepté leur mariage. Qu'il y ait un enfant à naître n'y aurait rien changé. Le fils d'un laird était destiné à épouser la fille d'un autre laird, et non celle d'une guérisseuse sans le sou. Sans qu'elle s'y attende, les larmes lui montèrent aux yeux et elle se hâta de les essuyer. Elle venait de se rendre compte que la décision de sa mère lui avait épargné bien des souffrances. La vieille femme savait ce qui serait advenu si elles étaient restées.

La seule place à laquelle elle aurait pu prétendre dans la vie de Malcolm était celle de maîtresse. Une maîtresse aimée, certes, mais qui n'aurait pu être à ses côtés qu'aux heures sombres de la nuit et dans de rares moments volés. Et la naissance d'un fils légitime aurait relégué son propre enfant dans l'ombre. Anna essuya à nouveau son visage baigné de larmes.

Comme c'était étrange ! Ce n'était qu'en pénétrant dans cette salle qu'elle avait enfin compris tout cela. Mais à présent, il lui fallait recouvrer ses esprits avant de s'adresser au laird. Car elle devait se tailler une place ici pour que son fils puisse revendiquer la sienne au sein du clan, une fois que la vérité serait révélée.

— Anna Mackenzie, le chef vous attend.

L'homme qui l'avait escortée se tenait devant elle. Levant la tête, elle se rendit compte que toute l'assistance regardait dans sa direction. Elle avait été à ce point absorbée pas ses souvenirs qu'elle n'avait pas entendu qu'on l'appelait.

Sans perdre un instant de plus, Anna se leva, le panier au bras, et suivit son guide jusqu'à l'endroit qu'il lui indiquait. Là elle s'arrêta, s'inclina profondément devant l'homme qui était assis sur l'estrade et, les yeux baissés, attendit qu'il prononce son nom pour se redresser.

— Mon commandant me dit que vous êtes guérisseuse, Mistress Mackenzie.

— En effet, laird, répondit-elle sans lever les yeux.

— Vous semblez bien jeune, observa-t-il. Pourquoi être venue à Achnacarry ?

— Ma mère a vécu ici il y a des années, et j'ai souhaité revenir.

— Votre mère ?

C'était Davidh qui avait parlé. Anna l'entendit descendre les marches pour s'approcher d'elle.

— Vous ne m'aviez pas dit que votre mère avait vécu ici, ajouta-t-il en venant se placer entre son chef et elle. Anna ?

— Je crois comprendre, intervint Robert Cameron. Votre mère était…

Alors seulement, Anna le regarda et elle comprit qu'il savait.

— Oui, laird. Ma mère était celle que l'on avait coutume d'appeler la sorcière de Caig Falls.

Ces mots résonnèrent dans toute la pièce, non parce qu'elle avait parlé fort mais parce que toute l'assistance les murmurait à son tour.

— Mais elle n'était qu'une guérisseuse de talent et n'a jamais jeté de sorts ni de charmes, ajouta-t-elle.

— Bien entendu, répondit le laird. C'était une femme pieuse, et le reste n'est que rumeurs, affirma-t-il en faisant signe à Davidh de reculer, indiquant ainsi qu'elle ne représentait pas une menace.

Cet homme, le chef du puissant clan Cameron, venait-il vraiment de défendre sa mère contre les accusations fantaisistes mais fort dangereuses de sorcellerie dont elle avait été la cible ? Anna peinait à le croire. Pourtant, le laird la considérait avec un sourire franc qui lui plissait les yeux. Le chef à qui il avait succédé n'aurait jamais fait une telle chose, pas plus que le précédent. Jamais le père de Malcolm n'était intervenu pour défendre sa mère lorsque les menaces avaient commencé. C'était aussi cela qui l'avait décidée à fuir : toute femme traitée de sorcière se trouvait dans une situation extrêmement délicate. Au moindre incident, sa vie pouvait être sérieusement menacée.

— Oui, laird. C'était une excellente guérisseuse, et j'espère que je saurai me montrer digne d'elle.

— Eh bien, le vieux Ranald sera ravi que vous le délestiez de ces tâches. Il est plus doué pour confectionner des attelles que pour guérir les maladies. Vous resterez en haut des chutes ? Davidh m'a fait savoir que votre cottage était habitable, mais isolé.

Anna jeta un bref regard vers ce dernier, qui acquiesça de la tête.

— Ne préférez-vous pas vivre ici, au village ? demanda encore le chef.

— Les plantes que ma mère a semées poussent encore là-haut. Il est plus facile d'y cultiver ce dont j'ai besoin.

En scrutant les visages des conseillers du laird, elle se demanda lesquels chercheraient à lui nuire si elle n'acceptait pas ses conditions. Elle rencontra un regard hostile : celui de l'homme qui l'avait escortée. Soucieuse de ne pas se créer d'ennuis, elle chercha à se montrer conciliante.

— Mais, si vous le souhaitez, je peux faire en sorte de me rendre au village chaque jour pour soigner ceux qui en ont besoin.

Le chef réfléchit longuement à sa proposition. Si longuement qu'elle songea à céder et à accepter de s'installer au village. Mais alors qu'elle s'apprêtait à prendre la parole, Davidh la retint en effleurant très discrètement son bras.

— S'il vous est plus utile de vivre à Caig Falls, alors je vous en donne la permission, déclara enfin Robert Cameron. Et vous serez sous ma protection aussi longtemps que vous servirez mon clan.

— Je vous remercie, laird.

— Davidh, revenez me voir après l'avoir emmenée auprès de votre fils.

Anna soupira comme si elle avait retenu son souffle pendant un long moment. Après avoir exécuté une révérence, elle regarda le chef se lever et quitter l'estrade. Elle sentit alors sur elle les regards de l'assistance. De toute évidence, cette femme qui venait d'être accueillie parmi eux excitait leur curiosité.

— J'ai apporté ce dont je pense avoir besoin, dit-elle à Davidh, mais j'aimerais voir ce que vous lui avez donné jusqu'à présent.

— Par ici, dit-il en la conduisant jusqu'à la porte par laquelle elle était entrée.

— Qui est l'homme qui m'a escortée jusqu'ici ?

— C'est Struan, l'intendant du laird.

À ces mots, Anna s'arrêta net, interdite. C'était donc l'intendant qui avait été chargé de venir la chercher comme un vulgaire serviteur ? Celui qui l'avait regardée avec une antipathie manifeste était l'homme qui administrait et réglait tout dans le château d'Achnacarry !

— Vous avez envoyé l'intendant me chercher devant les grilles ?

— Oui, répondit Davidh. Robert souhaitait poursuivre la discussion et il fallait bien vous faire entrer. Struan était le seul dont la présence n'était pas nécessaire à ce moment-là.

Le sens pratique des hommes leur faisait parfois totalement oublier les convenances. Davidh avait poursuivi son chemin d'un bon pas, et elle dut se hâter pour le rattraper. Après avoir quitté la forteresse et traversé la cour, ils prirent le chemin du village. À présent, les gens qu'elle croisait la dévisageaient ouvertement. Ils ne tarderaient pas à savoir qui elle était : dans ces petits villages, les nouvelles se répandaient rapidement.

Lorsqu'ils quittèrent la rue principale pour emprunter un chemin, Anna sentit une odeur de métal chaud : la forge ne devait pas être loin. En effet, ils la dépassèrent bientôt et s'arrêtèrent devant le cottage qui se trouvait à côté.

— Est-ce votre maison ? demanda-t-elle en observant la grosse bâtisse. Votre épouse est-elle ici ?

À peine eut-elle prononcé ces mots qu'il fit volte-face. Son visage avait perdu ses couleurs, ce qui lui donnait un air lugubre et effrayant. Lorsqu'il avança d'un pas dans sa direction, elle dut se faire violence pour ne pas reculer.

— Mon épouse est morte de fièvre il y a plusieurs

années, murmura-t-il d'un ton sec en se penchant près d'elle. Depuis, j'élève mon fils seul.

— Je... suis..., bredouilla-t-elle sans parvenir à trouver les mots justes.

— Je ne veux pas parler de Mara devant lui. Je vous prierai donc de ne faire aucune allusion à elle lorsque nous serons à l'intérieur.

Sa voix trahissait son émotion. Elle laissait deviner une douleur si déchirante qu'Anna en eut le cœur serré.

— Cette maison...

S'interrompant, il s'éclaircit la gorge et elle sentit la sienne se nouer devant l'immensité du chagrin qu'elle percevait en lui.

— Cette maison est celle du forgeron, Jamie, reprit-il en désignant la forge du menton, et de sa femme, Suisan. Elle s'occupe de Colm quand mon devoir me tient éloigné de lui.

— Je comprends, dit-elle dans un souffle.

Davidh hocha la tête, frappa à la porte et souleva le loquet avec précaution. Elle sourit en observant ses efforts pour ne pas déranger la maisonnée. Malgré sa force et son imposante carrure, il savait faire preuve de douceur auprès de son fils souffrant.

Anna fut agréablement surprise en constatant que le cottage était aussi lumineux qu'aéré. Tant de personnes qui veillaient des malades avaient tendance à fermer les fenêtres et attiser le feu, si bien que les pièces, souvent exiguës, étaient emplies de la fumée produite par le bois et la tourbe. Selon sa mère, loin d'être bénéfique, un tel traitement faisait empirer la plupart des maladies. Suivant Davidh à l'intérieur, elle sourit à la femme qui se trouvait près de la paillasse, le visage inquiet.

— Suisan ? demanda-t-elle.

Celle-ci répondit d'un signe de tête.

— Je m'appelle Anna Mackenzie.

— De Caig Falls ?

Ces maudites rumeurs la précéderaient donc toujours, comme elles avaient précédé sa mère !

— Oui, de Caig Falls.

— Je suis contente qu'il soit allé vous chercher. Le pauvre petit ne se porte guère mieux que ces derniers jours, ce matin.

Anna, qui avait appris très tôt que les soupçons étaient difficiles à combattre, fut étonnée de cet accueil.

— Je vais vous montrer ce que la dernière guérisseuse nous a donné pour le soigner, dit Davidh.

— Je vais d'abord examiner votre fils, répondit-elle en levant la tête pour rencontrer son regard.

Peut-être sans s'en rendre compte, il s'était posté entre son fils et elle. Il avait à l'égard de l'enfant une attitude protectrice qui transparaissait dans ses moindres gestes. Cela frappa Anna et la toucha profondément, elle qui n'avait jamais bénéficié d'une telle attention.

Quittant sa posture défensive, le commandant du chef s'écarta pour la laisser s'approcher du petit garçon étendu sur la paillasse. Il fermait les yeux et elle n'aurait su dire s'il dormait. S'agenouillant, elle se pencha pour observer les mouvements de sa poitrine. Ce qu'elle vit ne lui plut guère. Le souffle faible et rapide, le son rauque de sa respiration n'indiquaient rien de bon.

Un bref examen de la couleur de ses ongles et de ses lèvres lui en apprit davantage. Puis elle le vit battre des paupières, et ses yeux s'ouvrirent tout à fait lorsqu'elle posa le dos de la main sur son front.

— Bonjour, Colm, dit-elle doucement. Comment te sens-tu aujourd'hui ? ajouta-t-elle avant de s'accroupir pour qu'il puisse voir les visages connus qui se tenaient derrière elle.

L'effrayer risquerait d'aggraver son état. Lorsqu'il tenta de s'asseoir, elle glissa un bras derrière son dos et lui tendit la main pour l'aider.

Alors, il se mit à tousser.

# Chapitre 4

L'enfant s'effondra dans ses bras, le corps secoué de spasmes. Sa poitrine haletait bruyamment tandis qu'il luttait contre la toux qui lui déchirait la gorge. Anna entendit Davidh bouger derrière elle et Suisan s'approcher, mais elle les arrêta d'un signe du menton.

— Attendez, chuchota-t-elle.

— Il faut qu'il boive ceci, dit Davidh en brandissant un petit flacon devant elle. La guérisseuse a dit de lui en donner trois ou quatre gouttes dès le début des crises.

Comme il avait déjà retiré le bouchon, elle en huma le contenu. Une décoction de pavot, et fortement dosée, à en juger par l'odeur.

— Non.

Le soulevant sur ses genoux, elle fit asseoir le garçon. D'un bras, elle l'attira contre elle et posa une main dans son dos afin de déterminer la source de la toux. Anna avait déjà vu cela, comme sa mère avant elle. Le pavot était bien la dernière chose dont le petit malade avait besoin.

— Cela va apaiser sa toux, Anna, insista Davidh en lui tendant à nouveau le flacon. Il souffre !

Le commandant souffrait, lui aussi, c'était certain. Elle le percevait dans sa voix, comme elle entendait les crachotements dans la poitrine de son fils. Et la douleur de l'un comme de l'autre lui était pénible. Mais elle savait que, si cette décoction apaiserait en effet la toux de Colm, elle rendrait sa respiration encore plus laborieuse.

— Davidh, murmura alors Suisan, et Anna vit son ombre imposante s'éloigner.

Elle écouta et observa attentivement l'enfant tandis que la crise se calmait peu à peu, jusqu'à ce qu'il parvienne enfin à respirer. Elle remarqua qu'il continuait à haleter, comme s'il craignait de provoquer une nouvelle quinte de toux en inspirant trop d'air.

— Maintenant que c'est fini, peux-tu te lever, Colm ?

— Non ! répondit son père au moment même où l'enfant faisait signe que oui.

Le garçon lança un regard hésitant à Davidh, qui finit par hocher la tête. Alors seulement il se laissa entraîner par Anna.

— Viens, je vais t'aider. Tu te sentiras peut-être mieux assis sur cette chaise pendant tes accès de toux.

Lorsqu'elle l'eut installé, elle sortit un sachet de son panier et le tendit à Suisan.

— Pouvez-vous faire infuser ces herbes dans un petit pot ? Vous les laisserez jusqu'à ce que le breuvage refroidisse.

Ensuite seulement, le vrai travail commença.

— Davidh, il vaut mieux qu'il passe plus de temps assis et qu'il reste couché moins souvent. Suisan, pouvez-vous laisser le plus possible les fenêtres du fond ouvertes, comme elles le sont maintenant ? La fumée de la cheminée et de la forge lui est nocive.

Puis elle regarda la paillasse.

— Lorsqu'il est étendu, il ne doit pas être à plat. Plus sa tête est haute, mieux c'est.

Ensuite, elle attendit que la tisane ait suffisamment refroidi. Pendant ce temps, elle se mit à examiner chaque fiole et chaque pot laissés par l'ancienne guérisseuse en interrogeant Colm sur le goût de leur contenu. Pour un enfant qui avait enduré tant de souffrances, il fit montre d'un sens de l'humour remarquable, esquissant des grimaces pour décrire les différentes drogues.

— Quel âge as-tu, Colm ? demanda-t-elle ensuite.

En réalité, elle connaissait déjà la réponse car Davidh lui avait longuement parlé de lui la veille. Mais son but était de faire parler le petit garçon.

— Huit ans.

— Mistress Mackenzie, rectifia son père dans le dos d'Anna.

— Mistress Mackenzie, répéta Colm. J'ai huit ans.

— Tu es presque un adulte, alors ?

À ces mots, son visage s'éclaira, et elle reconnut les yeux de Davidh dans ceux qui la fixaient. Son teint et la forme de son visage, en revanche, ne lui étaient pas familiers. Elle supposa donc que ces traits lui venaient de sa mère.

— Tu es donc assez grand et sage pour suivre des instructions ?

Colm hocha la tête avant de boire une nouvelle gorgée de tisane, comme pour lui donner une preuve de sa docilité.

— Oui, mistress.

— Tout d'abord, poursuivit-elle tandis qu'il la regardait, sérieux et attentif, tu ne devras t'allonger sur la paillasse que lorsque tu voudras dormir.

— Mais il est faible…, commença Davidh.

Sans tenir compte de son intervention, elle continua à s'adresser à son fils.

— Ce sera difficile au début parce que tu as l'habitude de rester couché, mais bientôt tu te sentiras assez fort pour t'asseoir, et même pour rester debout toute la journée ! Qu'en dis-tu, Colm ? demanda-t-elle en hochant le menton. Tu veux bien essayer ?

— Oui, Mistress Mackenzie !

En voyant les yeux de Suisan s'embuer, Anna devina que l'enfant n'avait pas montré un tel enthousiasme depuis longtemps.

— Et je crains d'avoir d'autres potions à te donner, poursuivit-elle. Certaines ont un goût abominable, mais elles te feront du bien. Me promets-tu de faire ce que je t'ai demandé ?

— Oui, Mistress Mackenzie ! Je vous le promets !

Davidh était en proie à un terrible doute. Certes, l'état de son fils semblait bien meilleur qu'il ne l'avait été récemment, mais cela ne pouvait pas durer. Avait-il commis une erreur en amenant cette femme ici pour l'examiner ? Soit, elle s'était installée à Caig Falls et avait déclaré être guérisseuse, et les flacons et les pots qu'elle transportait dans son panier semblaient confirmer ses dires. Mais il n'avait pas la moindre preuve qu'elle ait jamais guéri qui que ce soit ! Or il l'avait conduite ici, jusqu'à son fils. Qu'est-ce qui l'avait poussé à lui faire confiance ? Son instinct ?

Tout en remuant ces pensées, il l'écoutait. Sa façon de s'adresser à Colm le surprenait : Anna lui parlait comme à un adulte. Au lieu de le cajoler ou de lui donner des ordres, elle lui expliquait ce qu'elle faisait et lui demandait son concours. Exactement comme Davidh lorsqu'il s'adressait à ses hommes.

Tout de même, cette Anna Mackenzie semblait savoir ce qu'elle faisait, même si ses suggestions allaient totalement à l'encontre des conseils qu'il avait reçus jusqu'à présent. En l'observant, il comprit qu'elle avait une idée bien précise de la marche à suivre, et il attendit de pouvoir s'entretenir avec elle à ce sujet. Même Suisan acquiesçait d'un signe de tête chaque fois que la guérisseuse indiquait à Colm quel remède il devait prendre, et à quel moment.

— À présent, auriez-vous la gentillesse de verser de l'eau bouillante dans ce récipient et de le poser ici, sur la table ? demanda Anna à la femme du forgeron. Colm et moi, nous allons jouer à un petit jeu.

Davidh alla s'appuyer contre la porte et la regarda tandis qu'elle sortait un sachet de feuilles de son panier. Elle en choisit quelques-unes avec soin, puis elle alla chercher l'une des épaisses couvertures qui recouvraient la paillasse. Après l'avoir secouée vigoureusement, elle la plia et la replia jusqu'à ce qu'elle obtienne la disposition désirée. Curieux, Davidh l'observait sans poser la moindre question. Il en avait pourtant de nombreuses en tête, et cette femme devrait y répondre sans tarder.

Bientôt, Suisan posa devant son fils un pot dégageant des volutes de vapeur. D'une main, la guérisseuse écrasa les feuilles et les jeta dans l'eau. En quelques instants, un parfum pénétrant emplit le cottage. Anna saisit la couverture et demanda à Colm de se pencher au-dessus du pot.

— Nous allons voir combien de temps tu peux tenir sans tousser. Pendant que je compte, tu respireras lentement en t'efforçant de ne pas tousser.

À l'aide de la couverture, elle forma une sorte de tente au-dessus de lui, recouvrant ses épaules et sa tête.

— Es-tu prêt, Colm ?

— Oui, répondit sa voix, étouffée par l'épaisseur de l'étoffe.

Davidh ne put s'empêcher d'inspirer et d'expirer tandis qu'elle comptait lentement, d'une voix calme. Il attendit, guettant des signes de souffrance chez son fils, mais n'en entendit aucun. Puis cela commença.

Colm fut pris d'une quinte de toux. Comme Davidh esquissait un pas vers lui, Anna lui fit signe de rester à sa place. Elle enroula un bras autour des épaules de l'enfant pour le maintenir et lui parla avec douceur, lui indiquant comment laisser la toux venir et comment respirer pour l'apaiser. Au lieu de se faire plus violente et de déclencher une crise qui l'aurait laissé étendu sur la paillasse, les lèvres bleues et les yeux rougis, cette fois la toux se calma. Bientôt, Anna put recommencer à compter. Au-dessus de sa silhouette penchée, Davidh croisa le regard de Suisan et lut sur son visage le doute et l'espoir mêlés.

Mais n'était-il pas trop tôt pour nourrir des espoirs ? D'autres traitements, d'autres drogues avaient semblé fonctionner par le passé, puis ils avaient cessé de faire effet. Serait-ce le cas cette fois encore ? Il était si désespéré qu'il s'estimerait satisfait si l'état de son fils cessait d'empirer. Après un court moment, Anna souleva la couverture et la plaça soigneusement à côté du pot d'eau, qui avait maintenant refroidi.

— Comment te sens-tu, Colm ? demanda-t-elle.

Davidh sentit la joie lui étreindre le cœur lorsqu'il vit un sourire s'épanouir sur le visage de son enfant. Celui-ci haussa les épaules et prit une inspiration sous leurs yeux attentifs. Les exhalaisons de ces étranges feuilles avaient-elles réellement fait cesser la toux ?

— Mieux, répondit enfin le garçon en prenant une inspiration plus profonde, chose qu'il n'aurait pas osé faire une heure plus tôt. Ma poitrine ne me fait plus mal.

Cette nouvelle fut accueillie par des soupirs de soulagement, même de la part de celle à qui l'on devait cette amélioration.

— Je dois expliquer à ton père et à Suisan quand et comment te donner ces remèdes, annonça alors Anna en balayant d'un geste les divers ingrédients disposés sur la table. Veux-tu bien rester tranquillement assis sur cette chaise pendant ce temps ?

Comme l'enfant la regardait d'un air hésitant, elle ajouta :

— Je veux que tu écoutes, toi aussi, car tu dois connaître ton traitement. Tu veux bien, Colm ?

Pendant qu'elle donnait ses instructions, Davidh lut sur le visage de son petit garçon la même expression que Mara avait lorsqu'elle se concentrait sur une tâche importante. Son menton et sa façon d'incliner la tête lui rappelaient eux aussi le visage de son épouse. Seigneur, comme elle lui manquait ! Il ne supporterait pas de perdre aussi son fils.

— Je reviendrai dans quelques jours pour vous apporter d'autres feuilles et d'autres décoctions, dit alors Anna.

— Quelques jours ? répéta Davidh.

S'arrachant soudain à ses pensées, il se rendit compte qu'il n'avait pas écouté ses recommandations.

— Vous ne viendrez pas demain ?

— Non, répondit-elle en s'éloignant de Colm, non sans avoir passé affectueusement une main dans ses cheveux. Il faut attendre plusieurs jours pour que ces remèdes agissent. Si nous constatons que la toux est maîtrisée, alors je modifierai les doses.

Elle donna à l'enfant une petite tape dans le dos et se dirigea vers la porte, où Davidh se tenait toujours appuyé.

— Comme je vous l'ai dit, j'ai beaucoup à faire au cottage avant d'être prête à prodiguer mes soins aux villageois.

Il s'apprêtait à protester mais elle secoua la tête.

— Et si son état empire… ?

— Faites-moi prévenir et je viendrai, répondit-elle en le regardant dans les yeux. Mais je ne crois pas que cela arrivera.

Suisan disposa les ingrédients sur une étagère, près de la cheminée, et se mit à préparer le repas du soir. Colm observait tout ce qui se passait autour de lui avec un intérêt qu'il n'avait pas témoigné depuis de nombreux mois. Anna prit congé après avoir rangé dans son panier ce qu'elle emportait. Elle salua d'abord Colm, puis Suisan et enfin Davidh, qui la suivit à l'extérieur. Il voulait lui parler mais ne parvenait pas à trouver les mots. Après quelques pas, elle s'arrêta et se retourna pour lui faire face.

— Je ne voulais pas le dire devant lui, mais je ne peux pas savoir si ce traitement va le soulager durablement. Peut-être ne guérira-t-il ja…

Il ne put se retenir de poser la main sur sa bouche. Ses lèvres étaient douces contre sa peau et il sentit son souffle lorsqu'elle laissa échapper un petit cri étranglé.

— Je vous demande pardon, Anna. Mais après l'avoir vu comme je viens de le voir, je n'ai nulle envie d'entendre des paroles d'avertissement. Je vis depuis si longtemps avec la menace de sa mort que je n'avais pas compris à quel point cette peur me pesait jusqu'à maintenant. Maintenant que son visage a retrouvé des couleurs et qu'il respire mieux qu'il ne l'a fait depuis des mois et des mois.

Laissant retomber sa main, il soupira.

— Accordez un peu d'espoir à un père avant de le déchirer en lambeaux.

Elle sembla s'apprêter à parler mais aucun mot ne franchit ses lèvres. Ses yeux s'emplirent de larmes et elle détourna le regard. À aucun moment il n'avait voulu la faire pleurer : c'était simplement la première fois qu'il exprimait ses peurs à voix haute. Jusqu'à présent, il ne s'était confié qu'à sa défunte femme et aux ténèbres de la nuit.

— Je viendrai dans deux jours, dit-elle.

Il resta au milieu du chemin à la regarder tandis qu'elle s'éloignait sur la route du village et prenait la direction du nord. Quand elle eut disparu, il rentra dans le cottage, où il parla un moment avec Suisan et Colm avant de regagner le château. Pour la première fois depuis bien longtemps, il n'entendit pas la toux de son fils accompagner ses pas.

Anna dut déployer un immense effort pour ne pas tomber à genoux et pleurer toutes les larmes de son corps. Ce père et son fils l'avaient bouleversée. À dire vrai, elle craignait qu'il ne soit trop tard pour arracher l'enfant aux griffes de la mort. Mais comment aurait-elle pu dire cela à l'homme qui l'avait regardée avec tant d'espoir et de désolation dans les yeux ? Il savait. Oui, il savait à quel point l'état de Colm était grave. Et, d'une certaine façon, sa propre survie dépendait de celle de son fils.

Bien sûr, il n'était pas malade, ni frappé par la même affection des poumons que son garçon, mais elle était convaincue que sa mort le détruirait irrémédiablement. Arrivée à l'orée du village, elle s'arrêta. Il l'avait suivie des yeux : elle avait senti son regard dans son dos, comme une brûlure. Mais quand elle se retourna, il avait disparu.

Anna accéléra le pas, impatiente maintenant de s'éloigner de ce village. Mais l'homme et son enfant restèrent au cœur de ses pensées pendant tout le chemin du retour. Et durant le reste de la journée, tandis qu'elle arrachait les mauvaises herbes et taillait les arbustes du jardin de sa mère, leur image ne la quitta pas.

Pendant les deux jours qui suivirent, Davidh et son fils demeurèrent sa principale préoccupation. Elle pensait à eux tout en préparant des décoctions et des onguents, et même pendant qu'elle mangeait et parlait avec Iain. Quelles méthodes employer pour traiter l'affection des poumons du garçon ? ne cessait-elle de se demander. Quand le moment vint de préparer son panier pour retourner au village, elle consulta un précieux livre dans lequel elle conservait des notes sur les recettes et les remèdes de sa mère. Iain voulut l'accompagner mais elle lui demanda de l'attendre dans le cottage, bien à l'abri dans l'ombre.

Le moment de révéler son existence et ses liens avec le clan viendrait, mais Anna voulait que tout se déroule comme elle l'avait prévu. Car alors, elle ne serait plus maîtresse de la seule chose qui était vraiment à elle dans sa vie, et cette perspective ne l'enchantait aucunement.

# *Chapitre 5*

— Mistress Mackenzie !

En s'approchant du cottage du forgeron, Anna fut accueillie par la voix enjouée de Colm. Assis devant la porte, il saluait les passants et leur adressait quelques mots. Un groupe de villageois se tenait debout non loin de lui. Étaient-ce des curieux ou attendaient-ils quelque chose ? Elle n'aurait su le dire.

— Bonjour, Colm ! répondit-elle au garçon.

À la lumière du soleil, étonnamment vif ce matin-là, elle vit qu'il allait mieux. Son teint était légèrement moins pâle et terreux que deux jours plus tôt. C'était bon signe. Lorsqu'elle arriva devant lui, il tendit le bras pour tirer sur sa jupe.

— Mistress Mackenzie, je suis resté assis toute la journée d'hier, sauf pour dormir. Comme vous me l'aviez dit !

Suisan parut alors dans l'embrasure de la porte.

— Bonjour, Mistress Mackenzie, dit-elle en s'essuyant les mains sur le tablier noué autour de sa taille. Il espère que vous lui donnerez la permission de s'éloigner un peu du cottage, ajouta-t-elle en désignant du menton le petit garçon, qui semblait avoir bien du mal à rester tranquille sur son tabouret.

Anna passa la main dans ses cheveux et lui toucha le front. Pas de fièvre.

— Il faut d'abord que je l'examine. Ensuite, nous verrons si nous pouvons agrandir les murs de sa prison !

— J'ai pris tous vos remèdes, déclara Colm. Même la potion brune qui sent si mauvais ! ajouta-t-il avec une moue de dégoût.

— Est-ce bien vrai, Mistress Cameron ? demanda Anna d'un ton sérieux. A-t-il suivi mes instructions ?

Mais elle n'avait pas besoin de confirmation : les paroles enthousiastes et les manières joviales de l'enfant lui suffisaient pour savoir que son état s'était amélioré.

— C'est vrai, répondit Suisan.

— Entre donc ; nous allons voir comment tu respires, Colm.

Anna sourit en voyant le garçon sauter de son tabouret et se précipiter à l'intérieur du cottage. Il lui faudrait veiller à ce qu'il ménage ses forces. Mais en le voyant si heureux de sa vigueur retrouvée, elle savait que ce ne serait pas chose facile. Colm se laissa examiner docilement et suivit ses instructions quand elle voulut écouter sa respiration. Il se mit à tousser, mais sans les spasmes incontrôlables qui l'avaient suffoqué la fois précédente. C'était encourageant. Il était loin d'être rétabli : cela prendrait du temps, beaucoup de temps. Mais si les remèdes qu'elle lui avait administrés diminuaient les symptômes, ce serait déjà une victoire.

— Je crois que nous pouvons l'autoriser à sortir un peu demain, Mistress Cameron, conclut-elle lorsqu'elle eut terminé. Il ne doit pas courir, bien sûr, mais il peut passer un moment avec ses amis.

— Vraiment ? demanda Colm. Demain ?

— Oui. Si tu me promets de ne pas courir.

— Oui, Mistress Mackenzie, c'est promis !

Le sourire du garçon lui réchauffa le cœur. Elle retrouvait un peu son fils dans ses réactions. Ils n'avaient que peu d'années d'écart : Iain avait presque treize ans et Colm huit.

— Pour l'instant, tu peux aller t'asseoir dehors avec tes amis. Profites-en pour prévoir ce que tu feras demain.

À peine avait-elle fini sa phrase qu'il était déjà dehors. Obéissant, il resta sur le pas de la porte et appela ses amis.

— Les vapeurs ont donc été efficaces ? demanda-t-elle alors à Suisan. A-t-il toussé beaucoup ?

— Non, répondit la femme du forgeron. Un peu la première nuit, mais la toux a diminué avec chaque tisane et chaque bain de vapeur. Et il n'a refusé aucun traitement et ne s'est jamais plaint ! C'est un bon petit.

— Si seulement tous les malades qui venaient me voir étaient comme lui !

— À propos de malades qui viennent vous voir…

Anna leva les yeux vers Suisan, attendant qu'elle poursuive sa phrase.

— La nouvelle de votre arrivée s'est déjà répandue.

— Vous parlez des gens qui sont dehors ? demanda Anna avant de se diriger vers la porte.

Derrière Colm et ses amis, une file de plus en plus longue s'était formée.

— Ils sont venus me consulter ?

— Oui, si vous voulez bien les recevoir. Beaucoup souffrent de maladies que le vieux Ranald ne sait pas soigner. Pour certains, ce n'est pas grand-chose, mais je suis sûre que vous pourrez aider les autres grâce à vos herbes et à vos potions.

Les villageois, remarquant qu'elle les observait, commencèrent à avancer. Anna leur fit signe et ils se rapprochèrent. En les voyant de plus près, elle reconnut certains symptômes.

— Suisan, je ne peux pas les examiner dans la rue. Puis-je les faire entrer dans votre cottage, ou les emmener dans un autre lieu ?

— Vous êtes la bienvenue ici. Peut-être puis-je vous

être utile ? Je pourrais commencer par vous présenter aux villageois.

Bientôt, Anna put recevoir ceux qui avaient besoin de ses services. Il lui fallut plusieurs heures mais, avec l'aide de Suisan, elle réussit à parler à chaque personne venue la voir. Elle put apporter des soins immédiats à certains, mais pour d'autres, elle ne disposait pas des remèdes nécessaires. En quelques jours, elle pourrait obtenir une petite quantité de chaque ingrédient, mais il lui faudrait passer des semaines à cultiver le jardin de Caig Falls pour être véritablement prête.

Colm resta assis devant la porte, saluant tous ceux qui entraient, mais elle se rendit compte qu'il était de plus en plus fatigué. Comme elle en finissait avec son dernier visiteur, une voix tonitruante provenant de l'extérieur attira son attention.

— Malcolm Cameron, as-tu perdu la tête ?

Pendant un instant, elle eut l'impression d'être précipitée dans un autre temps, un autre lieu. Elle se dirigea en titubant vers la porte, s'attendant presque à voir Malcolm devant elle. Mais c'est Davidh qu'elle vit avancer sur le chemin. Anna se ressaisit et se tourna vers Colm, qui regardait son père approcher.

Colm.

Malcolm.

Ainsi, il avait vraiment donné à son fils le nom de son meilleur ami.

— Tu n'as rien à faire dehors ! s'exclama Davidh d'un ton brusque.

— Papa, Mistress Mackenzie m'a donné la permission !

Les yeux fixés sur Colm, Davidh n'avait pas vu la guérisseuse. Lorsqu'elle lui apparut dans la lumière du soleil, il ne sut qui, d'elle ou de son fils, était le plus pâle. S'accroupissant devant le tabouret sur lequel était assis le garçon, il observa son visage et, comme chaque jour, posa l'oreille contre sa poitrine. Il respirait sans difficulté.

— Eh bien, si Mistress Mackenzie a donné son approbation, je ne peux la contredire.

Aussitôt, il lut le soulagement sur les traits de son fils. Depuis combien de temps n'avait-il pas profité du soleil, que ce soit devant le cottage du forgeron ou le leur ? Levant la tête, il rencontra le regard d'Anna.

— Et Mistress Mackenzie, qu'a-t-elle dit d'autre ?

— S'il se repose bien aujourd'hui et qu'il suit mes instructions, il aura le droit de sortir demain, répondit-elle. Il pourra se promener un peu dans le village avec ses amis.

— À le voir, il ne s'est guère reposé.

— Non, pas encore. Ce matin, il m'a aidée à recevoir les malades venus me consulter, et je l'en remercie.

Malgré ses protestations, Davidh était tout prêt à écouter les conseils de la guérisseuse : en deux jours, le garçon avait passé plus de temps hors du lit que pendant les nombreuses semaines qui avaient précédé. Ses doutes s'étaient dissipés devant l'amélioration évidente de la santé de Colm.

Se levant, il posa une main sur son épaule.

— Tu as l'air fatigué, mon fils.

L'enfant, il le voyait bien, était tiraillé entre le désir et la raison : il n'avait aucune envie de rentrer, mais il sentait que ses forces l'abandonnaient.

— Puisque nous avons terminé notre travail, je pense que c'est le moment d'aller te reposer, Mal-colm.

Anna avait buté sur le nom de son fils. Avait-elle hésité après l'avoir entendu l'appeler par son vrai prénom ? En la regardant du coin de l'œil, Davidh surprit une expression étrange sur son visage. Non, cette maladresse cachait autre chose.

— Tu as entendu, Colm ! reprit-il cependant. Il ne faut pas désobéir à Mistress Mackenzie. Tu pourrais essayer, bien sûr, mais si tu tiens à quitter ton tabouret demain, je crois que tu as tout intérêt à l'écouter !

Colm se leva en grommelant, salua ses amis et rentra dans le cottage en traînant les pieds. Davidh, qui s'était forcé à afficher une attitude ferme, eut bien du mal à retenir un sourire. Lorsque son fils se dirigea vers sa paillasse en poussant de lourds soupirs, il dut tourner la tête pour parvenir à garder son sérieux. Mais l'enfant s'endormit presque aussitôt, lui rappelant son véritable état et sa grande fatigue.

— Je…

Il devait tant à Anna, et pourtant il n'arrivait pas à lui exprimer sa reconnaissance.

— J'ai donné à Suisan une nouvelle potion à essayer pendant les jours à venir.

Elle s'était approchée pour ne pas être entendue de l'intérieur de la maison et se tenait devant l'encadrement de la porte, l'empêchant de voir son fils.

— Les bains de vapeur semblent avoir été efficaces, ajouta-t-elle.

— Oui, très efficaces. Il ne tousse presque plus.

À nouveau, des paroles de gratitude lui vinrent à l'esprit, mais aucune ne semblait à la hauteur de ce qu'elle avait fait pour son enfant.

— Anna…

— Mais je dois vous prévenir, Davidh : ce n'est que le commencement. Ses poumons sont fragiles, et quelques décoctions et bains de vapeur ne suffiront pas à changer cela.

Que cherchait-elle à dissimuler derrière ces mots ? À quoi bon balayer du revers de la main tous les progrès qu'elle avait accomplis ?

— Il est malade depuis longtemps, répondit-il. Je sais qu'il faudra du temps pour qu'il guérisse.

— Ou pas.

Il entendit ces paroles, mais ne voulut pas les accepter.

Au cours des deux derniers jours, la petite flamme d'espoir qui avait toujours brillé dans son âme s'était ranimée, et brûlait désormais avec ardeur. À présent, pourrait-il la contenir, l'étouffer ? Devait-il le faire ?

— Parfois, poursuivit Anna en posant la main sur son bras, les remèdes ne produisent pas l'effet attendu et si… si jamais c'était le cas…

S'interrompant un instant, elle laissa son regard errer devant elle, vers le village.

— Je ne veux pas vous donner trop d'espoirs sans être certaine que vous comprenez bien la situation telle qu'elle est, Davidh.

— Je crains qu'il ne soit trop tard, Anna.

Elle battit plusieurs fois des paupières avant de le regarder.

— Je sais quelle est la situation de Colm : j'ai vu suffisamment d'enfants mourir de maladies qui ressemblaient à la sienne, dit-il.

Davidh vit alors une larme, une seule, naître au coin de son œil. Réprimant son envie de l'essuyer du revers de la main, il recula.

— J'accepterai chaque jour gagné grâce à vos traitements comme une faveur. Pour le reste, je m'en remets au Tout-Puissant.

Comme elle passait devant lui, il entendit un faible soupir franchir ses lèvres. Il eut alors l'impression qu'elle marchait avec quelque difficulté, comme si elle souffrait.

— Mistress Mackenzie, auriez-vous besoin d'un guérisseur, vous aussi ?

À ces mots, elle éclata d'un rire qui accéléra les battements de son cœur.

— Oui, je crois bien. En connaissez-vous un ?

— Le vieux Ranald est très bien si vous vous voulez vous débarrasser d'un bras ou d'une jambe.

Cette plaisanterie apaisa un peu les tensions qui l'habitaient.

— Non, rien de tel ! J'ai seulement besoin de marcher un peu après avoir passé la matinée accroupie ou penchée devant les malades. Au revoir, commandant ; je suppose que le devoir vous attend.

— Je ne dois pas retourner au château avant un moment. Je peux vous faire visiter le reste du village, si vous ne l'avez pas encore vu, répondit-il en lui désignant le chemin.

— Avec plaisir, dit-elle en lui emboîtant le pas.

Tandis qu'ils se promenaient, il lui indiqua les lieux importants du village : elle connaissait déjà la forge mais n'avait pas encore vu le four du boulanger, le moulin, près du fleuve, ni l'atelier des tisserands. Tout le monde savait qui elle était désormais, et de nombreuses personnes vinrent la saluer. Déjà elle en appelait certaines par leur nom. Cela surprit Davidh, mais elle lui expliqua que ces gens étaient venus la voir le matin même, avant son arrivée.

Il la conduisit jusqu'à la rivière qui, plus au nord, reliait le Loch Arkaig au Loch Lochy. Pour rentrer chez elle, à Caig Falls, Anna devrait longer cette rivière jusqu'à l'embouchure du Loch Arkaig, traverser le petit pont puis contourner le côté nord du cours d'eau. Celui-là même qui formait les chutes d'eau avant de revenir alimenter la rivière Arkaig. Tout en marchant, Davidh s'étonna de lui parler avec tant de facilité. Il lui raconta les histoires que l'on colportait sur certains villageois, lui expliqua les liens entre telle personne et telle autre.

— Vous ne m'avez pas montré où vous habitez, observa-t-elle sur le chemin du retour.

Il n'eut pas le temps de répondre à sa question, ni de se demander pourquoi elle la lui posait : un homme accourait à leur rencontre, criant son nom. Alors seulement, il se rendit compte que, pendant leur promenade, il avait totalement perdu la notion du temps. Robert l'attendait après le repas pour une entrevue avec l'intendant. Davidh l'avait complètement oublié.

Pourquoi une telle inconséquence ? Était-ce la joie d'avoir vu son fils assis dehors pour la première fois depuis des semaines ? Peut-être, mais pas seulement. Il y avait une autre raison : il avait passé un moment si agréable en compagnie d'Anna qu'il avait, l'espace de quelques instants, oublié son devoir. Il avait oublié son devoir !

Davidh adressa un signe de tête au messager avant de se tourner vers la jeune femme.

— Je dois partir. Reviendrez-vous demain ?

— Dans quelques jours seulement. J'ai beaucoup à faire afin de réunir suffisamment d'ingrédients pour soigner les villageois.

Il aurait voulu protester, mais il n'en avait pas le temps. Du reste, pourquoi s'en prendre à elle ? C'était contre lui-même qu'il était en colère. Après de brèves paroles de remerciement, il prit congé d'elle. Jurant en silence d'abord, puis de plus en plus fort, il courut jusqu'à la forge pour chercher son cheval, sauta en selle et se rendit au château ventre à terre.

Depuis qu'il avait pris le commandement des guerriers du clan, jamais il n'avait failli à une tâche ou à une mission, ni manqué à ses responsabilités. Jamais. Même lorsque Colm était au plus mal.

Or voilà qu'était arrivée cette jeune guérisseuse. Elle avait soigné son fils et exercé sur lui-même une attirance qu'il n'avait éprouvée pour aucune femme avant ni depuis Mara. Et il s'était laissé distraire. Distraire de son devoir.

Cela ne devait jamais se reproduire.

# Chapitre 6

Trois jours passèrent et Davidh, loin d'oublier Anna, se mit à penser de plus en plus à elle. La jeune femme n'était pas revenue au village depuis leur rencontre et son départ précipité pour le château. Bien que Robert ne lui ait adressé aucun reproche ce jour-là, il savait que d'autres chuchotaient dans son dos. Et pas toujours sur le ton de la plaisanterie. Or la situation entre les différentes factions du clan était encore instable, et il lui fallait à tout prix et en tout temps se montrer attentif et dévoué.

Lorsque la perfidie et la trahison du chef précédent avaient été découvertes, les Cameron s'étaient divisés. Les partisans de Gilbert s'étaient enfuis avant que leurs propres fautes ne soient mises au jour et qu'ils ne soient punis pour leur complicité. Bien que le choix de Robert fût aussi légitime que raisonnable, un groupe d'aînés et d'hommes respectés du clan avaient alors exprimé des doutes : celui qui avait servi en silence pour protéger ses propres secrets était-il digne de confiance ?

Aussi, depuis lors, les moindres décisions de Robert étaient-elles examinées avec la plus grande attention : on guettait des faiblesses, des erreurs de jugement. Cette observation constante s'étendait aux hommes dont il s'était entouré, et notamment au commandant des guerriers. Mais au fil des mois, et grâce au soutien du puissant chef de la Confédération Chattan, Robert était parvenu à rétablir une certaine confiance dans le traité conclu entre leurs deux clans.

Cependant, il eût été désastreux que le commandant du laird ne semble pas préparé à entraîner et diriger l'ensemble des guerriers du clan Cameron. C'est pourquoi, depuis trois jours, Davidh se consacrait tout entier au travail. Sachant que la santé de Colm s'améliorait, il restait au château du matin jusqu'au soir.

Il travaillait avec ses hommes sur le terrain d'entraînement, confiait à des gardes et à des guerriers des réparations dans des bâtiments du château et ailleurs. Bien que ces travaux ne leur plaisent guère, ils augmentaient leurs forces et leur endurance tout en étant utiles.

Malgré ces journées éreintantes, lorsque la nuit venait, Davidh ne parvenait pas à trouver le sommeil : la guérisseuse aux yeux verts occupait toutes ses pensées. Comme un jeune homme sans expérience, il tournait et retournait dans son esprit les moindres paroles, les moindres gestes de la belle. Aussi, le quatrième matin qui suivit leur promenade dans le village, décida-t-il d'aller la trouver. Colm ne s'était pas porté aussi bien depuis des mois : il décida donc que le garçon était capable de faire le chemin jusqu'aux chutes. S'il se fatiguait trop vite ou trop facilement, ils feraient demi-tour.

Pour justifier sa venue, Davidh expliquerait qu'il leur manquait des herbes pour les bains de vapeur et qu'il souhaitait payer les remèdes qu'elle lui avait déjà fournis. Sa décision prise, il se dirigea vers le cottage de Suisan pour aller chercher son fils. Mais à peine était-il sorti de sa maison qu'il manqua se heurter à une femme qui venait vers lui.

— Bonjour, Lilias. Je te demande pardon, dit-il en saisissant sa voisine par le bras pour l'empêcher de tomber : je ne t'avais pas vue.

— Bonjour, Davidh, répondit-elle.

Comme elle se redressait, il la lâcha.

— Tu sembles bien pressé, aujourd'hui. Est-ce ton fils qui te cause du souci ?

Davidh n'avait pas de temps à perdre s'il voulait aller jusqu'aux chutes et revenir avant la nuit. Mais il ne pouvait tout de même pas se montrer grossier envers une femme qui était venue tant de fois l'aider à s'occuper de son fils.

— Non, Colm va bien, dit-il en souriant, heureux d'annoncer de bonnes nouvelles. Son état s'est amélioré dernièrement. Mais aujourd'hui, ajouta-t-il en jetant un regard vers la forge, je l'emmène chez la guérisseuse.

— Tout le monde attend son retour, répliqua Lilias. Est-il sage de l'emmener si loin ?

Davidh perçut dans son regard une lueur qu'il ne lui connaissait pas. La femme était-elle en train de mettre son jugement en doute ou se montrait-elle simplement curieuse ?

— C'est aussi pour cette raison que je vais là-bas, répondit-il avec un haussement d'épaules. Elle n'a pas donné signe de vie depuis quatre jours. Les garçons du village ne l'ont pas vue près des chutes. Or Robert lui a accordé sa protection et…

Il s'interrompit, ne voulant pas aller jusqu'à prétendre qu'il était chargé de veiller à la sécurité de la guérisseuse.

— Viens donc souper à la maison à ton retour, dans ce cas ! dit Lilias en souriant. Cela fait longtemps que nous n'avons pas partagé un repas. Et viens avec ton fils. J'ai un ragoût sur le feu qui suffira largement pour nous trois !

Davidh se mit à l'observer attentivement. Il n'avait encore jamais remarqué ses coquetteries dans la coiffure et la toilette, et pourtant elles étaient là, sous ses yeux. Certes, il y avait longtemps, bien longtemps qu'il n'avait courtisé une femme, mais il comprit fort bien ce qu'elle était en train de faire. Comme elle enroulait une boucle de cheveux autour de ses doigts, il sut qu'elle essayait de le séduire.

— Je te remercie, Lilias, mais je ne sais pas quand je vais rentrer, ni si Colm aura encore assez de forces pour une visite…

Il s'efforça de contenir son impatience en se rappelant à nouveau toutes les gentillesses que, comme de nombreux villageois, elle avait eues pour son fils et lui. Mais bientôt, il n'y tint plus.

— Je dois partir.

— Une autre fois, dans ce cas ? répondit sa voisine en s'écartant pour le laisser passer. Tous mes vœux de santé pour ton fils !

Davidh la salua d'un signe de tête avant de s'éloigner à grands pas. Il passa devant le forgeron, qui le salua ; son cheval se trouvait chez lui car il venait de réparer l'un de ses fers. Puis il poursuivit sa route jusqu'au cottage, qu'il trouva vide. Comme Jamie criait pour attirer son attention, il se tourna vers le chemin qui menait au puits, situé au centre du village. Suisan et Colm en revenaient, et son fils portait un seau.

Pas une fois il ne s'arrêta pour le poser à terre et reprendre son souffle.

Et tout en marchant, il parlait avec Suisan.

Davidh, en revanche, sentit l'air lui manquer en voyant ce nouveau Colm approcher. Chaque jour, l'enfant se portait un peu mieux que le précédent. Et chaque jour, son espoir grandissait, malgré les avertissements d'Anna sur la véritable nature de sa maladie. Le garçon était souffrant depuis si longtemps que, même si cette amélioration n'était en réalité qu'un répit, elle lui semblait une bénédiction.

— Papa ! s'écria Colm en l'apercevant. Regarde, regarde !

Prenant le seau à deux mains, il se mit à trotter vers lui. Davidh n'eut pas le cœur de lui ordonner de ralentir :

il y avait une telle joie sur le visage de son fils qu'il se contenta de le regarder sans mot dire. Lorsque l'enfant le rejoignit, la moitié du seau s'était répandue sur la route. Davidh s'accroupit en riant pour accueillir le petit dans ses bras.

— Papa, je l'ai porté tout au long du chemin ! s'exclama Colm.

Arrivée à leur hauteur, Suisan ramassa le seau.

— Oui, c'est vrai, dit-elle sans dire un mot de l'eau qu'il avait renversée.

— Comment te sens-tu, Colm ? As-tu des douleurs dans la poitrine ? demanda Davidh en posant la main sur son torse, puis dans son dos, attentif à sa respiration.

— Je vais très bien, papa. Suisan le pense aussi. Et même Mistress Mackenzie !

— Mistress Mackenzie ? Quand est-elle venue ? demanda-t-il à Suisan en se relevant.

— Elle est arrivée très tôt ce matin, Davidh. Vous veniez de partir quand elle a frappé à la porte.

Anna était donc venue ? Avait-elle attendu son départ pour rendre visite à Colm ?

— Elle a expliqué qu'elle avait beaucoup à faire au cottage, mais qu'elle voulait apporter des remèdes pour Colm et pour certains villageois qui en avaient besoin, dit Suisan.

Elle lui montra le panier posé à côté de la porte, désormais garni de petits cadeaux laissés pour la guérisseuse en échange de ses services.

— Colm et moi avons tout distribué, ajouta-t-elle.

Davidh était à la fois déçu et enchanté. Que son fils soit assez vigoureux pour parcourir le village en tous sens lui donnait une nouvelle raison d'espérer. Mais il était peiné d'apprendre qu'Anna aille et vienne sans chercher à le voir.

— A-t-elle dit quand elle reviendrait ? J'avais prévu d'aller la trouver, dit-il en esquissant un signe de tête vers son fils. Il fait assez beau pour faire la route jusqu'aux chutes, et Colm semble être assez vaillant.

Le garçon réagit comme il l'avait prévu. Il montra même un tel enthousiasme que Davidh, craignant qu'il ne s'épuise avant même leur départ, dut freiner ses élans. Bientôt, munis du panier d'Anna, ils partirent vers le nord. Ils devaient longer le loch jusqu'à son extrémité avant de se diriger vers les chutes. Davidh empêchait son cheval de prendre le galop et tenait son fils serré contre lui pour le protéger des cahots de la route.

Ils cheminèrent tout d'abord en silence, mais, à mesure qu'ils approchaient de leur but, Colm commença à poser des questions sur Caig Falls. Davidh lui raconta les maintes fois où, enfants, son meilleur ami Malcolm et lui avaient tenté d'escalader les rochers glissants sans jamais y parvenir, comme Tavish et bien d'autres après eux. Lorsqu'ils arrivèrent devant la profonde mare qui recueillait l'eau de la cascade avant de l'entraîner vers le sud pour rejoindre la rivière, Colm se figea, les yeux fixés sur la falaise qui se dressait devant lui.

— Comme c'est haut !

— Oui, répondit Davidh. Tavish a eu beaucoup de chance de s'en tirer avec un pied foulé. Il aurait pu se briser les os ! Que cela vous serve d'avertissement, à tes amis et toi : cet endroit est terriblement dangereux.

Mais il ne se faisait guère d'illusions : ses paroles n'auraient sans doute pas plus d'effet que celles qu'avait prononcées son père bien des années plus tôt. Dès qu'ils avaient entendu parler de la sorcière, Davidh et ses amis avaient passé le plus clair de leur temps au pied de la falaise, s'évertuant en vain à gravir la paroi rocheuse. Des rumeurs attribuaient aux pouvoirs de la vieille femme la maladie qui, un été, s'était abattue sur le bétail. D'autres évoquaient les sorts qu'elle jetait et… les philtres d'amour dont elle avait le secret.

C'était pour se procurer un de ces élixirs que Malcolm était parti à sa recherche.

— Comment va-t-on faire pour aller chez Anna ? demanda son fils.

— Il y a un chemin caché, mais tu dois me jurer de ne jamais en parler. Ni à tes amis ni à personne d'autre.

Il s'agissait autant d'éloigner les importuns que de préserver la sécurité de la guérisseuse.

Avec la solennité d'un novice qui prononce ses vœux, Colm hocha la tête en signe d'acquiescement. Davidh le déposa sur le sol avant de mettre lui-même pied à terre et d'attacher sa monture à un arbre. Puis il s'accroupit, laissant l'enfant monter sur son dos : ce serait le moyen le plus commode pour le porter le long du sentier abrupt. Ils se dirigèrent alors vers le taillis qui masquait l'entrée de la grotte, d'où partait le chemin menant jusqu'à Caig Falls.

Sa progression fut plus lente que la fois précédente, mais il parvint bientôt au sommet du précipice. Poursuivant sa marche jusqu'au cottage d'Anna, il trouva la porte ouverte, mais la maison vide. Elle travaillait sans doute dans le champ qu'elle appelait son jardin, bien qu'il fût à son sens bien trop vaste pour un tel qualificatif.

— Anna ! appela Colm dans son dos.

Se rappelant soudain qu'il portait encore son fils, Davidh se pencha pour le laisser descendre.

— Anna ! répéta celui-ci en courant vers la femme qui, à genoux, était occupée à creuser la terre. Papa m'a emmené vous voir !

À ces mots, elle se leva d'un bond, se frotta rapidement les mains et prit l'enfant par les épaules. Puis, s'agenouillant devant lui, elle lui toucha les joues et le front. Davidh comprit soudain qu'elle le croyait souffrant : ne lui avait-elle pas dit de venir la trouver si son état empirait ?

— Anna, il va bien ! dit-il en les rejoignant. Il va bien !

Mais l'inquiétude ne quitta pas immédiatement son visage ; elle ne se dissipa que lorsque Anna eut écouté la respiration et examiné le visage de l'enfant. Alors elle se leva et secoua ses jupes couvertes de terre.

— Ne vous voyant pas revenir au village, et vous sachant seule ici, j'ai voulu m'assurer que vous étiez en sécurité.

Lui-même trouvait son explication peu convaincante, mais la jeune femme hocha la tête.

— J'ai vu ce garçon ce matin même, répliqua-t-elle cependant. Mais je vous remercie de m'avoir rapporté mon panier.

Son panier ? Davidh l'avait complètement oublié. Mais pas son fils, qui le brandissait à présent devant elle.

— Qu'est-ce que tout cela ?

— Eh bien…, commença Colm. La mère de Tavish vous fait porter ce fromage. Le pain vient du boulanger et de sa femme. Quant au fil à coudre, c'est de la part de Mistress Cameron — vous savez, celle que l'on appelle Peggy. Oh ! et le vieux Ranald a dit qu'il vous donnerait ses aiguilles et ses bobines de fil la prochaine fois que vous descendrez au village, puisqu'il n'en aura plus besoin.

Dans un flot ininterrompu de paroles, accompagnées de force gestes, l'enfant continua à décrire le contenu du panier et à expliquer qui avait déposé chaque chose.

— Merci de m'avoir apporté tous ces cadeaux, dit Anna en souriant, le panier serré contre elle. Mais cela aurait pu attendre ma prochaine visite.

— Le pain aurait été rassis, observa Colm.

— Ils aiment payer leurs dettes avec promptitude, ajouta Davidh.

— Ah. Je n'avais pas songé à cela, répondit Anna.

— Mais surtout, ils tenaient à vous remercier pour votre gentillesse et vos soins.

Anna sourit à son fils, puis leva vers lui des yeux brillant de larmes. Était-elle surprise que les villageois lui témoignent leur reconnaissance ? Cela ne se faisait-il pas dans la région d'où elle venait ? Peu importait : à présent, elle était ici, et elle continuerait à recevoir ce genre de cadeaux, ainsi que d'autres marques de gratitude.

— Avez-vous besoin d'aide pour travailler la terre ? demanda-t-il pour changer de sujet.

Le champ qui s'étendait devant eux était couvert d'herbes folles, mais il savait qu'il se trouvait parmi elles des espèces qu'elle souhaitait garder et cultiver.

— Je pourrais vous envoyer quelques-uns de mes hommes pour les travaux les plus pénibles.

Pendant un instant, il crut, à l'expression de ses traits, qu'elle allait refuser. Puis elle se retourna, posa les mains sur les hanches, ses adorables hanches, et contempla le vaste terrain en friche.

— Mais vous seriez forcé de leur indiquer le chemin qui mène ici.

— Je pourrais les laisser escalader la falaise, mais je crains que les volontaires soient peu nombreux.

À ces mots, Anna éclata d'un rire cristallin et se tourna vers lui avec un visage réjoui qui le fit sourire à son tour.

— Vous plaisantez ! s'écria-t-elle en esquissant un geste en direction de Colm, qui dévisageait Davidh comme s'il eût parlé une langue étrangère.

— Bien sûr que je plaisante ! Je les obligerai à prononcer un serment, comme mon fils l'a fait, avant de leur montrer le sentier. Qu'ils révèlent votre secret, et ils périront aussitôt foudroyés !

À présent, c'était Colm qui riait, et Davidh se jura de faire tout ce qui était en son pouvoir pour entendre ce son le plus souvent possible. Il voulait que ce sourire illumine son visage pour toujours et que plus jamais la douleur ne revienne.

— Ne me dites pas que vous avez imposé un tel serment à votre fils ! s'exclama la jeune femme en secouant la tête. Il est bien trop jeune !

Anna ébouriffa les cheveux de son fils, comme elle le faisait chaque fois qu'il les avait vus ensemble, Colm et elle. Ce geste lui était naturel, comme si elle connaissait bien les garçons de son âge.

— Vous êtes sous la protection du laird, Anna. En vérité, personne ne peut vous importuner sans subir le jugement de Robert. Vous ne risquez rien.

— Très bien, commandant. Dans ce cas, j'accepte votre aide avec joie. Il y a certaines tâches dont je ne peux me charger moi-même.

Saisissant son panier, elle montra le cottage d'un signe de tête.

— Voulez-vous boire quelque chose avant de rentrer au village ?

Elle avait prononcé ces mots avec grâce et chaleur, et pourtant Davidh eut la nette impression qu'elle lui demandait de partir. Il promena un regard autour de lui, puis scruta les bois derrière le cottage : se pouvait-il que quelqu'un se cache là-bas ? Le vent murmurait à travers les arbres et la lumière ondoyante du soleil jetait des taches d'ombre et de lumière sur le sol. Mais ils étaient seuls.

Colm accepta pour eux deux et, s'attachant aux pas d'Anna, la suivit jusqu'au cottage et attendit qu'elle entre. Quoique heureux de l'enthousiasme et de la curiosité que montrait son fils, Davidh n'oubliât pas que l'enfant se fatiguait facilement. Trop têtu pour reconnaître une telle faiblesse, Colm ne se ménageait pas et risquait d'en souffrir plus tard. Dès qu'ils se seraient rafraîchis, il ramènerait son fils au village.

Comme il baissait la tête pour pénétrer dans le cottage, quelque chose attira son attention. Se retournant, il aperçut une ombre qui filait vers l'autre côté de la maison et recula d'un pas. Était-ce un homme ou un animal ? C'est alors qu'Anna l'appela, l'invitant à entrer.

— J'ai cru voir quelqu'un entre le cottage et la falaise, dit-il en acceptant le gobelet cabossé rempli d'eau qu'elle lui tendait. Se peut-il qu'un des garçons du village ait réussi à escalader les rochers ?

— Je n'ai vu personne. Mais des cerfs ont réussi à monter jusqu'ici. J'imagine qu'ils vont s'empresser de brouter tout ce que je ferai pousser !

— Vous voulez de l'aide pour les faire fuir, Mistress Mackenzie ? Je pourrais venir avec mes amis. Ils accepteraient volontiers ! déclara Colm avant de tourner son visage sérieux vers Davidh. Ils jureraient de ne rien dire, eux aussi !

Anna lui tendit un gobelet et lui fit signe de boire. Comme il s'exécutait, elle posa un bras sur ses épaules.

— Tout d'abord, il faut que tu retrouves la santé et que tu reprennes des forces, dit-elle en le serrant contre elle. Et si tu…

— … Bois toutes les potions infectes et que je me repose…, poursuivit Colm, devinant la suite.

— Alors ton père et moi pourrons envisager de te laisser chasser les cerfs.

— Je crois qu'il est temps de rentrer au village, Colm.

— Mais, papa…

— Nous sommes venus sans prévenir, et nous avons interrompu Mistress Mackenzie dans son travail. Prends congé d'elle afin qu'elle puisse se remettre à l'ouvrage.

Étrangement, Davidh avait encore moins envie que son fils de quitter cet endroit et cette femme. Il sentait poindre en lui le désir de travailler à ses côtés. De regagner ce cottage avec elle à la fin de leur journée de labeur. Mais il s'arracha bien vite à cette rêverie pour retrouver ses responsabilités : il devait ramener son fils à la maison au plus vite.

— Nous espérons vous voir bientôt au village, dit-il, sortant le premier.

Puis il s'accroupit, laissant Colm grimper sur son dos. À nouveau, Anna éclata de rire.

— Je me demandais comment vous aviez fait pour

monter ! Soyez prudent en descendant. Les dernières pluies ont rendu le chemin glissant près de l'entrée de la grotte.

Davidh hocha la tête et, se levant, enroula les bras autour des jambes de son fils pour mieux le maintenir. Puis il se souvint du message qu'il avait été chargé de transmettre.

— Lady Elizabeth, l'épouse du laird, souhaite que vous lui rendiez visite la prochaine fois que vous irez au village. Elle a été très heureuse d'apprendre qu'une nouvelle guérisseuse était parmi nous.

— Si vous la voyez demain, dites-lui que je n'y manquerai pas.

Davidh marcha jusqu'au bord du précipice, puis tourna pour s'engager sur le chemin. Juste avant de s'enfoncer dans les épaisses broussailles qui dissimulaient le sentier à la vue des curieux, il jeta un regard vers Anna.

Tournée vers la forêt, elle semblait chercher des yeux quelque chose… ou quelqu'un. Soudain, elle sursauta et courut vers lui.

— Davidh, quand enverrez-vous vos hommes ? demanda-t-elle.

— Dans trois jours, répondit-il, décidé à parler à Robert dès le lendemain.

— C'est très aimable à vous. Je vous remercie !

Il répondit d'un signe de tête et reprit sa route, tandis que Colm, dans son dos, saluait Anna à grands cris. Arrivé dans l'ombre des arbres, il se retourna une dernière fois.

Debout au bord du précipice, Anna regardait dans le vide. Sur son visage pâle se lisait une profonde inquiétude.

# *Chapitre 7*

Anna retint son souffle en pénétrant dans la grande salle du château. Autour d'elle, des serviteurs s'affairaient, nettoyant la pièce ou préparant le repas de midi. Près de l'estrade, des hommes convoqués par le laird ou venus solliciter une entrevue attendaient tandis que Robert Cameron s'adressait aux visiteurs de plus grande importance.

Au cours des deux derniers jours, Anna avait vaqué à ses occupations au cottage. Iain, lui, commençait à s'ennuyer. Irrité de ne pouvoir s'éloigner du cottage ni se montrer des villageois, il trépignait. Elle ne pourrait pas le tenir caché beaucoup plus longtemps. Du reste, peut-être n'en aurait-elle pas besoin puisqu'elle commençait à être acceptée à Achnacarry. Mais révéler l'existence de son fils était une chose, et dévoiler la vérité sur son ascendance en était une autre.

Fort heureusement, Iain prenait un grand plaisir à explorer les terres entourant le cottage, et Anna espérait que sa curiosité lui permettrait de patienter quelques jours encore. Grâce aux talents de chasseur du jeune garçon, elle avait pu se procurer, auprès du boulanger et d'autres villageois, le nécessaire pour entretenir la maison et les nourrir tous deux. Jamais ils n'avaient demandé d'où venaient les volailles et les lièvres qu'elle leur apportait ; sans doute pensaient-ils qu'elle les avait reçus en échange de ses soins.

Aujourd'hui, ce n'était pas le laird qu'elle venait voir, mais son épouse, ainsi que Davidh le lui avait demandé. En tant que maîtresse des lieux, Elizabeth Cameron dirigeait toutes les femmes qui travaillaient au château et pourvoyait aux besoins domestiques du clan. D'après les dires de Suisan, elle avait hérité d'une lourde besogne lorsque son mari était devenu chef, moins d'un an plus tôt. Privée de la présence d'une lady, la forteresse avait été livrée trop longtemps au chaos.

En outre, avait chuchoté Suisan, aucune femme n'aurait osé mettre de l'ordre dans la demeure de Gilbert Cameron. Le précédent laird avait perdu deux épouses dans des circonstances douteuses. Sommé de répondre de ces disparitions et d'autres crimes perpétrés contre les Cameron, il avait lui-même fini par trouver la mort. À présent, c'étaient son frère aîné et sa sœur par alliance, autrefois bannis, qui administraient les terres et dirigeaient le clan.

Comme elle se dirigeait vers la porte située près de l'entrée de la grande salle, Anna reconnut plusieurs personnes et les salua d'un signe de tête. Après s'être présentée à une servante, elle fut conduite jusqu'à une petite alcôve où on lui demanda de patienter. Peu après, elle vit une femme d'âge mûr apparaître derrière l'estrade et se diriger dans sa direction. Quand elle s'arrêta devant elle pour la saluer, Anna comprit qu'il s'agissait de la lady elle-même.

Ses traits et son maintien ne trahissaient pas son âge, et il était difficile de croire qu'elle avait trois fils déjà adultes, ou qui le deviendraient bientôt. Étonnamment, elle ne portait pas la toilette ni le voile somptueux qui seyaient à sa fortune et à son rang mais une robe très simple, comme en portait toute femme s'occupant d'une maison. Néanmoins, Anna s'inclina respectueusement devant celle qui, à présent que son époux lui avait donné la permission de vivre au sein du clan, était sa maîtresse.

— My lady, dit-elle en se relevant à son signal, le commandant m'a dit que vous souhaitiez me parler.

— Vous êtes Anna Mackenzie, n'est-ce pas ? demanda Lady Elizabeth.

Elle acquiesça d'un signe de tête.

— Nous sommes ravis que vous vous installiez ici, comme votre mère avant vous. Nous avons grand besoin d'une guérisseuse ! Même notre vieux Ranald se réjouit de votre arrivée. C'est un soulagement pour lui de savoir que nous pourrons désormais compter sur vos talents.

— Je suis reconnaissante au laird de m'avoir accordé son autorisation, et je vous remercie de votre accueil, my lady. Puis-je faire quelque chose pour vous ?

— On m'a déjà parlé des soins que vous avez prodigués aux villageois. Le père de Tavish travaille ici, et il nous a raconté que vous avez secouru et soigné son garçon. Mes fils s'attiraient toutes sortes d'ennuis quand ils avaient son âge ! ajouta-t-elle en faisant signe à Anna de l'accompagner.

Après être passées devant l'assemblée groupée devant l'estrade, elles s'éloignèrent de la grande salle en empruntant un petit couloir.

— Par ici.

Après avoir descendu une volée de marches, elles s'arrêtèrent à la croisée de deux couloirs. La lady jeta un regard d'un côté, puis de l'autre, puis entraîna Anna jusqu'à une porte située au fond de celui de droite.

— Quand j'ai découvert ce lieu, j'ai d'abord pensé à faire venir de l'abbaye la plus proche un moine instruit dans ce domaine. Mais ensuite vous êtes arrivée, et je me suis dit que cet endroit était fait pour vous.

Après avoir soulevé le loquet, la lady poussa la lourde

porte et entra. Une torche brûlait déjà à l'intérieur. À son tour, Anna pénétra dans la pièce et regarda autour d'elle.

Des caisses et des fioles ; des bocaux, des sacs et des paniers : toutes sortes de récipients étaient rangés devant elle sur des étagères. Des herbes séchées étaient suspendues au plafond, mêlant leur parfum aux odeurs entêtantes qui emplissaient la pièce. Une petite fenêtre percée haut dans le mur laissait pénétrer un peu de lumière. Elle put ainsi distinguer une abondance de remèdes variés, ainsi que les ingrédients nécessaires pour en préparer de nouveaux.

— My lady !

— Un désordre inimaginable ! commenta Lady Elizabeth. Je suis incapable de déterminer si ces drogues sont utiles ou dangereuses, et encore moins quelles affections elles peuvent traiter. Mais Davidh m'a dit que vous le sauriez.

— My lady, je n'ai pas les connaissances dont dispose un moine instruit, protesta Anna. Je ne connais que ce que ma mère m'a enseigné au fil des années. La plupart de ces remèdes, ajouta-t-elle en balayant d'un geste de la main l'extraordinaire collection de pots et de flacons, me sont inconnus.

S'approchant de la large table de travail située au centre de la pièce, elle se mit à examiner les plantes séchées et emballées qu'on avait disposées là. Elle connaissait certaines de ces espèces, mais n'avait jamais vu les autres.

— Je crois que votre idée de faire venir un guérisseur de l'abbaye est fort sage, conclut-elle en secouant la tête. Je n'ai ni l'expérience ni l'instruction nécessaires pour faire usage de tout ceci.

La lady l'observait en plissant les yeux.

— D'où viennent toutes ces herbes médicinales ? demanda Anna. Qui en a rassemblé une telle variété ?

— À part Morag, qui n'est restée que quelques mois parmi nous, le village n'a pas eu d'autre guérisseur que

Ranald depuis des années. Le laird précédent n'en voyait pas l'intérêt. Je pense donc que personne n'a touché à tout ceci depuis quatre ans, peut-être davantage.

La plupart de ces préparations ne serviraient donc à rien : elles étaient trop vieilles pour produire le moindre effet. Malgré tout, peut-être pourrait-elle trouver ici des ingrédients intéressants. Si c'était ce que la lady proposait.

— Puisque vous mettez vos talents au service de notre peuple, je veux que vous preniez tout ce qui pourra vous être utile. Et si vous avez besoin de quoi que ce soit d'autre, adressez-vous à l'intendant ou au cuisinier.

Lorsque Anna avait pris la décision de revenir à Achnacarry, elle ne pensait guère susciter l'attention des habitants et s'attendait au mieux à ce que sa présence soit tolérée. Elle se réjouit donc de cet accueil chaleureux et voulut y voir un signe favorable pour la réussite de son véritable projet : voir son fils accepté au sein de la famille de son père.

— Je vous accorde la permission de venir ici quand vous le pouvez afin de faire le tri. La tâche me semble colossale, mais je n'ai pas votre expérience.

Touchée par la sincérité de cette femme et par la simplicité avec laquelle elle reconnaissait son ignorance, Anna l'en aima d'autant plus.

— Merci, my lady.

Lady Cameron se dirigea vers la porte, mais s'arrêta soudain sur le seuil. Tournant vers Anna un visage inquiet, elle lui prit la main.

— Pensez-vous que le fils de Davidh recouvrera la santé ? demanda-t-elle. Il a subi tant de malheurs, traversé tant d'épreuves !

Pendant un instant, Anna ne sut si sa maîtresse parlait du père ou de son fils.

— Le jeune Malcolm m'est très cher, car sa mère était ma filleule, ajouta-t-elle.

Malcolm. Une fois encore, Anna fut saisie d'une

violente émotion en entendant ce prénom. Il n'était pas rare parmi les clans, mais il résonnait en elle avec une telle puissance !

— Davidh a été l'un des premiers à se ranger du côté de Robert. Il a cru en mon époux malgré sa jeunesse, et sa confiance nous a aidés à traverser cette période de troubles. J'espère que vous arriverez à guérir son fils.

— Je ferai de mon mieux, my lady. Je vous le promets.

Après lui avoir tapoté la main, Lady Cameron quitta la pièce. Anna la suivit, impatiente de retourner à son travail. Lorsqu'elles parvinrent en haut de l'escalier, l'épouse du laird lui indiqua le chemin pour rejoindre la grande salle.

Il lui faudrait des heures, ou plutôt des jours, pour faire le tri dans le contenu de cette pièce. Malgré l'immensité de la tâche, Anna avait déjà hâte de s'y atteler. Tout en traversant la cour, elle se mit à élaborer un nouveau plan. Comment accomplir toutes les besognes qui l'attendaient ? L'hiver avait à contrecœur relâché son emprise sur la terre, et il lui fallait préparer son jardin et ses plantations avant les longues et chaudes journées d'été.

Elle était à ce point plongée dans ses pensées qu'elle ne vit pas Davidh approcher et se heurta contre lui. Troublée par ce contact avec son torse nu, elle perdit l'équilibre et serait tombée s'il ne l'avait retenue par les épaules.

— Je vous demande pardon, dit-elle en s'écartant de lui.

— Je vous ai appelée, mais vous ne sembliez pas m'entendre.

Alors Anna leva les yeux vers lui. Jamais elle n'avait vu un corps aussi musclé. Certes, il n'était pas dans ses habitudes d'observer les hommes à moitié nus, mais elle en avait vu un certain nombre depuis qu'elle avait commencé à aider sa mère dans ses activités de guérisseuse. Et ce torse, ces bras étaient les plus puissants qu'il lui ait été donné de contempler.

— J'étais perdue dans mes pensées : Lady Elizabeth

a fait preuve d'une telle générosité à mon égard ! Je réfléchissais à la façon dont j'allais procéder.

Elle remarqua qu'il avait noué ses longs cheveux bruns sur la nuque. Ensuite seulement, elle vit les hommes debout autour d'eux, dans la cour, qui les regardaient. Des guerriers forts et robustes. Tous avaient une épée ou une autre arme au poing. Et tous l'observaient tandis qu'elle parlait à leur commandant.

— J'ai interrompu l'entraînement, dit-elle en s'inclinant légèrement. Pardonnez-moi.

Comme elle s'apprêtait à repartir, elle entendit des murmures et sentit les regards toujours fixés sur elle.

— Vous n'avez pas interrompu… l'entraînement, répondit Davidh.

Pendant un instant, elle crut qu'il allait dire autre chose.

— Je voulais que vous rencontriez ces hommes, Mistress Mackenzie, poursuivit-il en désignant les trois guerriers qui se tenaient le plus près d'eux. Ils viendront travailler dans votre champ demain.

Tous trois la saluèrent respectueusement d'un signe de tête. Anna examina leurs visages afin d'être sûre de les reconnaître.

— Je vous remercie pour votre aide, leur dit-elle. Et je vous sais gré de me l'avoir proposée, ajouta-t-elle en se tournant vers leur commandant.

— Robert a approuvé cette idée, déclara-t-il avant de se pencher près d'elle pour ajouter plus bas : Elizabeth et lui se réjouissent que nous ayons à nouveau une guérisseuse au village. Et moi aussi.

— Je me tiendrai prête, répondit-elle.

Il fallait qu'ils puissent se mettre à l'ouvrage dès leur arrivée : elle ne voulait pas leur faire perdre leur temps. À eux trois, ils arriveraient à tout faire en moins d'une journée. Et comme elle avait bien l'intention de travailler à leurs côtés, cela irait encore plus vite.

— À demain, donc.

Anna se hâta ensuite vers le village pour rendre visite à ceux qui demandaient son aide. Lorsqu'elle arriva au cottage du forgeron, le fils de Davidh lui annonça qu'il avait encore repris des forces. Cependant, en écoutant sa respiration, elle perçut quelque chose d'anormal. Quelque chose qu'elle ne parvenait pas à identifier. Suisan avait pourtant donné scrupuleusement à l'enfant les décoctions et les remèdes qu'elle lui avait prescrits...

Tout en prenant soin de ne pas inquiéter Colm, elle lui conseilla de se limiter à une excursion par jour dans le village, et seulement s'il n'avait pas toussé de toute la matinée. En prononçant ces recommandations, elle rencontra le regard interrogateur de Suisan, mais fut incapable de lui expliquer ce qui la préoccupait.

La journée suivante fut à la fois la plus éprouvante et la plus satisfaisante qu'elle ait vécue depuis longtemps. Non seulement les trois hommes désignés par Davidh se présentèrent comme prévu au cottage, mais lui-même se joignit à eux. En outre, Lady Elizabeth leur avait confié un lourd panier de victuailles pour eux tous. Bien qu'Anna eût préparé une grosse marmite de ragoût, elle se rendit compte que cela n'aurait pas été suffisant pour sustenter quatre hommes aussi robustes et travailleurs.

Plusieurs fois au cours de cette journée, debout dans l'ombre, elle se surprit à les observer tandis qu'ils bêchaient ou ratissaient. Tous étaient des guerriers bien bâtis, habitués à l'effort physique. Pourtant, un seul attirait véritablement son regard. Davidh ne demandait rien à ses hommes qu'il ne soit prêt à faire lui-même. Anna remarqua la déférence que ceux-ci lui témoignaient, mais aussi la camaraderie qui régnait entre eux.

Au début de la matinée, elle aperçut une ou deux fois Iain qui, caché derrière les arbres, s'approchait un peu trop. Mais il lui suffit d'un regard pour faire comprendre à son fils qu'il se montrait imprudent, et il se tint à distance tout le reste de la journée. Bientôt, lui avait-elle promis. Bientôt.

Une fois le travail terminé et les hommes repartis, Anna décida que le moment était venu. Oui, le moment était venu de mettre son véritable plan à exécution et de revendiquer la filiation de son fils. De revendiquer sa place parmi les Cameron.

Mais comment révéler son existence et le présenter à son clan alors qu'elle l'avait tenu caché depuis leur arrivée ? Il lui fallait trouver un moyen. Malheureusement, elle n'en eut pas le loisir. Quelques jours plus tard, la décision fut prise pour elle.

Cette nuit-là et les jours suivants, la pluie tomba à torrents. Au-dessus de la falaise, la rivière avait enflé, déversant sur la pente rocheuse des cascades d'eau d'une telle violence que la mare, en bas, peinait à les contenir. Anna avait recommandé à Iain de ne pas s'approcher des chutes tant que les courants n'auraient pas retrouvé leur vitesse et leur intensité habituelles. Or un après-midi, alors qu'elle était occupée à réduire en poudre des feuilles séchées, son fils pénétra dans le cottage en courant.

— Maman, viens vite ! cria-t-il. Il y a un garçon en danger !

Avant qu'elle ait le temps de lui demander quoi que ce soit, il était reparti. S'élançant derrière lui, elle le suivit jusqu'aux chutes. On n'entendait que le grondement de la cascade, qui n'avait pas cessé depuis le matin. Iain s'arrêta au bord du précipice et tendit le bras pour lui montrer quelque chose plus bas.

Mon Dieu, un garçon était perché sur une étroite corniche, tout près de la chute d'eau !

Prudemment, en prenant garde de ne pas perdre l'équilibre, elle s'approcha du bord. Les rochers étaient glissants et l'eau coulait sans discontinuer, ce qui les rendait encore plus dangereux. Lorsqu'elle parvint à se pencher au-dessus de la cascade, Anna vit sous ses yeux son pire cauchemar.

C'était un garçon, oui, mais pas n'importe lequel : le fils de Davidh. Le pauvre enfant était agrippé à un léger creux dans la paroi rocheuse. Le corps secoué de tremblements, il s'efforçait de maintenir son pied sur une petite saillie. Tout en bas, un groupe d'enfants du village contemplaient, horrifiés, les efforts de leur ami pour échapper à une chute mortelle.

— Allez chercher de l'aide ! cria-t-elle aussi fort que possible.

Comme ils ne pouvaient l'entendre, elle leur fit de grands signes, leur montrant le village. Comprendraient-ils ce qu'elle voulait leur dire ? Lorsqu'ils s'éloignèrent en courant, elle pria pour que l'enfant soit secouru à temps.

Mais en se tournant vers Colm, elle comprit que ce serait impossible. Il était trop fragile et ne tiendrait bientôt plus. Après avoir demandé à Iain d'aller chercher une corde, elle descendit rapidement la colline jusqu'à ce qu'elle arrive à la hauteur du garçon. Son visage était livide et il tremblait de tous ses membres. Elle vit ses lèvres bouger, mais elle ne put entendre ni deviner ce qu'il disait.

Iain revint avec la corde, qu'elle noua autour de sa taille pendant qu'il attachait l'autre bout à un arbre robuste. Puis elle fit signe à son fils de s'approcher, car le vacarme de la chute d'eau couvrait sa voix.

— Donne-moi ta ceinture, Iain ! cria-t-elle avant de l'attirer à elle pour le serrer fort dans ses bras. Je t'aime, Iain. À présent, recule et ne t'approche plus du bord. Tiens-toi prêt à me tirer vers toi lorsque je le tiendrai !

Anna releva ses jupes et en glissa le bord sous la corde, autour de sa taille, afin d'avoir les jambes libres. Après avoir formé une boucle avec la ceinture, elle l'enroula autour de sa main. Puis, petit à petit, elle se mit à avancer vers l'enfant. Comment diable s'était-il fourré dans une telle situation ? Peu importait maintenant, car il était impossible de revenir en arrière. Elle était son seul espoir.

En priant Dieu de lui prêter assez de forces, elle posa un pied sur la roche tout en s'agrippant à la corde. Elle n'osait pas regarder Colm : il lui fallait surveiller le moindre de ses pas.

Au bout d'un temps qui lui parut interminable, elle arriva à quelques pouces de lui et lui tendit l'extrémité de la ceinture où elle avait noué la boucle.

— Mets-la autour de ta taille ! cria-t-elle. Passe-la par la tête !

Au bout de quelques tentatives, il parvint à la saisir et, tant bien que mal, arriva à s'en ceindre les reins. Alors Anna lui adressa un petit signe de tête et se mit à enrouler la ceinture autour de sa main, attirant petit à petit le garçon vers elle. D'un regard, elle indiqua à Iain qu'elle était prête et, tandis qu'il commençait à tirer sur la corde, s'arracha aux rochers en entraînant Colm avec elle. La ceinture se révéla précieuse lorsque l'enfant lâcha prise et se mit à glisser.

Elle la tira de toutes ses forces tout en laissant Iain la guider au bout de la corde. Enfin, elle posa le pied sur la colline. Le souffle court, elle se laissa tomber sur le sol en tenant l'enfant dans ses bras.

— Maman ? hurlait Iain, agenouillé à côté d'elle.

Se laissant rouler sur le côté, elle regarda son fils et hocha le menton. Grâce à ses efforts et à sa célérité, Colm était en vie. En examinant le visage maintenant gris de l'enfant, elle vit qu'il peinait à respirer.

— Il faut l'emmener à l'abri au plus vite.

Iain l'aida à se lever et à eux deux, ils transportèrent péniblement le garçon jusqu'au cottage. Là, elle l'installa sur la paillasse tandis que son fils allait chercher des couvertures. Rapidement, elle déshabilla l'enfant en jetant ses vêtements mouillés sur le sol. Puis elle fit infuser une tisane à laquelle elle ajouta plusieurs herbes pour stimuler sa respiration et combattre la fièvre qui ne manquerait pas de venir.

Alors commença pour Anna ce qui serait, elle le savait, une longue lutte pour sauver la vie de Colm.

# *Chapitre 8*

Colm n'était ni chez Suisan ni à la maison. Il n'était pas non plus assis près du puits, ni à aucun des endroits du village où les enfants aimaient se rassembler. En outre, pendant qu'il le cherchait, Davidh ne vit aucun de ses compagnons habituels.

Ils devaient se cacher quelque part : son fils n'avait ni la force ni l'endurance nécessaires pour aller bien loin. Après avoir à nouveau parcouru le village et interrogé toutes les personnes croisées en chemin, il dut se rendre à l'évidence : ils n'étaient nulle part. Le seul endroit où il n'avait pas cherché était le château, mais jamais les gardes n'auraient laissé entrer une bande de garçons sans raison, ou du moins sans l'en avoir averti à son départ.

Colm avait disparu.

Debout devant son cottage, Davidh se passa les mains dans les cheveux, à l'affût du moindre signe. Si Colm n'avait pas été si malade jusqu'à récemment, il ne se serait pas inquiété de le voir disparaître pendant des heures : tous les garçons aimaient partir à l'aventure.

Alors qu'il continuait à réfléchir à toutes les cachettes possibles, des pas précipités résonnèrent sur le chemin et il vit un groupe de garçons courir vers lui. En entendant leurs cris et en découvrant leurs visages effarés, il fut frappé de terreur. Lorsque le premier enfant parvint jusqu'à lui, il s'agenouilla pour lui faire face.

— Il est sur les rochers ! Colm est en train d'escalader les rochers !

— Où ? Où est-il ? demanda Davidh, bien qu'il ait déjà deviné la réponse.

— À la Mare de la sorcière ! s'écria un autre.

— La falaise ! renchérit Tavish. Il voulait escalader la falaise, et il est resté bloqué !

Davidh n'entendit rien d'autre. Il aurait tout le temps d'écouter leurs explications lorsque son fils serait sain et sauf. Sautant en selle, il fila au galop comme s'il avait tous les démons de l'enfer à ses trousses. Sans même réfléchir, il se mit à égrener une vieille litanie.

*Mon Dieu, pas le petit ! Je vous en prie, pas le petit !*

Combien de temps lui fallut-il pour rejoindre la route qui menait vers le nord, puis jusqu'aux chutes ? Il n'aurait su le dire, mais c'est l'angoisse au ventre qu'il franchit le dernier tournant avant de voir la falaise. Dans le vacarme de la cascade, il scruta d'abord la mare, puis parcourut la paroi rocheuse du regard.

Rien. Il n'y avait personne. Sautant à terre, il courut jusqu'au bout du chemin. À ses pieds, la mare bouillonnait, profonde, agitée par les eaux furieuses qui venaient s'y précipiter. Davidh leva la tête : il n'y avait personne sur les rochers, ni sur la colline, de part et d'autre de la chute d'eau.

*Merci, mon Dieu !*

Mais s'il n'était pas là, où pouvait-il bien se trouver ?

Chez Anna.

Davidh gravit le sentier qui menait au sommet de la falaise et courut jusqu'au cottage. Des voix lui parvinrent de l'extérieur : elle était bien là. Il souleva le verrou et, sans frapper, poussa la porte. Tout d'abord, il ne vit que Colm, pâle et silencieux, allongé sur la paillasse dans un coin de la pièce. Il se dirigeait vers lui lorsque, entendant la voix d'Anna, il tourna la tête vers elle.

Ce ne fut pas la peur qu'il perçut dans sa voix qui l'arrêta, ni ses vêtements trempés et en désordre, mais la vue du garçon, ou plutôt du jeune homme, qui se tenait debout à ses côtés.

C'était de toute évidence un Cameron : le nez busqué, hérité génération après génération, ne laissait aucun doute. Pourtant, Davidh ne se souvenait pas avoir vu ce garçon au village… Ni ailleurs, du reste.

— Qu'est-il arrivé à mon fils ? demanda-t-il. Et qui est-ce ? ajouta-t-il en désignant l'inconnu du menton.

En posant les yeux sur Anna, il remarqua que tous deux avaient le même teint de peau.

— C'est mon fils, Iain, répondit-elle en posant les mains sur les épaules du jeune homme. Il a trouvé Colm agrippé aux rochers.

Davidh, interdit, dévisagea le garçon et… sa mère. Pourquoi l'avait-elle caché jusqu'à présent ? Et où ? Ces mouvements qu'il avait perçus plusieurs fois dans l'ombre, c'était donc lui ! Il était là depuis le début ! De nombreuses questions se bousculaient dans son esprit, mais la toux rauque de son fils les balaya brusquement. Davidh se précipita vers lui, mais Anna le poussa pour se frayer une place à son chevet.

— Il est fiévreux et la toux est revenue. Nous lui avons ôté ses vêtements mouillés et l'avons réchauffé. J'ai ajouté à cette tisane plusieurs herbes qui atténueront ses symptômes.

Si ces explications, claires et concises, avaient le mérite de dire l'essentiel, elles étaient loin de satisfaire sa curiosité. Les habits d'Anna étaient mouillés, eux aussi. Il sentait sa robe trempée contre sa jambe.

— Asseyez-vous derrière lui et soutenez-le, voulez-vous ? Je dois le faire boire encore, dit-elle.

Davidh souleva le corps frêle de son fils et se glissa

derrière lui. Puis, avec l'aide d'Anna, il l'installa contre sa poitrine. Pendant tout ce temps, l'enfant, endormi, n'émit pas le moindre son. La jeune femme remplit à nouveau la tasse du breuvage qu'elle avait préparé, et, ensemble, ils parvinrent à le lui faire avaler.

— Vous devriez ôter ces vêtements mouillés, dit Davidh en la voyant frissonner de froid. Si vous tombez malade, je ne serai pas capable de vous guérir !

— Vous avez raison. Pendant ce temps, essayez de le réveiller, répondit Anna avant de se diriger vers une porte située à l'autre bout de la pièce.

Il appela Colm, lui parla et le secoua doucement, mais rien n'y fit. Il était profondément endormi ou inconscient et rien ne semblait pouvoir le réveiller. Levant les yeux, il se rendit compte que le fils d'Anna était toujours là. Debout dans l'ombre, il observait tout en silence.

— Quel âge as-tu, Iain ? demanda-t-il pour tenter de le faire parler sans l'effaroucher.

L'enfant était resté caché pendant près de deux semaines ; sans doute se méfiait-il des inconnus.

— Bientôt treize ans.

Il se tenait là, parfaitement immobile. Seul son regard allait et venait entre Davidh et la chambre de sa mère.

— Je te remercie d'avoir trouvé mon fils. Sans toi, nul doute qu'il serait mort.

Le garçon se contenta de hocher la tête en croisant les bras sur la poitrine. Ce geste sembla familier à Davidh, sans qu'il sache pourquoi.

— Peux-tu me raconter ce qui s'est passé ? Comment s'est-il retrouvé là-bas ?

À ce moment-là, Anna reparut dans la pièce.

— Parle, Iain, dit-elle à son fils avec un signe de tête. Dis au commandant ce que tu as vu.

— Ils étaient tous réunis autour de la mare, votre fils et les autres. Ils semblaient se disputer. Il y a eu des cris. Ensuite, votre fils s'est mis à escalader la falaise.

— Je ne comprends pas ! Il connaissait le sentier. Il aurait pu parvenir au sommet sans s'approcher de la chute d'eau !

— J'avais juré de ne rien dire, papa.

Ces quelques mots murmurés surprirent Davidh. L'enfant s'était réveillé et avait entendu sa question.

— Juré de ne pas dire quoi, Colm ? demanda-t-il en lui faisant boire une gorgée de tisane. De quoi parles-tu ?

— Ils savaient que j'étais monté jusqu'ici et ils ne croyaient pas que j'aie pu escalader la paroi.

L'enfant fut pris d'une nouvelle quinte de toux et Davidh attendit qu'elle passe.

— Jamais je n'aurais parlé du chemin qui mène jusqu'ici ! Ni à mes amis ni à personne d'autre !

À ces mots, Anna laissa échapper une exclamation d'effroi et Davidh devina qu'elle avait compris : il avait fait jurer à son fils de garder un secret, et ce serment avait failli le tuer.

— Je n'ai rien dit, répéta Colm avant de s'effondrer dans ses bras.

L'espace d'un instant, il craignit le pire. Son fils était-il mort ? Se tournant vers Anna, il la vit se précipiter vers la paillasse. Agenouillée à côté de Colm, elle toucha son front et sa poitrine et écouta son souffle.

— Il est si faible ! Je ne sais pas comment il a pu tenir aussi longtemps sur les rochers ! soupira-t-elle en s'asseyant sur les talons.

— Raconte-moi la suite, dit Davidh en se tournant vers Iain qui le regardait toujours, debout dans l'ombre. Ils se sont disputés et Colm a commencé à gravir la paroi. Jusqu'où est-il allé ?

— Jusqu'à la moitié environ. Il est arrivé juste au-dessus de la première mare.

— Seigneur ! s'exclama-t-il en enroulant un bras autour de son fils pour le tenir contre lui. Et comment est-il monté jusqu'ici ?

Au lieu de répondre, le garçon désigna sa mère du menton.

— C'est vous qui l'avez emmené ici ?

Anna hocha la tête.

— Oui. Avec l'aide d'Iain, dit-elle en se levant.

— Vous l'avez sorti de là ? Mais comment ?

À cause des récents orages, la rivière avait débordé, déversant ses eaux avec une telle force qu'il avait peine à imaginer que quiconque pût s'aventurer sur la falaise. L'idée qu'elle ait bravé un tel danger pour sauver son fils… À présent, c'était lui qui avait du mal à retrouver son souffle !

— Vous avez pris un risque immense, Anna.

— Ce n'est qu'un enfant, Davidh. N'importe qui en aurait fait autant, répondit-elle en traversant la pièce pour rejoindre son fils.

Lorsqu'elle passa un bras autour de ses épaules, il se rendit compte que le garçon était presque aussi grand qu'elle.

— Vous l'auriez fait pour Iain. Et pour n'importe quel autre enfant.

— Je ne sais comment vous remercier. Vous lui avez sauvé la vie.

— Il a tenu sa promesse pour me protéger, dit-elle.

— Vous ne le saviez pas lorsque vous avez franchi ces rochers glissants sous des torrents d'eau.

Doucement, il étendit Colm sur la paillasse et se glissa hors du lit.

— Vous auriez pu être blessée, ou pire encore, ajouta-t-il en se dirigeant vers elle, luttant à chaque pas contre l'envie et le besoin de la serrer dans ses bras.

Arrivé à un pas d'elle, il s'arrêta et plongea les yeux dans les siens.

— Je vous remercie d'avoir sauvé mon fils.

Il aurait juré qu'elle venait de relever le menton. Accepterait-elle son baiser ? S'approchant encore, il inclina la tête. Mais avant qu'il ait le temps de poser ses lèvres sur les siennes, tout changea. Iain s'éloigna vers le coin de la pièce en traînant les pieds, Colm laissa échapper un gémissement et Anna prononça les mots les plus terribles qu'il eût jamais imaginés :

— Je ne l'ai pas encore sauvé, Davidh.

Le corps secoué de tremblements, Colm se remit à tousser. Les spasmes n'avaient jamais été aussi violents depuis qu'Anna avait commencé à le soigner. C'était comme si ces deux dernières semaines n'avaient été qu'un sursis, et que tout était à nouveau comme avant. La toux était revenue comme si elle n'avait jamais cessé.

Davidh courut au chevet de son fils.

— Faites-le asseoir et soutenez-le, dit Anna en se dirigeant vers la table.

Elle s'empara de divers ingrédients, les versa dans un bol et mélangea le tout.

— Ceci va calmer sa toux, expliqua-t-elle.

— Mais vous aviez dit qu'il ne fallait pas essayer d'arrêter les crises avec la décoction de pavot, objecta-t-il, se souvenant de la fermeté avec laquelle elle avait refusé le flacon.

— Écoutez sa toux, Davidh, dit-elle en s'avançant vers le lit. Écoutez comme il s'essouffle. C'est une toux différente. Et une décoction différente, ajouta-t-elle en se penchant au-dessus de l'enfant. Appuyez sa tête contre votre épaule et ouvrez-lui la bouche.

Après plusieurs tentatives, ils parvinrent à déposer un peu de l'épais liquide sur la langue de Colm et, à force de cajoleries, ils réussirent à le lui faire avaler. Une deuxième quinte de toux suivit, puis une troisième, mais, Dieu merci, la crise sembla s'atténuer jusqu'à ce qu'enfin l'enfant s'endorme profondément. Ils restèrent assis en silence pour s'assurer que la crise était bel et bien passée. Davidh n'osait pas bouger tandis qu'Anna, assise au bord de la paillasse, observait attentivement son fils. Pas un instant elle ne le quitta des yeux.

Iain était resté dans le coin de la pièce. Au bout d'un moment, Davidh se rendit compte qu'il était en train de tailler un morceau de bois à l'aide d'un poignard. Après avoir allongé Colm et bordé soigneusement le lit, il se leva et étira ses jambes. Il avait les muscles raidis après être resté longtemps dans la même position.

— Tu es doué, observa-t-il en s'accroupissant devant le garçon. Qui t'a appris à faire cela ?

S'il y avait un fils, peut-être y avait-il un mari ?

— Le menuisier du village des Mackenzie, où nous habitions. Il aimait sculpter des animaux dans les chutes de bois.

— Et que fabriques-tu là ?

— Un cerf. Comme celui qui se glisse jusqu'au cottage chaque matin, répondit Iain en lui tendant son ouvrage.

— La tête et le cou sont façonnés à la perfection, commenta Davidh en examinant l'objet. Combien de temps te faudra-t-il pour le terminer ? ajouta-t-il avant de lui rendre l'objet.

Iain caressa le morceau de bois comme s'il réfléchissait à la prochaine entaille.

— Cela dépendra des tâches que me confiera ma mère. Demain, sans doute.

— Je te remercie du fond du cœur, Iain. Pour ce que tu as fait pour mon fils.

Le garçon hocha la tête en rougissant.

— Il serait mort si tu n'étais pas allé chercher de l'aide. Tu as toute ma gratitude, ajouta Davidh en se levant. Et vous aussi, dit-il en se tournant vers Anna. Quelle que soit l'issue de cette épreuve, vous avez tant fait pour alléger les souffrances de mon fils au cours des dernières semaines ! Je ferai tout ce qui sera en mon pouvoir pour vous aider ; vous avez ma parole.

Un étrange apaisement l'envahit alors : Colm survivrait,

il en avait le pressentiment. Certes, une lutte terrible s'annonçait, mais il avait la certitude qu'Anna aiderait son fils à vaincre la maladie.

Les deux jours qui suivirent mirent cette certitude à rude épreuve, tout comme elles mirent à l'épreuve son endurance morale, sa patience et son sang-froid. Anna et lui se relayèrent jour et nuit au chevet de Colm, lui administrant une série de potions, de décoctions et de gouttes pour tenter de faire tomber la fièvre qui consumait son petit corps fragile.

Crise après crise, Davidh souffrait avec son fils, comme si la toux de l'enfant lui écorchait la poitrine. Chaque fois qu'Anna pensait avoir trouvé le bon remède et la bonne dose, leurs espoirs étaient déçus. Elle avait essayé tant d'ingrédients qu'il en oubliait lesquels s'étaient révélés efficaces. Mais pas elle. Dès qu'elle modifiait une recette, elle ouvrait un vieux livre relié de cuir et y griffonnait des notes.

Enfin, le troisième matin, alors que dans le ciel presque limpide s'élevait un soleil éclatant, l'état de Colm sembla s'améliorer. Ou du moins, il cessa d'empirer. Sa respiration se fit plus aisée et son teint se colora légèrement.

Tandis qu'Anna et son fils dormaient dans l'autre chambre, Davidh sortit du cottage pendant quelques minutes. L'air frais du matin printanier lui fouetta délicieusement le sang. Il faisait chaud dans le cottage. Anna avait recommandé que l'on entretienne le feu en permanence pour que Colm n'épuise pas ses forces en luttant contre le froid. Cela faisait partie de son nouveau traitement.

Davidh tourna le dos à la chute d'eau et se dirigea vers l'endroit qu'il avait découvert la veille. Comment croire que la rivière qui serpentait là était la même que celle qui déversait des torrents impétueux quelques yards plus loin ? Une petite mare tranquille s'était formée dans une de ses courbes, et c'était là sa destination. Après avoir retiré ses bottes, sa chemise et ses braies, il pénétra dans l'eau.

Le froid mordant le surprit d'abord, mais il acheva de le réveiller. Comme l'eau ne lui arrivait que jusqu'aux hanches, il se baissa pour mouiller ses cheveux et laver son visage. Sa barbe avait poussé pendant ces trois jours ; il lui faudrait songer à la raser. Il resta quelques minutes allongé dans la mare, puis se releva en tordant ses cheveux trempés.

Il lui fallait retourner au château pour parler à Robert. Quelqu'un devait avoir averti son chef de la situation, et celui-ci avait suffisamment confiance en lui pour savoir qu'il rentrerait dès qu'il le pourrait. En sortant de l'eau pour se rhabiller, il se dit que ce moment était venu.

Lorsqu'il arriva au cottage, il trouva Anna qui l'attendait derrière la porte ouverte.

— Le père de Tavish est venu.

— Est-ce Robert qui l'a envoyé ? demanda-t-il en nouant ses cheveux sur la nuque. Vous a-t-il transmis un message ?

— Il y a eu des troubles près du château de Tor, et ils ont besoin de vous.

Comme Davidh jetait un regard à l'intérieur du cottage, elle l'arrêta en posant une main sur son bras.

— Laissez Colm avec moi et allez faire votre devoir.

— Vous feriez cela ? demanda-t-il.

La chaleur de ses doigts sur sa peau glacée se répandait peu à peu le long de son bras.

— Oui. Vous ne pouvez pas le transporter jusqu'au village dans son état, et il aura besoin d'une surveillance constante pendant les jours à venir. Partez tranquille ; je m'occuperai de lui.

Laissant retomber sa main, elle franchit le seuil pour le laisser pénétrer à l'intérieur.

— Avez-vous suffisamment de réserves de nourriture ?

— Oui. J'ai de l'avoine en abondance pour faire du porridge. Et mon fils ira chasser si nécessaire.

Il s'arrêta un instant, scrutant son visage. La question qui le tourmentait depuis plusieurs jours lui brûlait les lèvres, il fallait qu'il la pose. Mais tout d'abord...

— Peut-être voulez-vous faire votre... toilette. J'attendrai.

Après une brève hésitation, elle hocha la tête.

— Je ferai vite.

Il la regarda rassembler quelques affaires et sortir en hâte pour faire le même chemin que lui. Ses pensées s'attachèrent à ses pas tandis qu'il s'asseyait au chevet de Colm. Avait-elle un époux, bien qu'elle n'en eût jamais parlé ? Il s'en voulait d'éprouver une telle curiosité à son égard. De quel droit pouvait-il interroger cette femme qui avait sauvé la vie de son fils ?

Soudain, Colm battit des paupières et ouvrit les yeux. Les prunelles vitreuses avaient laissé place à un regard clair. Davidh rendit grâce au ciel : la fièvre était enfin tombée.

— Papa ? dit son fils d'une voix rauque.

Près du lit était posée une tasse de tisane à la bétoine et au miel, désormais froide. Davidh la porta aux lèvres de l'enfant, qui réussit à soulever la tête pour en boire quelques gorgées.

— Je suis là, Colm, dit-il en caressant ses cheveux en bataille. À mon retour, il faudra que nous parlions, toi et moi.

— Oui, papa, murmura son fils.

— Pour l'heure, tu vas faire exactement tout ce que te dira Mistress Mackenzie. Et tu la remercieras de t'avoir sauvé la vie.

Colm fronça les sourcils, l'air perplexe.

— Tu ne te souviens pas ?

— Non. Quelques bribes me reviennent, mais c'est

tout, répondit Colm avant d'avaler le reste de la tisane. Quand reviendras-tu ?

— Dans quelques jours. Si je dois m'absenter plus longtemps, j'essaierai d'envoyer un messager pour te prévenir. Tâche d'être sage et de ne pas déranger Anna et son fils.

Iain choisit ce moment pour sortir de la petite chambre.

— Peut-être pourrais-tu demander à Iain de te montrer le cerf qu'il a sculpté. Ou le cheval sur lequel il travaille maintenant.

La porte s'ouvrit alors, et la silhouette d'Anna se découpa dans la lumière du soleil. Elle avait enroulé ses cheveux sur le sommet de la tête. Si elle les laissait sécher ainsi, ils retomberaient sur ses épaules en boucles épaisses lorsqu'elle... Chassant cette image de son esprit, Davidh se pencha au-dessus de son fils.

— Tu m'as bien compris : fais tout ce que Mistress Mackenzie te dira, lui dit-il avant de lui caresser la joue en s'efforçant d'oublier qu'il avait frôlé la mort trois jours plus tôt.

Puis il réunit ses affaires et les porta dehors. Son cheval l'attendait en bas de la falaise ; Iain et lui étaient allés le nourrir plusieurs fois à tour de rôle depuis qu'il l'avait laissé. Après avoir noué son plaid en tartan autour de la taille et bouclé sa ceinture, Davidh rangea son épée dans son fourreau. Il savait qu'Anna l'avait suivi à l'extérieur et qu'elle observait ses préparatifs.

— Je serai parti quelques jours. Cet affrontement avec les proscrits n'a rien d'inattendu, expliqua-t-il. Je vous ferai porter un message si mon absence se prolonge.

— Tout ira bien pour nous, Davidh. Faites ce que vous avez à faire et ne vous inquiétez pas pour votre fils.

Elle laissa échapper un soupir avant d'ajouter :

— Je crois qu'il sera bientôt rétabli.

Le moment était venu de partir, mais il ne pouvait s'y résoudre sans lui dire quelques mots encore. Elle avait risqué sa vie pour sauver celle de son fils. Elle l'avait traîné jusqu'au cottage et l'avait empêché de mourir. Il lui devait tant !

— À mon retour, nous parlerons. Je veux trouver un moyen de vous témoigner ma gratitude.

— J'ai agi comme n'importe qui l'aurait fait, répondit-elle, visiblement embarrassée par ses éloges.

— À mon retour, répéta-t-il sur le ton sévère qu'il réservait à Malcolm quand il s'était mal conduit.

Elle esquissa un petit signe de la tête. Avant de tourner les talons, Davidh se décida enfin à poser la satanée question qui le hantait depuis trois jours.

— Avez-vous un mari ? Le père d'Iain ?

Une ombre passa sur le visage d'Anna.

— Le père d'Iain est mort.

— C'était un Cameron ?

Pendant un moment, il crut que sa question resterait sans réponse. Elle finit cependant par acquiescer d'un léger hochement de tête, puis ses yeux verts semblèrent se perdre dans le lointain avant de se poser à nouveau sur lui.

— Oui, c'était un Cameron. Mais je n'ai pas de mari.

Loin de satisfaire sa curiosité, sa réponse soulevait bien d'autres questions sur son fils et ses liens avec les Cameron. Au moins son appartenance au clan expliquait-elle le désir d'Anna de revenir sur ces terres.

Mais l'heure n'était plus aux questions. Davidh s'éloigna pour suivre le sentier escarpé parmi les ombres et les arbres. Lorsqu'il parvint en bas, il leva la tête et la vit, debout au bord de la falaise. Elle lui adressa un signe de la main et il lui rendit son salut. Soudain, Iain apparut à ses côtés et il sentit un frisson le parcourir. Une sensation étrange s'insinua en lui, comme lorsqu'un souvenir longtemps enfoui resurgit brusquement. Il regarda une dernière fois cette mère et son fils, côte à côte au sommet de la colline, avant d'enfourcher son cheval.

# *Chapitre 9*

*Château de Tor, sur les rives de la rivière Lochy*

Du haut des remparts, Davidh plongea son regard en direction du sud-ouest, le long de la rivière. Archibald Cameron, le châtelain, lui indiqua le dernier endroit où la horde de proscrits avait été vue. Robbie, le fils aîné de Robert et son successeur désigné, se tenait à ses côtés. C'était un jeune homme robuste, et d'une vive intelligence. Il savait que le chef d'un clan aussi nombreux que celui des Cameron devait faire preuve de constance et de fermeté.

— Chaque fois que nous croyons mettre la main sur eux, ils disparaissent dans la forêt, expliqua Parlan, le second de Davidh.

— Pensez-vous que quelqu'un les avertit de notre arrivée ? demanda Robbie, prouvant décidément qu'il apprenait vite.

— Oui, répondit Parlan en se tournant vers Davidh et les autres. Nous avons essayé de les approcher par plusieurs angles et à des heures différentes de la journée, mais ils se dispersent toujours juste avant notre arrivée.

— Sais-tu qui sont ces hommes ? demanda Davidh.

Son ami était arrivé avant lui dans la région. Il traquait les responsables des récentes attaques depuis plus d'une semaine.

— Nous pensons que certains sont des partisans de Gilbert, ceux qui se sont enfuis lorsqu'il a été tué, intervint Archibald. Ils étaient complices de ses crimes contre le clan mais n'ont jamais été capturés.

— Colum et Duncan ? demanda Robbie.

— Oui, et d'autres aussi, répondit Archibald.

— Beaucoup ont pris la fuite la nuit où le chef des Mackintosh a aidé les Cameron à faire éclater la vérité sur la trahison de Gilbert, expliqua Davidh.

— Que manigancent-ils ? Quel est leur but ? demanda le châtelain. Pourquoi rester ici ?

— Pour fragiliser la position et la légitimité de mon père, répondit Robbie. De nombreux Cameron remettent encore en question son droit de diriger le clan, et les révélations et les événements de cette nuit-là n'ont rien arrangé. Ces… proscrits sèment le doute et la discorde partout où ils le peuvent.

Le respect et l'estime que Davidh portait au jeune homme redoublaient à chacune de ses remarques. S'éloignant du bord des remparts, celui-ci se tourna vers lui.

— Comment comptez-vous les éliminer ?

— Je vais m'entretenir avec Parlan et les autres hommes afin de connaître les opérations qu'ils ont menées jusqu'à présent, répondit Davidh. Ensuite, je vous présenterai un plan.

Robbie acquiesça de la tête et s'éloigna avec Archibald, le laissant avec son second sur la plus haute muraille du château de Tor.

Davidh se pencha au-dessus des flots. Cette rivière lui en rappelait une autre.

— Je ne voulais pas te faire venir ici, Davidh.

— Je le sais. Et tu aurais pu t'occuper de cette affaire seul, je n'en doute pas. Mais il est de mon devoir de régler cette sorte de choses, c'est pourquoi je suis venu.

Parlan lui fit signe de le suivre et ils empruntèrent l'escalier qui menait aux étages inférieurs du château.

Le repas du soir étant encore loin, ils s'installèrent à une table et son ami lui exposa les actions qu'il avait menées. Davidh ne trouva aucune faille dans la méthode employée. Il posa de nombreuses questions à son second et fut satisfait de ses réponses. Tout semblait confirmer leurs soupçons : les proscrits devaient avoir des complices, au château et sur les terres concernées.

Cette conclusion le préoccupait pour plusieurs raisons. Il ne s'était pas attendu à ce que Robert soit accepté comme chef de façon totale et immédiate, certes. Mais si certains aînés qui jouissaient encore du respect de nombreux membres du clan étaient derrière ces attaques, la situation était… dangereuse.

— Si nous partons immédiatement, nous pourrons être sur les lieux de la dernière attaque avant la tombée de la nuit. Conduis-moi là-bas.

Peu après, Parlan et lui chevauchaient vers les terres des Cameron situées le plus au sud du pays. L'endroit n'était pas assez vaste ni assez peuplé pour être véritablement considéré comme un village. Il s'agissait plutôt d'un petit groupe de fermes semées çà et là au bord de la rivière. Lorsqu'ils mirent pied à terre, plusieurs personnes vinrent à leur rencontre. Ayant reconnu Parlan, ils n'hésitèrent pas à s'ouvrir à lui.

Après avoir inspecté la grange qui avait été endommagée et écouté les témoins de l'attaque, Davidh n'eut plus le moindre doute sur l'identité des coupables et leurs motifs. La menace était sérieuse, à tel point que le pouvoir de Robert ne semblait plus aussi solide qu'il ne l'était quelques semaines plus tôt.

Ce soir-là, le souper se déroula dans un silence pesant. Tous savaient que si les traîtres menaient leurs projets à bien, les conséquences seraient terribles. Bien qu'aucun des hommes bannis par Robert ne pût prétendre directement à la dignité de chef, les anciennes pratiques en matière de succession prévalaient encore dans certaines régions. C'étaient ces règles que les proscrits entendaient de toute évidence appliquer.

Le seul lien entre les attaques était la rivière qui, au nord, se jetait dans le Loch Lochy, puis remontait vers la rivière Arkaig et le loch du même nom. Davidh et Parlan décidèrent donc de poster des gardes à plusieurs endroits stratégiques le long de ces cours d'eau. Ils espéraient ainsi capturer une partie des hors-la-loi et récolter des informations utiles.

— Je ne t'ai pas encore demandé comment se portait Colm, et tu ne m'en as rien dit, observa Parlan lorsqu'ils eurent mis sur pied leur plan d'action.

— Grâce à la guérisseuse d'Achnacarry, il allait beaucoup mieux, répondit Davidh.

— Allait ? répéta Parlan avant d'avaler une gorgée de bière. A-t-il fait une rechute ? demanda-t-il, le visage grave. Si c'est le cas, que fais-tu ici ? Robert t'aurait certainement donné l'autorisation de rester auprès de lui !

— Oui, certainement. Si je la lui avais demandée. Mais nous vivons une période dangereuse, Parlan, et le commandant des guerriers ne peut négliger son devoir pour rester au chevet d'un enfant malade.

C'était aussi simple que cela.

— Si nous avions encore Gilbert comme chef, je te donnerais raison. Demander une telle faveur aurait représenté un risque, pour toi comme pour ton fils. Mais Robert ?

Pour toute réponse, Davidh haussa les épaules.

— Dis-moi, que s'est-il passé ? demanda Parlan.

— La guérisseuse avait trouvé des décoctions qui semblaient efficaces, répondit Davidh avant de vider d'un trait son gobelet de bière et de le reposer sur la table.

Son état s'améliorait de jour en jour. Jusqu'à ce que ses amis le mettent au défi d'escalader la falaise.

— Mon Dieu ! Comment va-t-il ? s'exclama Parlan avant de se renverser dans sa chaise en secouant la tête. Cette chute d'eau a fait tant de blessés ! Et je parle des plus robustes…

— Il va bien, grâce à elle. Elle l'a secouru avant qu'il ne tombe.

— Qui est cette femme ?

— Elle s'appelle Anna Mackenzie. Sa mère vivait là-bas il y a longtemps. Dans une maison au-dessus de la chute d'eau.

— La sorcière ? chuchota Parlan. C'est la fille de la sorcière de Caig Falls ?

Son ami riait franchement, à présent.

— Est-ce une sorcière, elle aussi ?

Se penchant en avant, Davidh lui décocha un coup de poing dans l'épaule.

— Non, elle n'a rien d'une sorcière ! C'est une simple guérisseuse. Elle a un fils, mais pas de mari.

— C'est fort commode pour un homme qui a un fils mais pas de femme.

Davidh s'apprêtait à lui assener un nouveau coup mais, retenant son geste, il se contenta de foudroyer son second du regard.

— Peu d'hommes peuvent se permettre de dire une telle chose sans se retrouver à terre, dit-il entre ses dents.

— Peu d'hommes ont le courage de dire ce qui doit être dit. Cela fait longtemps, Davidh.

— La remarque est facile, de la part d'un homme qui n'a pas perdu d'épouse.

Parlan posa une main sur son épaule et se pencha près de lui pour que personne ne l'entende.

— C'était une excellente épouse et une bonne mère pour Malcolm. Mais elle est partie, et tu es encore là, mon ami.

Il secoua la tête avant d'ajouter :

— Elle voudrait que tu continues à vivre.

Davidh aurait voulu le contredire : sa fidélité envers Mara lui dictait de le faire. Mais c'était la vérité. Elle le lui avait dit, mot pour mot, pendant ces derniers jours où elle avait tant souffert. Cependant, il n'avait pas la moindre envie d'aborder un tel sujet ce soir. Toute son attention devait se concentrer sur son chef et son clan.

— Épargne-moi tes discours.

Parlan leva son gobelet et une servante s'approcha pour le remplir. Bien que Davidh n'ait rien demandé, elle remplit le sien également.

— Et où est Colm, à présent ? demanda son ami. Maintenant qu'Anna Mackenzie l'a arraché à la falaise.

— Cesse tes plaisanteries, Parlan. Il a failli mourir. Et elle avec lui.

— Je te demande pardon, répondit Parlan. Je te pose cette question car, malgré la gravité de ce que tu viens de m'annoncer, tu sembles, comment dire… serein, dit-il avant d'avaler une gorgée de bière. D'habitude, tu ne cesses de te tourmenter dès que tu t'éloignes de ton fils. Pourtant, aujourd'hui, tu n'avais pas parlé une seule fois de lui avant que je t'interroge.

Son ami venait de décrire exactement ce qu'il ressentait depuis que Mara était morte, laissant Colm sous sa seule responsabilité. Bien sûr, il avait reçu de l'aide de ses parents et de sa sœur, puis de ses voisins et d'autres villageois. Même son chef s'était montré accommodant. Malgré tout, il avait le sentiment d'être seul avec son fils malade depuis bien longtemps.

— Anna m'a proposé de le garder jusqu'à mon retour.

Parlan se contenta de se racler la gorge, et Davidh trouva son silence plus agaçant que les vérités qu'il aimait assener. Se laissant aller contre le dossier de son siège, il le fixa des yeux. Parlan était son ami, il faisait partie de sa famille, et il lui faisait confiance plus qu'à tout autre.

Mais le bougre avait parfois le don de le pousser à bout et de le faire enrager, comme à cet instant.

— Dis ce que tu as à dire, lâcha Davidh.

— Si je comprends bien, cette femme, cette guérisseuse, s'installe à Achnacarry, soigne ton fils et lui sauve deux fois la vie. Une veuve, avec un fils. Et tu lui confies ton enfant pour venir ici.

Davidh hocha la tête.

— Tu te méfies de tous les étrangers qui traversent les terres des Cameron. Tu mets en doute la présence de toute personne que tu ne reconnais pas. Et pourtant, tu laisses ton fils avec une femme qui est arrivée il y a quelques semaines seulement ?

— Où veux-tu en venir ?

— J'aimerais savoir pourquoi tu as confiance en cette femme, et ce que tu es prêt à faire pour qu'elle reste à Achnacarry.

Davidh se leva brusquement et quitta la table sans prêter attention aux rires entendus de son ami. Il se retira dans la chambre qu'on lui avait préparée pour la nuit. Mais le sommeil fut long à venir : il était tourmenté par les questions de Parlan, et surtout par celle-ci : que pouvait-il faire pour Anna ?

Le lendemain, il longeait la rivière à dos de cheval pour regagner Achnacarry quand une idée lui vint. Le père du garçon était un Cameron, et il se doutait que c'était en partie pour cela qu'Anna était revenue parmi eux. Lorsqu'il arriva au village, sa décision était prise : il savait comment lui témoigner sa reconnaissance.

Anna regardait Colm qui s'efforçait de suivre les conseils de son fils. Mais l'enfant n'avait pas le talent de Iain, pour qui la tâche semblait facile, même si elle savait que ce n'était pas le cas. C'était un peu comme elle lorsqu'elle créait des recettes à partir d'herbes, de plantes et d'autres ingrédients, en sachant qu'elles permettraient de soigner telle affection ou de calmer telle douleur. Pourtant, Colm ne se décourageait pas.

Loin de s'inquiéter de ses dispositions pour la sculpture, elle se réjouissait de voir qu'il avait repris assez de forces pour s'asseoir dehors et s'essayer à cet art, trois jours seulement après le départ de son père. Il leva les yeux vers elle et elle lui sourit. C'était tout simplement un miracle qu'il soit en vie.

Le soleil parvint enfin à percer les lourds nuages qui avaient rendu la matinée grise et froide. Enveloppé dans une couverture chaude, Colm ne risquait pas de s'enrhumer. Ils restaient donc là, tout près du cottage. Une marmite de soupe mijotait sur le feu pour le souper et son arôme flottait autour d'eux, porté par la brise.

La présence de l'enfant ne l'avait pas empêchée de continuer à constituer ses réserves. Bien au contraire, elle avait considérablement avancé sa besogne. Colm avait l'esprit vif et, dès qu'il avait pu quitter sa paillasse, il s'était intéressé à ce qu'elle faisait. Il aimait l'aider à concocter des mélanges et à élaborer des remèdes. Contrairement à Iain, il n'avait pas appris à lire, mais il était doué en calcul et il lui indiquait les quantités d'ingrédients nécessaires.

Anna découvrit également que le garçon connaissait quantité de commérages sur tous les habitants du village d'Achnacarry. En quelques jours, elle en avait appris davantage sur les Cameron qu'elle n'en savait sur les Mackenzie, alors qu'elle avait vécu parmi eux pendant plus de dix ans !

— Mistress Mackenzie ?

Elle posa son regard sur lui et attendit.

— Je crois que je ne serai jamais un bon sculpteur, dit-il en lui montrant le pitoyable fruit de ses efforts.

Anna examina la créature sans pouvoir l'identifier :

cela ne ressemblait à aucun animal qu'elle ait jamais vu ni même imaginé.

— Non, jamais, répéta-t-il en secouant tristement la tête.

— Je crois que tes talents sont ailleurs, Colm, répondit-elle en posant le vêtement qu'elle était en train de repriser pour aller s'asseoir à côté de lui. Tu es bien plus doué que moi pour le calcul, tu sais.

— Je crois que mon père sera déçu de l'apprendre. Il veut que je devienne un guerrier fort et robuste comme lui.

— Ton père ne sera pas déçu, Malcolm Cameron.

Surpris par cette voix grave, tous trois se retournèrent. Davidh se tenait devant eux.

— Papa !

Colm se leva d'un bond pour courir vers son père, qui lui ouvrit les bras. Anna lut sur le visage de Davidh la surprise et la joie de voir son fils se déplacer avec tant de facilité, sans l'aide de personne. Après l'avoir serré contre lui, il le souleva tout en chuchotant à son oreille. L'enfant répondit à chacune de ses questions en hochant ou en secouant la tête.

Alors seulement, Anna rencontra le regard de Davidh et, en cet instant, quelque chose changea entre eux. Il la regardait autrement, comme s'il venait seulement de s'apercevoir de son existence. Sans doute était-ce son imagination qui lui jouait des tours. Pourtant, elle aurait juré qu'elle percevait dans ses yeux une lueur nouvelle. Une lueur qui faisait courir des frissons sur sa peau et qui enflammait ses joues.

— Bonjour, mistress, dit-il en reposant son fils, qui courut aussitôt jusqu'à elle. Je ne m'attendais pas à le trouver sur pied : il était si faible quand je vous ai quittés !

— Oui, notre Colm a fait beaucoup de progrès, déclara-t-elle d'un ton espiègle en posant les mains sur les épaules de l'enfant. Mais c'est parce qu'il vous a obéi :

il a suivi toutes mes instructions à la lettre. Il a même bu sans protester le sirop infect que je lui ai préparé !

— Oui, même celui-là ! renchérit Colm.

Iain éclata de rire : il savait que le garçon s'était plaint à chaque gorgée. Cela resterait leur secret.

— Comment avancent tes sculptures, Iain ? demanda Davidh. As-tu fini le cerf et le cheval, comme prévu ?

— Oui, sir, répondit l'intéressé en se dirigeant vers le commandant pour lui montrer les deux animaux, ainsi qu'un troisième qu'il venait de terminer.

— Extraordinaire ! commenta Davidh.

Il examina les trois ouvrages avec attention, surtout le plus récent, un faucon en vol. Après avoir jeté un coup d'œil à Anna, il se tourna vers Iain.

— Chaque plume est sculptée avec une telle finesse ! On le croirait vivant !

Le cœur gonflé de fierté, elle regarda son fils. Lui aussi était touché par les compliments du commandant. Qu'aurait dit Malcolm en voyant son meilleur ami et son fils ainsi réunis ?

Soudain, elle repensa à ses décisions passées. Avait-elle eu tort de refuser de se marier lorsque Colm était enfant, alors qu'elle savait Malcolm mort ? Aurait-elle dû donner à son fils un père qui l'aurait accompagné jusqu'à l'âge adulte ?

Anna avait reçu deux demandes en mariage, qu'elle avait été tentée d'accepter. Elle n'aimait aucun de ses prétendants, mais ce n'était pas la raison de son refus : elle n'attendait plus l'amour et ne songeait qu'au bien de son fils. Pourtant, elle avait fini par renoncer, de peur que sa vie ne lui appartienne plus.

Mais en les regardant, tous deux penchés sur le faucon, l'un interrogeant l'autre sur sa méthode et sa technique, elle commençait à douter d'elle.

— Vais-je rentrer à la maison avec toi, papa ? demanda Colm.

S'approchant, Davidh s'accroupit devant son fils de sorte qu'ils soient au même niveau. Anna avait remarqué qu'il faisait souvent cela pour s'adresser aux enfants.

— C'est à Mistress Mackenzie d'en décider. Qu'en dites-vous, mistress ? Mon fils est-il suffisamment rétabli pour rentrer avec moi ?

— Si vous n'y êtes pas opposé, j'aimerais le garder encore cette nuit. Je pourrais le ramener au village demain matin ? Quelques doses de ce sirop seront nécessaires pour…

Elle fut interrompue par un gémissement : Colm la regardait, le visage tordu en une grimace de dégoût.

— Seront nécessaires pour nous assurer que la toux est maîtrisée, termina-t-elle.

— Il devra avaler cette mixture qu'il soit ici ou chez nous, n'est-ce pas ? demanda Davidh

Colm soupira bruyamment en voyant s'évanouir tout espoir d'échapper au breuvage redouté. Comme Anna acquiesçait de la tête, il laissa échapper une plainte qui les fit éclater de rire, Davidh et elle.

— Avez-vous faim ? Nous allons bientôt souper.

Comme elle voulait qu'il accepte son invitation !

— Puisque j'ai fait halte au château pour présenter mon rapport à Robert, je peux rester.

Cette nouvelle sembla réjouir Colm, et même Iain. Quant à Anna, elle était ravie, sans le moindre doute.

Pendant que Davidh discutait avec les deux garçons, elle rentra dans le cottage pour finir de préparer le repas. Pendant le dîner, le commandant raconta son séjour au château de Tor. Anna suivit la conversation avec intérêt, heureuse de découvrir une nouvelle facette de sa personnalité. Iain et Colm, eux, étaient tout simplement fascinés en écoutant le récit de son voyage, mais aussi la description de ses armes, du château et des hommes qui combattaient pour Robert Cameron et son clan.

Mais bien vite, trop vite, le repas s'acheva et le moment

vint pour Davidh de rentrer au village. Anna l'observa du coin de l'œil lorsqu'il prit son fils à part pour lui parler d'un air grave. Le garçon ne dit rien, mais elle devina à son regard sombre qu'il était en train de recevoir une réprimande.

C'était une réprimande méritée : Colm s'était placé dans une situation qui aurait pu lui être fatale. Anna savait qu'à son âge, les garçons étaient joueurs et turbulents et qu'ils avaient besoin de se lancer des défis. Cependant, ces prises de risques n'étaient acceptables que dans certaines limites. Mais elle savait aussi qu'en respectant à tout prix sa promesse, l'enfant n'avait cherché qu'à la protéger. Il lui était donc bien difficile de lui reprocher son imprudence, et elle était soulagée qu'il revienne à son père, et non à elle, de le sermonner.

Enfin, Davidh donna à son fils une tape sur l'épaule, et elle attendit qu'il la rejoigne.

— Ses amis ont été punis pour le rôle qu'ils ont joué dans cette histoire. Je voulais donc qu'il prenne la mesure de sa responsabilité.

— Ce n'est qu'un enfant.

— Certes. Et j'ai commis bien des imprudences à son âge. Mais, contrairement à lui, je n'ai jamais mis personne en danger.

— En êtes-vous sûr ?

Malcolm, son Malcolm, lui avait raconté leurs incartades de jeunesse. Surtout celles qu'ils n'avaient jamais révélées à personne.

— Pourquoi ? demanda-t-il en souriant, laissant apparaître sur son visage un délicieux mélange de mâle culpabilité, de curiosité juvénile et de témérité. Que vous a raconté Colm ?

— Il m'a parlé de tous les habitants du village et de tous les membres du clan, mais presque pas de vous.

Elle éclata de rire en le voyant froncer les sourcils,

comme s'il était déçu de tenir aussi peu de place dans les propos de son fils.

— Mais je connais suffisamment les garçons pour savoir que vous avez dû faire des bêtises quand vous étiez enfant, poursuivit-elle.

Elle ne voulait pas penser à l'homme qui lui avait révélé leurs secrets. Pas maintenant.

— J'ai causé bien des soucis à ma mère, reconnut-il.

— Colm semble avoir mesuré la gravité de ses actes.

— Oui.

Il la dévisagea un instant en silence. Ses yeux sombres brillaient d'une flamme si intense qu'elle craignait presque de s'y brûler. Elle eut le sentiment qu'il voulait lui parler d'autre chose, et il confirma bientôt cette impression.

— Avant de rentrer au village, j'aimerais vous entretenir d'un sujet important… qui nous concerne tous deux.

# Chapitre 10

Anna sentit sa gorge se nouer, et c'est sur des jambes légèrement vacillantes qu'elle suivit Davidh hors du cottage. Le ton qu'il avait adopté n'était ni menaçant ni insultant, aussi n'avait-elle aucune raison d'appréhender cette rencontre. Et pourtant, elle avait la peur au ventre.

Avait-il découvert la vérité sur son fils ? C'était peu probable : s'il avait connu ses liens avec Malcolm, il aurait réagi tout autrement lorsqu'elle l'avait plaisanté sur son enfance.

À quelques pas du cottage, Davidh s'arrêta et se tourna vers elle. Comme il évitait son regard, elle se rendit compte qu'il partageait sa nervosité.

— Lorsque vous m'avez dit que Iain était un Cameron, commença-t-il, j'en ai déduit que c'était en partie pour lui que vous étiez revenue ici. Je veux dire que vous l'avez ramené au village pour qu'il connaisse sa famille.

— En effet.

— Je comprends également que vous l'ayez tenu caché. Être une femme seule n'est pas toujours facile, et peut se révéler dangereux.

Il s'approcha d'un pas et Anna dut croiser les mains pour les empêcher de trembler.

— C'est pourquoi j'ai une offre à vous faire.

— Une offre ?

— Une proposition.

— Une proposition ?

Il secoua la tête en riant.

— C'est plus difficile que je ne le pensais !

À l'expression de son visage, il dut deviner à quelle sorte de proposition elle songeait.

— Non, pas ce genre de proposition !

— Donc… ?

— Je vous ai dit que je voulais trouver un moyen de vous témoigner ma gratitude. Vous avez tant fait pour Colm ! C'est pourquoi j'ai demandé à Robert…

— Vous avez parlé de mon fils au laird ?

Ce n'était pas une bonne nouvelle, elle le sentait au plus profond d'elle-même. Toute cette attention dirigée vers Iain… C'était trop tôt.

— Robert est le chef de notre clan. Tous les Cameron sont sous sa protection !

Comme Davidh la considérait d'un air incrédule, elle comprit qu'il avait une pleine et entière confiance dans son chef, et dans les décisions qu'il prenait à l'égard de son peuple.

— Nous savons que ce n'est pas ce que vous aviez prévu, mais je me demandais si vous seriez prête à vous installer dans ma maison, au village.

— Votre maison ?

Tout ceci était décidément très obscur. Où voulait-il donc en venir ?

— Vous y seriez chez vous. Elle est assez grande : il y a deux chambres en plus de la pièce principale. Vous pourriez en avoir l'usage pour préparer vos remèdes.

— Et où habiteriez-vous ?

Davidh soupira en laissant retomber ses épaules.

— Je vais recommencer depuis le début.

Il lui montra du doigt le tabouret qu'elle avait laissé dehors, et elle s'assit.

— Robert me propose depuis longtemps une chambre

au château, pour mon fils et moi. Mais j'ai toujours préféré que Colm continue à vivre dans notre maison, au village. Toutefois, si vous le souhaitez, vous pourriez vous y installer. Quant à nous, nous irions habiter dans la forteresse.

— Colm ne devrait-il pas rester chez lui ? demanda-t-elle.

Sa proposition était généreuse, et tentante, mais elle ne voulait pas chasser un enfant, qui plus est un enfant malade, de sa maison !

— Nous pourrons en discuter plus longuement. Je vous propose cet arrangement car cela permettrait à Iain de faire son entrée au sein du clan.

— Vraiment, vous feriez cela ? Vous nous prêteriez votre maison ?

— Vous m'avez rendu mon fils alors qu'il était condamné à mourir, Anna. Deux fois. Non, trois, si l'on compte vos premiers traitements. C'est la moindre des choses que je puisse faire pour votre fils et vous.

Anna se leva, mais il lui fit signe de rester où elle se trouvait.

— J'ai dit à Robert que Iain était doué pour le travail du bois, et il a suggéré que les menuisiers le prennent comme apprenti. Il travaillerait dans les écuries, le donjon et les cuisines.

— Une maison, une place au sein du village, l'apprentissage d'un métier, et du travail. Est-ce bien ce que vous me proposez ?

Il planta ses yeux dans les siens et, malgré la lumière déclinante du soir, elle vit à nouveau l'étrange lueur qu'elle avait aperçue un moment plus tôt. C'était comme s'il brûlait de lui en dire plus, ou de lui dire autre chose, mais qu'il s'en défendait. Pourtant, elle avait l'espoir qu'il le ferait… Bientôt. Elle frissonna de tout son corps en songeant qu'elle espérait davantage que des paroles.

— Oui.

Un mot, un seul, prononcé d'une voix rauque, une

voix pleine de promesses et de… désir ? Anna s'efforça de chasser ces idées absurdes.

— Je dois réfléchir avant de vous donner ma réponse.

Davidh hocha la tête et elle crut la conversation terminée, mais au lieu de la quitter, il s'approcha d'elle.

— Il y a une autre raison pour que vous vous installiez au village, dit-il à voix basse.

Il avait changé de ton : c'était maintenant le commandant, le protecteur qui s'adressait à elle.

— Il semble que les proscrits se déplacent par les rivières et les lochs entre leurs attaques. Une femme seule ici le plus clair du temps serait… en danger.

Et une cible de choix, comprit-elle sans qu'il ait à le dire. Elle trembla en songeant aux menaces qu'avait subies sa mère autrefois. À présent, c'était son tour.

— Je vous promets d'y réfléchir sérieusement, Davidh. Et je vous remercie de me proposer si généreusement votre maison.

Une maison ! C'était bien le terme qu'il avait utilisé. Il ne vivait donc pas dans un cottage, comme elle avait cru le comprendre. À dire vrai, il ne lui avait rien dit du lieu où il habitait lorsqu'ils avaient fait le tour du village. Le seul endroit qu'ils n'avaient pas visité était un petit groupe de bâtisses de pierre. Elle avait pensé qu'elles servaient à entreposer des réserves ou des outils. Était-il possible que parmi elles se trouve sa demeure ?

Avec cet homme, elle allait de surprise en surprise.

Après avoir pris congé d'elle, Davidh s'engagea sur le sentier qui menait en bas de la falaise. Anna ne le quitta pas des yeux et resta immobile longtemps après qu'il eut disparu.

Accepterait-il sa décision, quelle qu'elle soit ? Et qu'en serait-il de Robert Cameron ?

De tels hommes avaient l'habitude de dicter leur loi sans que personne ne remette leurs ordres en question. Que le nouveau laird soit moins brutal que son prédécesseur ou non n'y changeait rien : cette deuxième proposition de sa part ne pouvait être ignorée ni refusée à la légère. Sans motifs sérieux, sa réponse serait considérée comme une insulte par le chef comme par son commandant.

Pourtant, Davidh lui avait accordé le délai de réflexion qu'elle lui demandait. Lui qui avait le pouvoir d'imposer sa volonté aux hommes, ou plutôt à tous les membres du clan à l'exception d'un seul, semblait lui laisser le choix ! Il devait savoir que rares étaient ceux, et surtout celles, qui songeraient à lui désobéir. Anna avait vu la déférence que lui témoignaient les villageois, mais c'étaient d'autres sentiments qu'elle avait lus dans le regard des femmes.

De l'admiration. De l'attirance. Le besoin de lui plaire. Et même un désir évident. Oui, l'homme qui avait la confiance de leur laird leur inspirait tout cela.

Il n'était guère difficile de mesurer l'ascendant qu'il exerçait sur la gent féminine, pour peu que l'on ait vécu dans un village où tout le monde avait des relations de parenté ou d'amitié. Un village où se lier avec un homme puissant pouvait permettre de jouir d'un certain confort. De vivre, au lieu de se contenter de survivre.

Plus d'une fois, Anna avait également surpris les regards des femmes sur elle. Ils trahissaient des sentiments moins bienveillants. Des sentiments qui représentaient un risque pour elle, mais aussi pour son fils.

L'étonnement. La curiosité. La jalousie. Les femmes ne régnaient sur aucun clan, certes, mais elles détenaient un certain pouvoir, qu'elles exerçaient à leur manière, différente de celle des hommes. Et ce pouvoir n'était pas moins dangereux. Ainsi, c'étaient les femmes du village qui avaient causé le plus d'ennuis à sa mère, des années plus tôt.

Les rumeurs qu'elles colportaient. Leurs accusations voilées et leurs questions insidieuses. Les soupçons qu'elles se plaisaient à faire naître et à ébruiter.

Perdue dans ses pensées, Anna secoua la tête. Elle

avait compris les erreurs de sa mère et s'était juré de ne pas commettre les mêmes. Si elle s'installait au village, ce qui semblait inévitable et même souhaitable, elle s'y prendrait autrement pour surmonter ces difficultés.

Car, quels que soient les risques, cette proposition correspondait exactement à ce qu'elle avait espéré en ramenant Iain au sein de la famille de Malcolm. Elle n'aurait pu rêver mieux : son fils serait au cœur même du château. Il allait tant apprendre !

En rentrant dans le cottage, elle trouva Colm endormi sur la paillasse. Assis à table, Iain apportait les dernières finitions à son faucon. Davidh n'avait vu que trois de ses sculptures, mais le garçon en avait des dizaines d'autres rangées dans son coffre. Anna s'assit à ses côtés tandis que, tenant son ouvrage en l'air, il examinait le résultat. Visiblement satisfait, il le reposa sur la table.

— Il faut que nous parlions, chuchota-t-elle en jetant un regard sur l'enfant endormi. Le commandant et le laird nous proposent de nous installer au village.

À ces mots, le visage de son fils s'éclaira et elle sentit une pointe de remords lui percer le cœur. En voulant le protéger, elle n'avait fait que l'isoler. Et pendant qu'elle se promenait dans le village et faisait connaissance avec ses habitants, il était resté seul, caché dans les bois.

— Pouvons-nous accepter ? demanda Iain.

— Ce n'est pas ainsi que j'avais imaginé notre vie ici, et pourtant je crois que nous le devons, répondit-elle. Le commandant a offert de nous prêter sa maison. Et il a promis de te faire entrer au service des menuisiers comme apprenti.

Cette nouvelle le transporta d'enthousiasme. Et en effet, c'était une chance extraordinaire pour lui. Il allait enfin obtenir tout ce qu'il désirait : connaître sa famille, découvrir le clan de son père, parfaire ses talents et apprendre un métier.

Iain ne savait rien des projets qu'Anna nourrissait pour

lui, ni de la véritable raison qui l'avait poussée à revenir à Achnacarry. Et il devait en demeurer ainsi pour l'instant. Tout d'abord, les Cameron et lui devaient apprendre à se connaître. Ensuite, son fils et elle seraient plus à même de revendiquer sa filiation.

Sans le savoir, en pensant simplement lui témoigner sa reconnaissance, Davidh Cameron lui avait offert le moyen idéal de mettre son plan à exécution. Mieux encore, en présentant son fils au laird et à leur clan, il se porterait garant de lui. Ainsi, qu'il le veuille ou non, il apparaîtrait comme un soutien lorsque la vérité éclaterait. Mais alors qu'Anna se félicitait intérieurement de la tournure que prenaient les événements, la voix de sa conscience s'éleva en elle. Elle l'étouffa aussitôt : cet avertissement ne suffirait pas à la détourner de son but. Iain Cameron devait devenir le successeur du chef, ainsi qu'il le méritait.

Comme son père avant lui.

Et si elle devait abuser de la confiance du commandant pour accomplir son dessein, elle n'hésiterait pas à le faire, quand bien même elle regretterait de devoir se servir de lui de cette façon. Pour rendre à son fils sa place d'héritier, elle était prête à supporter le poids de la culpabilité.

Elle ordonna à Iain d'aller se coucher : la journée du lendemain serait longue. S'il succomba immédiatement au sommeil, ce ne fut pas son cas. Durant les heures qui suivirent, elle tâcha de mettre de l'ordre dans ses pensées. Comment emporter toutes leurs affaires, mais aussi ses réserves et ses plantes ? Ils venaient à peine de quitter le village de sa mère et voilà qu'ils devaient repartir, alors qu'ils n'avaient pas fini de s'installer !

Au terme de ses réflexions, elle résolut d'attendre avant de faire leurs bagages. Le lendemain, elle ramènerait Colm au village et en profiterait pour inspecter la maison. Rien ne pressait, puisqu'elle devrait continuer à venir à

Caig Falls pour s'occuper des herbes qu'elle venait d'y planter. À présent, au lieu de vivre ici et de se rendre régulièrement au village, elle ferait l'inverse, voilà tout.

— Attends-moi, Colm ! s'écria Anna en s'élançant derrière le petit garçon, qui dévalait la route menant au village. Tu ne dois pas courir !

Enfin, il ralentit et elle parvint à le rattraper. Les passants les saluaient mais regardaient avec curiosité Iain, qui les avait maintenant rejoints. Ils le connaîtraient bien assez tôt. Tous trois se dirigèrent vers la forge et son incessante fumée. Ils trouvèrent Suisan dans son cottage, en train de travailler.

— Mistress Mackenzie ! s'exclama-t-elle. Malcolm Cameron !

Soulevant l'enfant dans ses bras, elle le berça contre son opulente poitrine en murmurant de douces paroles dans ses cheveux. Colm se laissa faire, sans doute à cause des réprimandes de son père : il savait que son imprudence avait causé bien des inquiétudes à tout le village. En les voyant ainsi, Anna fut touchée par l'affection sincère qui liait cet enfant sans mère à la femme qui avait pris soin de lui.

— Vous êtes-vous décidée à vous installer au village ? demanda Suisan après avoir relâché Colm. Et qui est ce beau jeune homme ? ajouta-t-elle en se penchant pour mieux voir Iain, à demi caché derrière Anna.

— Suisan, j'aimerais vous présenter mon fils, Iain, répondit Anna en poussant l'intéressé devant elle. Iain, voici Mistress Cameron. Son mari est le forgeron du village.

— Mistress Cameron, dit Iain en s'inclinant légèrement.

— C'est un vrai Cameron, à n'en pas douter ! commenta la femme. Mais il a votre teint.

Elle attendit, espérant visiblement obtenir davantage

de détails. Mais Anna se contenta d'acquiescer de la tête en souriant.

— Colm !

Se retournant, Anna vit le petit groupe de garçons qu'elle avait aperçu quelques jours plus tôt, en bas de la chute d'eau. Le fils de Davidh passa la tête dans l'embrasure de la porte, l'air hésitant.

— Ils t'attendent ! lui dit Suisan. Va les voir !

L'enfant leva vers elle un regard grave.

— Papa m'a dit qu'ils avaient été punis pour… ce qui s'est passé.

— Oui, c'est vrai. Mais tout cela est fini, maintenant. Allons, va les voir ! répéta-t-elle. Et emmène donc Iain ! Il doit avoir à peu près leur âge.

Les deux garçons sortirent du cottage. De loin, Anna vit Colm présenter Iain à ses amis. Passé un bref moment de gêne, les enfants se mirent à bavarder avec animation et elle n'entendit plus que le brouhaha de leurs voix. Se retournant, elle rencontra le regard scrutateur de Suisan : la femme voulait en savoir davantage sur son fils.

— Iain a douze ans.

— Et quand êtes-vous partie d'ici, Mistress Mackenzie ?

— Il y a douze ans.

Elle n'en dirait pas davantage.

— Davidh n'était pas sûr que vous accepteriez sa proposition. Vous êtes-vous décidée ?

— Oui, Suisan. Iain et moi, nous allons habiter au village.

— Dans la maison de Davidh, n'est-ce pas ? demanda la femme en plissant les yeux, les bras croisés sur la poitrine.

— Oui, dans sa maison, une fois qu'il se sera installé au château.

Suisan laissa échapper un soupir d'exaspération et secoua la tête.

— Ce n'est pas tout à fait l'arrangement que j'avais espéré, pour tout vous dire.

Ainsi, la femme du forgeron aimait jouer les marieuses et avait nourri des espoirs pour le commandant et elle ! Malheureusement, ses plans étaient voués à l'échec. Certes, Anna ne pouvait nier que Davidh était fort séduisant et, en d'autres circonstances, l'idée d'un tel arrangement n'aurait pas été pour lui déplaire. Mais jamais il ne lui pardonnerait sa duplicité lorsqu'il apprendrait la vérité.

— Je me demande seulement s'il acceptera que Colm reste avec nous au lieu de le suivre au château.

— Vous feriez cela ? Vous occuper de son fils ?

— Il m'a proposé d'aider le mien. Comment pourrais-je ne pas en faire autant pour Colm ?

Comme Suisan ne répondait pas, Anna chercha son regard.

— Il ne va pas bien, n'est-ce pas ? demanda la femme après un long silence.

Il y avait plusieurs façons de répondre à cette question — une question que Davidh lui-même n'avait pas encore osé lui poser. Anna pouvait lui donner de l'espoir, en lui laissant croire que l'enfant était sur la voie de la guérison. Mais elle pouvait aussi dire la vérité, et lui confier ses peurs.

— Non, il ne va pas bien.

Même prononcés à voix basse, de femme à femme, ces mots semblaient d'une terrible brutalité.

— Mais va-t-il se rétablir ?

— Je ne le crois pas.

Un épais silence les enveloppa tandis qu'Anna regardait les enfants rassemblés dehors. Puis un léger sanglot attira son attention, et elle posa la main sur le bras de Suisan.

— Cela ne veut pas dire que je renonce. Je vais combattre la maladie avec tous les outils dont je dispose. Je vous le promets.

Des larmes inattendues lui montèrent aux yeux, et elle les essuya avant de franchir la porte.

— Viens, Colm ! Montre-nous le chemin de ta maison.

Les garçons la suivirent, et ils rejoignirent bientôt la route qui menait au château, longeant les vastes bâtisses de pierre les plus proches des grilles. Soudain, Colm s'arrêta devant la plus grande.

— Nous y sommes, Mistress Mackenzie. C'est la maison de mon papa.

Anna contempla l'imposante demeure, bouche bée. Où avait-elle donc mis les pieds ?

# Chapitre 11

Une allusion de l'un des guerriers au sujet de la guérisseuse attira l'attention de Davidh, et il s'interrompit dans sa tâche. L'homme l'avait vue au village.

Elle était donc ici. Avait-elle pris sa décision, depuis leur conversation de la veille ? C'était probable. Se trouvait-elle encore au village ? Il scruta le ciel : le soleil commençait déjà à décliner dans le ciel, indiquant que le milieu de l'après-midi était proche. Anna devait être en train de visiter des malades, et ne rentrerait sans doute pas à Caig Falls avant le soir.

Avant même de s'en rendre compte, il avait franchi les grilles du château. Alors qu'il prenait la direction du cottage de Suisan, soucieux avant tout de prendre des nouvelles de Colm, il jeta un regard vers sa propre maison. Une colonne de fumée s'élevait de la cheminée. Comment était-ce possible ? S'approchant, il entendit des voix à l'intérieur. Colm avait-il invité les autres garçons à entrer, désobéissant à ses règles ? Pourquoi n'était-il pas chez Suisan ? Il marcha à grands pas jusqu'à la porte et souleva le loquet.

Anna se tenait debout au milieu de la pièce principale. Colm et tous ses amis, ainsi que Iain, étaient assis en cercle autour d'elle. Tous se tournèrent vers lui d'un même mouvement et le foudroyèrent du regard.

— Papa ! bougonna Colm en lui faisant signe d'entrer, les sourcils froncés. Mistress Mackenzie est en train de nous raconter l'histoire de cette pierre, dans la vallée, qui dit la vérité. Tu l'as interrompue !

— Je..., bredouilla-t-il en pénétrant à l'intérieur.

Après avoir refermé la porte derrière lui, il s'appuya contre le mur et fit signe à Anna de continuer.

— Comme je vous le disais..., commença-t-elle, reprenant le fil de son récit.

Davidh l'écouta, impressionné. Elle contait son histoire d'une façon si vivante que les enfants étaient littéralement captivés. Tandis qu'elle dépeignait le rocher qui, un certain jour de l'année, semblait prendre vie, pas un instant ils ne la quittèrent des yeux.

Lui-même connaissait déjà cette légende. Pourtant, il se laissa malgré lui emporter, allant jusqu'à émettre des suggestions lorsqu'elle posa des questions. Les enfants semblaient comme envoûtés, et lorsqu'elle arriva au terme de son récit, tous étaient convaincus que la pierre disait la vérité lorsqu'on l'interrogeait.

Elle chassa alors tous les garçons, à l'exception de Colm et Iain, et Davidh fut frappé de la rapidité avec laquelle ils lui obéirent. La petite bande sortit dans un joyeux chahut et, bientôt, le silence s'installa. Anna se tenait toujours au centre de la pièce.

— Je n'avais pas entendu cette histoire depuis des années, avoua-t-il. Et certainement pas racontée avec un tel talent.

— C'est la préférée de Iain, répondit-elle. Est-il vrai que la pierre existe vraiment ? J'ai entendu dire qu'elle se trouvait dans la vallée, dans la direction du mont Ben Nevis.

Davidh sourit. Enfants, Malcolm et lui avaient passé des semaines à la chercher. Et ils avaient fini par trouver ce qui, disait-on, était bel et bien la pierre de vérité évoquée dans la légende.

— Je l'ai vue de mes yeux, dit-il. Mon ami et moi avons marché de longues heures pour cela, et nous l'avons trouvée. Elle fait à peu près cette taille, précisa-t-il en décrivant un large cercle de ses mains. Et bien qu'elle soit trop lourde pour être déplacée, certains prétendent qu'ils l'ont vue s'incliner pour répondre aux questions qu'ils lui posaient.

— Où est-elle, sir ? Est-ce près d'ici ? demanda Iain.

— Non loin du château de Tor, dans le Sud, répondit-il. Mais c'était il y a bien longtemps. Si mes devoirs m'en laissent le temps, peut-être pourrions-nous aller la chercher ensemble un jour.

Cette suggestion fut accueillie par des cris de joie. Colm surtout montra une vigueur et un enthousiasme surprenants. Puis tous deux disparurent dans sa chambre.

Davidh regarda alors autour de lui et remarqua une chose qu'il n'avait pas vue depuis des années dans cette maison. Il y avait… de la vie. Même une fois les garçons partis, la chaleur de leur présence était encore perceptible. Et il savait à qui il devait ce changement.

Anna n'avait pas déplacé le moindre meuble dans la pièce, et pourtant tout semblait différent. Elle avait ramené les garçons ici, elle avait empli la maison de rires, alors qu'elle ne lui avait pas encore fait part de sa décision. Si elle était capable d'accomplir un tel miracle en quelques heures, que ferait-elle en plusieurs jours, plusieurs semaines ou… ?

— Vous ne m'aviez pas dit que vous viviez dans une si belle maison.

Il esquissa une moue amusée.

— À dire vrai, je n'ai plus vraiment de maison depuis quelques années. Je passe mes journées et souvent mes nuits au château, et parfois loin d'ici. Quant à Colm, il va de famille en famille quand je ne peux pas m'occuper de lui. Cette demeure est à nous depuis que Robert a pris la direction du clan et a fait de moi son commandant.

Mais depuis la mort de Mara, je ne me sens chez moi nulle part.

— La mère de Colm. Elle est morte il y a plusieurs années, n'est-ce pas ?

— Oui. Et mes parents l'ont suivie dans la tombe l'an dernier.

— Vous avez une sœur ?

— Oui, Aileen. Elle est revenue ici quelque temps pour m'aider. Je vois que Colm vous a vraiment parlé de tout le monde !

Son fils ne s'était pas montré aussi bavard depuis… depuis une éternité.

— Sauf de vous ! Vos secrets sont intacts, dit-elle. À supposer qu'il les connaisse, bien sûr.

— À propos de secrets…

L'espace d'un instant, cette allusion à Iain parut la décontenancer et ses joues se teintèrent d'un rose qui lui seyait à ravir.

— Avez-vous pris une décision au sujet de votre fils ? Et de votre installation ici ?

— Il faut que nous en parlions.

Anna lui fit signe de s'asseoir et posa un pichet et un gobelet sur la table. Après avoir rempli ce dernier, elle le lui tendit et s'installa face à lui.

— Il ne me paraît pas juste de vous chasser de cette maison, votre fils et vous.

— Vous ne me chassez pas… C'est moi qui vous le propose !

— Oui, mais le résultat est le même. Vous n'habiteriez plus au village. Et vous avez affirmé vous-même que vous souhaitiez que Colm vive ici.

— Ai-je dit cela ? demanda Davidh, en tâchant de se remémorer ses paroles de la veille. C'est vrai. Mais l'arrangement que je vous propose me semble meilleur.

Se levant, Anna se dirigea vers la porte de la chambre

de Colm. Après l'avoir fermée en la tirant légèrement, elle revint se poster face à lui.

— Je n'accepterai de m'installer ici que si votre fils et vous restez dans la maison. Ainsi, je pourrai continuer à prendre soin de lui comme je l'ai fait ces derniers jours, expliqua-t-elle avant de se rasseoir.

Tandis qu'elle continuait à parler, Davidh étudia son visage.

— Il ne sera pas plus un poids pour moi que mon fils ne le sera pour vous.

— Ainsi, vous voulez que nous soyons à égalité ? Vous vous occuperez de mon fils en échange de l'aide que j'apporterai au vôtre ?

Les mots de Parlan lui revinrent à l'esprit tandis que, d'un signe de tête, il lui signifiait son consentement.

— Très bien. Dans ce cas, j'accepte de m'installer ici, déclara-t-elle avant de laisser échapper un soupir exaspéré. Dire que je venais de finir de ranger mes réserves au cottage !

— Vous n'êtes pas au bout de vos peines, je le crains, commenta Davidh. Mais comment avez-vous fait pour transporter toutes vos affaires là-haut ?

— Il y a un sentier très étroit qui longe la rivière, presque à flanc de colline. Après être descendus de la charrette qui nous a emmenés jusqu'ici, nous avons placé nos bagages dans une petite carriole que nous avons tirée jusqu'au cottage. Mais cette fois, je transporterai nos effets au fur et à mesure, chaque fois que je redescendrai au village. Du reste, il me faudra continuer à cultiver le jardin et à faire sécher les herbes que j'y ai plantées.

— Si vous avez besoin d'aide…

— Non, vous m'avez déjà tant aidée ! Et vous avez vos propres obligations.

— Oui mes obligations, répéta-t-il, songeant soudain aux tâches qui l'attendaient. Votre arrivée est bienvenue, car je serai bientôt envoyé en mission.

— Très bien, conclut-elle en appuyant les mains sur la table pour se lever. Dès demain, je commencerai à apporter nos affaires.

Davidh se leva à son tour tandis qu'elle appelait Iain et se préparait à partir.

Ils échangèrent encore quelques mots sur son installation et sur les meubles dont elle aurait besoin pour travailler, puis elle partit. En les regardant tous deux s'éloigner vers l'autre extrémité du village, il sourit.

Pour la première fois depuis bien longtemps, il éprouvait un profond soulagement.

Jour après jour, la maison se remplit de la présence et des effets personnels de la jeune femme et de son fils. Chaque soir, en rentrant chez lui, Davidh trouvait un repas chaud qui l'attendait, même lorsque la nuit était tombée depuis longtemps. Et lorsqu'il revint après trois jours passés à traquer les proscrits sur les routes bordant le Loch Arkaig et les terres environnantes, il se rendit compte qu'Anna avait entièrement pris possession de sa maison.

Le lendemain matin, en surveillant l'entraînement de ses hommes, il réfléchissait à tous ces changements quand un constat s'imposa à lui.

Il n'était pas du tout mécontent de sa nouvelle vie.

Dès que ses devoirs lui permettraient de passer plus de temps à Achnacarry que sur les routes et les rivières, il remplirait sa part du contrat et s'occuperait du fils d'Anna. Iain était remarquablement doué pour le travail du bois, et chaque animal ajouté à sa collection de sculptures semblait plus richement ouvragé que le précédent. Ses talents viendraient compléter avantageusement ceux des menuisiers du village et du château. Et lui permettraient de gagner, pour sa mère et lui-même, la place qu'il méritait au sein du clan Cameron. Ne suffisait-il pas de le regarder pour savoir qu'il faisait partie des leurs ?

— Davidh ?

Sursautant, il leva les yeux et vit Lady Elizabeth qui se tenait debout derrière la barrière. Elle n'était pas accompagnée de Robert, ni de personne d'autre que de sa bonne. Il la rejoignit en quelques enjambées et s'inclina devant elle.

— Pardonnez ma distraction, my lady.

Elle le considérait avec une lueur de gaieté dans le regard.

— Puis-je faire quelque chose pour vous ? demanda-t-il.

— Mistress Mackenzie s'est-elle installée au village ?

Davidh jeta un coup d'œil dans la direction de sa maison et hocha la tête.

— Il semble que oui.

La lady accueillit sa réponse avec un petit rire, et il craignit d'avoir adopté un ton déplacé.

— Je veux seulement dire que cela s'est passé avec une rapidité qui m'a surpris, my lady. Une fois la décision prise, tout s'est déroulé très vite, me semble-t-il.

— Vous oubliez que vous êtes resté absent trois jours.

À nouveau, il surprit une étincelle dans son regard. Était-elle en train de se moquer de lui ?

— Il faut moins de temps que cela à une femme organisée.

Pour toute réponse, il haussa les épaules. Anna avait investi les lieux, c'était certain.

— Et plus tôt elle aura fini de s'installer, plus tôt elle pourra s'occuper de la réserve.

— Ah, c'est donc là que vous vouliez en venir ! s'exclama-t-il en riant, comprenant soudain la raison de sa visite. Vous avez hâte qu'elle mette de l'ordre dans cette pièce !

Lady Elizabeth lui répondit d'un sourire énigmatique

qui lui laissa le sentiment qu'elle avait aussi d'autres raisons de chercher Anna.

— Oui, répondit-elle cependant en posant la main sur son bras. Mais je vous en prie, ne la pressez pas ! Qu'elle vienne lorsqu'elle sera prête. À dire vrai, je crois qu'il y a bien peu de choses à sauver, mais Anna nous sera précieuse pour faire le tri, et nous pourrons ensuite décider de la marche à suivre.

— Je lui parlerai dès que je la verrai. Quand je me suis levé ce matin, elle était déjà sortie.

Non sans avoir laissé une marmite de porridge tout chaud à son attention. En y repensant, il avait à nouveau l'eau à la bouche.

— Je vous laisse à votre entraînement, Davidh.

Il s'inclina à nouveau devant Lady Elizabeth, qui s'éloigna vers le donjon, sa bonne à sa suite. Puis il retourna à son entraînement, et se rendit rapidement compte que tous ses hommes étaient présents. Y compris les trois guerriers qu'il avait désignés pour aider Anna lorsqu'elle se rendait au cottage ou avait des objets lourds à transporter. Il les appela aussitôt.

— Mistress Mackenzie vous a-t-elle demandé de l'accompagner aujourd'hui ?

Comme un seul homme, ils secouèrent la tête.

— Et l'un de vous l'a-t-il vue au village, ce matin ?

— Non, répondit Eonan. Elle a dit qu'elle allait s'occuper elle-même des deux ou trois choses qu'il restait à faire là-haut.

Les autres confirmèrent ses dires d'un signe de tête.

— Elle se trouve donc au cottage en ce moment ? demanda-t-il.

D'après les récents rapports qu'il avait reçus, les proscrits étaient en train de se rapprocher d'Achnacarry. On ne les avait pas vus près du village, mais on avait relevé, dans les environs, des preuves de leur progression. Ils se montraient de plus en plus hardis, et cette idée n'était pas sans le préoccuper.

Eonan haussa les épaules, tout comme Micheil et Donald. D'un signe de tête, il les renvoya dans leurs groupes d'entraînement respectifs et tâcha lui-même de se remettre au travail. Il parcourut le terrain, observant les exercices, criant des conseils, louant les efforts et l'habileté des guerriers qu'il commandait. Mais bientôt, il se révéla incapable de fixer son attention sur eux. Ses pensées ne cessaient de s'égarer vers le cottage de Caig Falls.

Anna s'y trouvait-elle en ce moment ? Son fils était-il avec elle ? Malgré son jeune âge, peut-être dissuaderait-il par sa seule présence d'éventuels vagabonds qui se trouveraient sur leur chemin. Mais les proscrits étaient proches, avec en tête des projets d'attaque et de destruction…

Hasard ou non, Athdar, son commandant de manœuvre, choisit ce moment pour sonner la fin de l'entraînement. Les guerriers se dispersèrent et quittèrent le terrain. Davidh salua son ami d'un signe de tête avant de partir à son tour. Après s'être arrêté à la maison pour voir les garçons, il prit le chemin des chutes.

Une sourde angoisse brûlait en lui, l'avertissant qu'il n'y avait pas de temps à perdre.

# Chapitre 12

Anna se colla contre les rochers en priant pour que les hommes ne tournent pas la tête dans sa direction. Mais elle avait trouvé une bien piètre cachette : debout dans une petite niche, face aux champs, elle avait peu d'espoir de passer inaperçue. Et il avait fallu qu'elle choisisse ce jour pour porter cette robe, d'une teinte plus vive que ses habituelles tenues de travail ! Loin de l'aider à se fondre dans le décor, elle avait toutes les chances d'attirer les regards.

Les trois hommes recommencèrent à se disputer. Dans quel but avaient-ils gravi le sentier à flanc de colline ? Elle l'ignorait, mais de toute évidence, ils avaient modifié leurs projets en trouvant le cottage et son jardin bien entretenu. Bien qu'elle n'eût laissé presque rien à l'intérieur, quelque chose avait dû retenir leur attention.

Soudain, ils se turent et elle se baissa vivement, guettant le moment de s'enfuir. Malheureusement, dès qu'elle quitterait son abri, que ce soit pour emprunter le chemin qui descendait ou pour partir de l'autre côté, elle serait exposée à la vue des trois hommes. Ce n'est qu'en entendant leurs pas traînants se diriger dans différentes directions qu'elle comprit qu'un grave danger la guettait.

— Tiens, tiens, qu'avons-nous là ? s'exclama soudain l'un d'eux en arrêtant son regard sur elle. Une douceur à se mettre sous la dent avant de repartir, dirait-on ! ajouta-t-il en s'avançant d'un pas.

Anna chercha des yeux un objet qu'elle puisse utiliser pour se défendre. Elle n'avait sur elle que le petit couteau dont elle se servait pour couper des branches ou des fleurs. Il ne serait guère efficace contre ces hommes. Un craquement non loin la fit sursauter, et en levant la tête, elle vit un deuxième homme arriver depuis la chute d'eau. Le troisième se posta de l'autre côté, lui barrant le chemin vers le jardin et les champs.

Elle était piégée.

Toute fuite était désormais impossible.

Anna s'efforça de garder son calme, mais elle avait les mains tremblantes et ses jambes peinaient à la porter.

— Je la veux en premier ! déclara celui qui se tenait du côté du précipice. Vous avez eu les autres avant moi. C'est mon tour !

— Elle est à toi, répondit le plus imposant des trois tout en se passant la langue sur les lèvres d'un geste obscène. De toute façon, quand j'en aurai fini avec elle, tu n'en voudras plus !

Sa grosse main glissa jusqu'à son entrejambe, et Anna détourna le regard.

Elle saisit le couteau qui pendait à sa ceinture et se baissa pour ramasser une pierre dans l'espoir de gagner un peu de temps. Son sang se figea lorsqu'ils se rapprochèrent. Mais elle se ressaisit aussitôt, s'efforçant de chasser sa peur. Il lui fallait à tout prix trouver un moyen d'échapper au sort qui l'attendait ! Enfin une idée jaillit dans son esprit, venue elle ne savait d'où. Mais qu'aurait-elle pu faire d'autre ? Levant la tête, elle se mit à crier en prononçant chaque mot avec tout son courage et sa détermination.

— Écoutez la sorcière de Caig Falls !

Les trois hommes restèrent muets, mais au moins cessèrent-ils de se rapprocher.

— J'appelle les esprits de l'air, de la terre, du feu et de l'eau ! Écoutez mon appel !

Elle glissa le couteau à sa ceinture et laissa tomber la pierre sur le sol avant de lever les bras devant elle.

— Écoutez mon appel !

Par un hasard miraculeux, le vent se mit à souffler à cet instant, bruissant dans les feuillages alentour, et elle eut presque envie de rire devant les visages pétrifiés des trois hommes. Sachant qu'il lui fallait s'extraire de la niche si elle voulait avoir le moindre espoir de leur échapper, elle esquissa un pas en avant.

— Que mes pouvoirs se déchaînent pour me protéger !

Ils reculèrent en titubant et elle fit glisser ses pieds sur le sol afin de leur donner l'impression qu'elle avançait sans presque toucher terre.

— Je vous maudis tous ! Tremblez, car vous subirez mon courroux !

— C'est la sorcière qui vit ici ! s'écria l'homme qui se trouvait le plus près d'elle. Je ne voulais pas trousser une sorcière ! gémit-il en secouant la tête.

Tout en agitant les mains comme pour se protéger d'elle, il continua à reculer.

C'était le moment ou jamais. Réunissant toutes ses forces, Anna s'élança hors de sa cachette.

— Sorcière ou pas, gronda le colosse en la saisissant par le bras, moi, je vais la trousser !

Puis il la jeta à violemment à terre. Le choc lui arracha un cri.

— Je maudirai ta… virilité, et elle se flétrira ! s'exclama-t-elle en pointant le doigt entre ses jambes.

— Maudis-la tant que tu voudras, répliqua l'homme en s'accroupissant sur elle, le genou posé sur sa robe pour l'immobiliser. Ma virilité se porte très bien, comme tu vas bientôt le voir !

Lorsqu'il porta la main à sa ceinture pour ôter son

plaid, Anna sut qu'elle avait perdu. Elle se mit à hurler en se débattant de toutes ses forces.

Suivit un instant de terreur indicible. Mais brusquement, l'homme bascula sur le côté et elle put se dégager. Sans perdre un instant, elle se précipita tant bien que mal vers les rochers tandis que quelqu'un la sauvait de ses agresseurs.

Davidh.

Davidh Cameron l'avait sauvée.

Saisie de stupeur, Anna le vit jeter le colosse à terre et le rouer de coups. Dégainant son épée, il repoussa les deux autres, qui le chargeaient, l'arme au poing. Exécutant une danse gracieuse mais mortelle, il les attira plus près de lui avant de les abattre. Ils moururent avant même que leurs corps ne retombent sur le sol. Anna ne put détacher les yeux de Davidh tandis qu'il terrassait les trois hommes, sans reprendre son souffle ni prononcer un mot.

À présent que les bandits étaient étendus sur le sol, vaincus, seul le son de sa respiration haletante trahissait son effort. Il n'avait toujours pas posé les yeux sur elle. La garde de son épée serrée dans son poing droit, il semblait se tenir prêt à affronter d'autres ennemis. Alors seulement Anna remarqua le poignard qu'il tenait dans la main gauche. Quoique de petite taille, l'arme n'en était pas moins redoutable. Enfin Davidh se retourna, non pour la regarder mais pour se diriger vers le cottage. Il en fit le tour avant d'explorer le jardin et les champs.

— Il n'y avait que ces trois hommes ? demanda-t-il à son retour tandis qu'il glissait le poignard dans sa botte.

Anna hocha la tête, encore tremblante, et saisit la main qu'il lui tendait. Comme elle vacillait sur ses jambes, il lui laissa le temps de retrouver son équilibre.

— Sont-ils arrivés par les chutes ou par le fleuve ?

Il parlait d'une voix calme. Trop calme. Quand elle

se risqua à scruter son visage, elle fut frappée par son regard froid.

— Par les collines, en longeant le fleuve, répondit-elle.

— Venez. Nous devons rentrer au village.

Il la guida vers le cottage avant de s'arrêter.

— Pouvez-vous marcher jusqu'au sentier et m'attendre là-bas ? demanda-t-il avant de s'éloigner sans lui laisser le temps de répondre.

C'était le commandant qui avait parlé, et il entendait être obéi. Anna avança de quelques pas en titubant avant de retrouver la maîtrise de ses jambes. Ne pas regarder en arrière, surtout. Les battements affolés de son cœur la poussaient à courir, à s'enfuir le plus vite possible, mais elle se força à marcher en se concentrant sur le bruit de la chute d'eau pour ne pas laisser la peur s'emparer d'elle.

N'y tenant plus, elle jeta un coup d'œil par-dessus son épaule. Davidh était en train d'examiner les trois hommes qui gisaient sur le sol, immobiles. S'arrêtant, elle l'observa tandis qu'il se dirigeait vers le colosse. Un frisson glacé lui parcourut le corps : que serait-il arrivé s'il n'était pas intervenu ? Son sauveur leva alors la tête pour regarder autour de lui, et il l'aperçut.

— Avez-vous une corde ? Quelque chose pour l'attacher ? demanda-t-il.

Arrachée à son impuissance, Anna acquiesça de la tête et courut jusqu'au cottage. Il n'était pas entièrement vide : elle avait pris soin d'y laisser le nécessaire pour ses travaux dans le jardin et les champs. Se saisissant d'un rouleau de corde, elle l'apporta à Davidh. Une fois encore, elle fut saisie par l'expression de son visage.

— Venez. Vous ne risquez plus rien, à présent.

Arrivée tout près de lui, elle se rendit soudainement compte que ses mains tremblaient. Puis son corps tout entier. Elle était secouée de frissons et ne pouvait plus avancer d'un pas. À la vue de ses agresseurs, l'un inconscient et les deux autres étendus dans une mare de sang, elle fut prise de nausée. Bientôt, un voile noir tomba devant ses yeux et elle se mit à suffoquer. Ses forces l'abandonnèrent alors, et elle sentit ses jambes céder sous son poids.

— Anna !

Elle sentit les bras puissants de Davidh la retenir. Il répéta son prénom tout bas en la serrant contre sa poitrine. Fermant les yeux, Anna s'efforça de chasser la peur qui l'étouffait.

— Inspirez profondément, murmura-t-il, la bouche enfouie dans ses cheveux.

Elle parvint à aspirer une petite bouffée d'air.

— À présent, soufflez de toutes vos forces.

C'était impossible : elle tremblait trop.

— Allons, Anna, recommencez ! Inspirez en comptant. C'est bien. Maintenant, expirez !

À nouveau, elle fut incapable de maîtriser son corps. Mais, peu à peu, apaisée par le son de sa voix et la chaleur de son étreinte, elle arriva à faire ce qu'il lui demandait.

— Encore, ordonna-t-il d'un ton doux et autoritaire à la fois. Un… deux… trois…

Anna obéit à tout ce qu'il lui disait. Lorsqu'elle sentit son souffle chaud lui chatouiller l'oreille, elle comprit qu'elle était en train de se remettre du choc qu'elle venait de subir. Alors elle fit l'effort de se relever. Pourtant, une fois debout, elle se rendit compte qu'il la tenait encore dans ses bras. Ses bras robustes et rassurants.

Et à cet instant, elle n'aurait voulu être à aucun autre endroit au monde.

Anna ferma les yeux, savourant cette sensation, le contact du torse musclé de Davidh contre son dos, son souffle dans son cou et cette odeur enivrante qui n'appartenait qu'à lui. Il y avait si longtemps qu'elle n'avait laissé un homme l'approcher de si près ! Elle aurait voulu que ce moment dure pour toujours.

Mais, brusquement rattrapée par la froide réalité, elle

s'écarta de lui. L'air froid qui s'insinua entre leurs corps la fit grelotter.

— Laissez-moi en finir avec celui-ci. Ensuite, je vous ramènerai au village.

Sa voix calme et posée lui rappela qu'il se comportait avec elle comme il l'aurait fait avec n'importe qui.

Anna lui tendit la corde qu'elle tenait toujours serrée dans la main. Avec des gestes rapides et habiles, il attacha le colosse qui gisait, inconscient, sur le sol. De toute sa vie, jamais elle n'avait été assaillie de la sorte. Bien sûr, plus d'un homme l'avait entreprise avec ardeur, mais aucun n'avait essayé de la prendre contre son gré.

Son cœur cognait fort dans sa poitrine, et elle comprit que la terreur ne l'avait pas encore quittée, malgré tous ses efforts pour s'en défaire. Elle se mit à marcher vers le sentier qui menait en bas de la falaise. Lorsqu'elle entendit Davidh approcher, elle se tourna vers lui. Il lui prit la main pour la guider le long du chemin. À un moment, il glissa un bras autour de sa taille pour la soutenir. Lorsqu'ils arrivèrent en bas, elle s'attendit à ce qu'il la relâche, mais il n'en fit rien. Quelques pas encore, et ils rejoignirent la route où les attendait son cheval.

— Anna…, commença-t-il.

Au lieu de s'écarter d'elle, il l'attira contre lui de manière à lui faire face.

— Comment vous sentez-vous ? demanda-t-il en prenant son visage dans le creux de la main, lui effleurant la joue du bout des doigts.

Anna aurait voulu répondre quelque chose, n'importe quoi, mais alors elle rencontra son regard, et les mots s'étranglèrent dans sa gorge.

Les yeux de Davidh s'assombrirent, devenant presque noirs, lorsqu'il les plongea dans les siens.

— J'ai eu si peur de ne pas arriver à temps ! murmura-t-il.

Il glissa la main dans ses cheveux, enroulant une

mèche autour de son doigt, puis caressa sa nuque, faisant jaillir de petites étincelles de plaisir le long de son dos.

— Quand je vous ai entendue crier…

Anna garda les yeux ouverts jusqu'au dernier moment. Lentement, Davidh se pencha au-dessus d'elle et posa ses lèvres sur les siennes. Alors seulement elle ferma les paupières. C'était pure folie. C'était brûlant et fougueux. C'était… merveilleux, et elle se serra tout contre lui pour s'abandonner à ce baiser.

Pour s'abandonner à lui.

La terreur était une émotion que Davidh n'éprouvait que rarement. Et lorsque cela se produisait, il se refusait à l'admettre. Même au plus fort d'une bataille ou d'une attaque, l'excitation et le danger, au lieu de l'effrayer, lui donnaient le sentiment d'être vivant. Mais lorsque, en arrivant au bout du sentier, il avait entendu Anna crier, il avait senti son sang se figer dans ses veines. Après avoir tué les deux premiers proscrits, il avait voulu achever également celui qui se tenait au-dessus d'elle. Mais au dernier moment, il avait réussi à contenir sa rage : il savait que, vivant, l'homme lui serait utile. Un prisonnier pourrait leur fournir des informations précieuses sur ceux qui ravageaient leurs terres et attaquaient leurs clans.

La vue d'Anna étendue sur le sol, luttant pour sa vie, avait eu raison de son sang-froid de guerrier. Lui qui était toujours resté maître de lui-même, dans les combats les plus violents, n'avait pas supporté de la voir ainsi, hurlant de terreur. À cet instant, il n'avait pensé qu'à une chose : les détruire, tous. Et il avait bien failli le faire.

Si elle ne s'était pas retournée, il aurait plongé son épée sanglante dans le ventre de cet homme à terre. Seules la détresse et la panique qu'il avait lues dans ses yeux l'avaient arrêté. Alors il avait réussi à se reprendre, et le commandant avait repris le pas sur l'homme. Sa fureur l'avait quitté et il avait fait son devoir, attachant le survivant afin de se charger de lui plus tard.

À présent qu'ils étaient en sécurité, il s'accorda enfin le droit de la regarder vraiment. De sa tresse défaite s'échappaient de longues boucles auburn qui tombaient sur ses épaules et encadraient son visage en cœur. Lorsque ses beaux yeux émeraude rencontrèrent les siens, il n'eut qu'une envie : se perdre dans leurs profondeurs.

Se perdre en elle.

Cet élan lui était si étranger qu'il ne sut s'en défendre. Non, rien ne pouvait l'empêcher de… l'embrasser.

Il approcha la main de son visage, guettant un signe d'hésitation qui l'aurait arrêté. Mais au contraire, elle posa la joue dans sa main en laissant échapper un soupir si doux qu'elle-même ne l'avait sans doute pas entendu. Plongeant la main dans sa chevelure, il posa ses lèvres sur les siennes et, comme elle ouvrait sa bouche brûlante, il y glissa sa langue.

Elle avait un goût sucré. Délicieusement sucré. Davidh s'abandonna à ce pur plaisir, se délectant d'elle du bout de la langue. Il se serait arrêté là si elle ne s'était appuyée contre lui en poussant un léger gémissement.

Pressé contre la hanche d'Anna, il sentit le désir monter au contact de ses seins gonflés contre son torse. Comme ses lèvres s'écartaient davantage, il enfouit plus profondément la langue dans sa bouche. Mû par le besoin de la posséder, Davidh laissa glisser les mains sur ses épaules puis dans son dos pour étreindre plus fort encore ses courbes voluptueuses. Quand il sentit qu'elle agrippait ses bras pour l'attirer tout contre elle, il l'embrassa encore longuement une deuxième, puis une troisième fois. Il ne s'arrêta que lorsque, hors d'haleine, elle s'écarta légèrement de lui. Pas un instant elle n'avait hésité à accepter ses baisers. Avec un soupir, il appuya le front contre le sien tandis que tous deux reprenaient leur souffle.

Pendant un long moment, ils demeurèrent ainsi, l'un contre l'autre. Davidh était sidéré par la puissance du désir qui courait dans ses veines. Il voulait qu'elle reste dans ses bras pour toujours. Il voulait passer le restant de ses jours à explorer, à embrasser chaque parcelle de son corps. Il voulait…

Soudain, un bruit attira son attention. Le charme était rompu. Recouvrant ses esprits, Davidh desserra son étreinte. Il esquissa un pas en arrière sans toutefois lâcher les épaules d'Anna. Jusqu'à ce qu'elle hoche la tête et recule à son tour.

— Anna, je…, bredouilla-t-il.

Mais il n'avait pas la moindre idée de ce qu'il pouvait lui dire. Devait-il lui présenter des excuses ? Lui donner une explication ? Elle l'arrêta en posant les doigts sur ses lèvres, tout en secouant la tête. Il choisit de suivre son exemple et, d'un signe, lui montra la route.

— Mon cheval est là. Venez, dit-il en écartant des branches pour la laisser passer. Il faut que j'envoie des hommes là-haut.

Sautant en selle, il lui tendit la main pour l'aider à monter à son tour. Elle se glissa derrière lui en se retenant à sa ceinture. Quand Davidh sentit qu'elle était prête, il pressa ses éperons contre les flancs de sa monture, qui s'élança sur la route. Les pensées se bousculaient dans sa tête : à présent que les proscrits s'étaient aventurés si près du village, il fallait élaborer des plans, prendre des mesures, lancer des avertissements.

Ces réflexions l'occupèrent entièrement sur le chemin du retour vers Achnacarry, jusqu'à ce qu'il sente qu'Anna frissonnait derrière lui. Son corps se raidit dans son dos, une fois, puis deux. Quand il tira sur les rênes pour arrêter son cheval, elle lui murmura de continuer, mais il ne l'écouta pas. D'un bras, il la souleva pour la placer devant lui. Puis, après l'avoir installée entre ses cuisses, il éperonna son cheval, qui partit au galop.

— Cramponnez-vous ! ordonna-t-il tandis que sa monture filait ventre à terre sur la route.

Elle glissa les mains autour de sa taille, et il tâcha d'ignorer la chaleur de son corps contre le sien. Il y parvint jusqu'à ce qu'elle pose la tête contre son torse pour se laisser aller contre lui.

À cet instant, un changement se produisit entre eux. Plus encore que leur baiser, un moment plus tôt, ce geste l'avait chaviré, et il était profondément troublé.

En apercevant les premiers cottages du village, Davidh résolut de mettre toutes ces pensées de côté pour se concentrer sur ses devoirs envers son clan et son chef. Plus tard, il aurait tout le temps de mettre de l'ordre dans ses sentiments.

# Chapitre 13

Il lui avait ordonné de rester auprès de Suisan et de rappeler les garçons. En s'adressant à elle d'une voix qu'elle ne connaissait pas, il lui avait donné plusieurs autres instructions. Puis il était parti vers le château en menant son cheval à bride abattue. Anna l'avait entendu crier des recommandations aux villageois tandis qu'il rejoignait son chef et les autres guerriers.

Son attitude impérieuse aurait dû la contrarier, mais il n'en fut rien. Ce qui la troublait, c'était leur baiser. Ou, pour être tout à fait sincère, le fait qu'elle ait désiré ce baiser, et qu'elle en ait voulu davantage. Le sentiment de sécurité qu'elle avait éprouvé dans ses bras mettait en péril le projet qui l'avait amenée à Achnacarry. Un projet qu'elle s'était efforcée de bannir de ses pensées depuis quelques jours.

Anna se retourna tandis qu'un groupe d'hommes à cheval la dépassait à vive allure, soulevant des nuages de poussière. Elle se tenait toujours devant le cottage de Suisan, là où Davidh l'avait déposée.

— Vous êtes blanche comme un linge ! s'exclama la femme du forgeron en se précipitant vers elle.

Tandis qu'un deuxième groupe de cavaliers traversait le village, elle lui tendit un petit gobelet.

— Buvez ceci ; vous en avez bien besoin.

Anna regarda Davidh approcher. Cette fois, il chevauchait aux côtés du chef. Elle eut l'impression qu'il ralentissait en passant devant le cottage, mais il se contenta de lui adresser un signe de tête avant de poursuivre sa route.

— Buvez, jeune fille, répéta Suisan en fourrant le gobelet dans sa main.

— Vous jouez les guérisseuses, à présent ? demanda Anna en le portant à ses lèvres.

D'après l'odeur, il s'agissait d'un alcool puissant destiné à fortifier le corps, et non d'une décoction de plantes. Elle l'avala en une gorgée. Le liquide lui brûla la gorge et le ventre, lui arrachant une grimace. Puis elle sentit une vague de chaleur se répandre dans ses os et son sang, et les frissons qui avaient recommencé à secouer son corps s'apaisèrent.

— Ces proscrits n'ont peur de rien, gronda Suisan. Et ils ne cessent de se rapprocher.

La vieille femme posa sur elle son regard vif.

— Vous ont-ils fait du mal ?

— Ils m'ont un peu rudoyée, et j'ai eu très peur, avoua Anna. Mais Davidh est arrivé…

*Avant que le pire n'arrive.* Anna ne termina pas sa phrase, mais Suisan hocha la tête d'un air entendu, et elle comprit que toutes deux pensaient à la même chose.

En peu de temps, la nouvelle de l'attaque se répandit dans le village, et avec elle les nouveaux ordres du chef : plus personne ne devait quitter Achnacarry sans autorisation ni sans escorte. Dernièrement, Iain et Colm passaient le plus clair de leur temps libre à explorer les bois qui bordaient les rives du Loch Arkaig, comme tous les garçons de leur âge. Aussi Anna poussa-t-elle un immense soupir de soulagement en les voyant arriver au cottage. Elle leur confia plusieurs tâches pour les occuper dehors et les regarda s'éloigner sur le pas de la porte. Puis, frottant ses bras croisés contre sa poitrine, elle se tourna vers Suisan.

— Qui sont ces proscrits ? Il semble qu'ils n'aient d'autre intention que de semer le chaos et de voler tout ce qui leur tombe sous la main.

La femme du forgeron entra dans le cottage et en ressortit un instant plus tard, un châle de laine à la main. Anna l'accepta et l'enroula autour de ses épaules. Elle savait cependant que les frissons qui continuaient à agiter son corps étaient dus au choc et à la terreur qu'elle avait éprouvés plutôt qu'à la fraîcheur de cette journée.

— Ils font partie des partisans de notre chef précédent, Gilbert Cameron, répondit enfin Suisan avant de cracher brusquement par terre, au grand étonnement d'Anna, qui ne l'avait jamais vue se comporter de la sorte. Il a été tué après avoir trahi les Cameron. Et ce n'est pas moi qui vais le regretter ! ajouta-t-elle avant de cracher à nouveau. Qu'il ne repose jamais en paix !

— Suisan ! Il ne faut pas dire une chose pareille ! s'écria Anna avant de faire le signe de croix.

— Vous ne l'avez pas connu. Vous ne savez pas tout le mal qu'il a fait, même envers son propre clan ! À sa mort, certains de ses partisans ont pris la fuite, et les autres ont été bannis par le nouveau chef. J'ai entendu dire que ce sont ces derniers qui sévissent dans la région. Leur but est de renverser le laird et sa famille.

Anna écoutait, essayant de relier ces informations à ce qu'elle savait déjà. Le chef actuel était un frère cadet de Euan Cameron, qui dirigeait le clan à l'époque où sa mère vivait à Achnacarry. Gilbert avait prétendu à la succession de Euan, comme il était en droit de le faire bien que Robert fût un héritier plus âgé et plus légitime. Or plus tard, le beau-fils de Robert avait découvert que Gilbert complotait avec leurs ennemis : il avait voulu prendre le pouvoir pour satisfaire ses propres ambitions, et non pour le bien du clan. Un combat d'honneur avait suivi, qui s'était soldé par la mort de Gilbert et l'accession de Robert au rang de chef.

En vertu des lois, ni Robert ni feu Gilbert n'auraient dû succéder à Euan, Anna le savait. Iain, le fils de Malcolm, était son seul héritier direct, et c'était à lui qu'il revenait de diriger le clan. Du moins devrait-il aujourd'hui pouvoir prétendre, lui aussi, à la place de chef. Tandis que Suisan continuait à lui raconter les événements qui avaient abouti à la situation actuelle, elle ne pensait qu'à Malcolm. Malcolm, qui avait manqué sa chance de régner sur le clan. Comme c'était injuste !

Leur travail fini, les garçons rentrèrent bientôt au cottage. Anna décida de regagner la maison de Davidh pour laisser la femme du forgeron vaquer à ses occupations. En observant son fils, elle sut qu'il était temps pour elle de mener son plan à exécution. Iain devait cesser d'être un invité à Achnacarry pour occuper la place qui lui revenait parmi les Cameron. Il devait être autorisé à prétendre à son héritage. Et pour cela, elle-même devait devenir une villageoise comme les autres, et ne plus être considérée comme une visiteuse.

Pour cela, il lui faudrait gagner l'entière coopération de Davidh.

Elle ne cherchait pas une protection officielle : son laird lui-même ne la lui avait-il pas accordée ? Non, c'était une protection plus personnelle qu'elle devait obtenir pour assurer la réussite de son fils. Or il y avait plusieurs manières pour une femme de gagner une telle protection de la part d'un homme puissant. Anna devait en choisir une et s'y tenir. Les baisers qu'ils venaient d'échanger lui indiquaient une voie possible. Mais elle qui s'enorgueillit de ne jamais employer de tels moyens pour servir ses intérêts pouvait-elle vraiment emprunter ce chemin ?

Arrivée devant la maison de Davidh, elle resta un moment dehors à la contempler tandis que les garçons se précipitaient à l'intérieur. Jusqu'à présent, leur arrangement était réciproque : elle prenait soin de son fils et il s'occupait du sien. Connaissant le dévouement et la loyauté du commandant envers son chef et son peuple, elle savait qu'il ne lui pardonnerait pas de lui avoir menti. Ou du moins de lui avoir caché la vérité, puisque c'était sa seule faute à ce jour.

Mais il lui suffisait de regarder Iain pour se rappeler que sa cause était juste. Il méritait… tout ce qu'elle voulait lui donner. Une vie au sein de la famille de son père, et une chance d'hériter des droits liés à son nom. Déterminée à poursuivre son projet, elle pénétra dans la maison.

Même sans les affaires qu'elle était allée chercher au cottage, Anna avait beaucoup à faire aujourd'hui. Mais elle commença par faire chauffer de l'eau dans une casserole pour y jeter quelques feuilles écrasées. Tandis qu'elle attendait que l'eau commence à bouillir, l'arôme puissant de la bétoine envahit peu à peu la pièce. Ce parfum l'aida à se calmer et, progressivement, elle sentit sa nervosité la quitter.

Une tasse de tisane à la main, elle se mit à arpenter la vaste pièce. Les garçons s'étaient retirés dans la chambre de Colm. Iain apprenait, ou essayait d'apprendre au petit garçon à sculpter des animaux. Il faisait preuve d'une grande patience avec lui, bien plus qu'elle lorsqu'elle tentait de montrer comment utiliser des herbes et des plantes pour confectionner ses préparations.

Une heure passa, peut-être davantage. Anna était retournée à ses tâches quotidiennes. À certains moments, la terreur de la journée se dissipait et elle parvenait à oublier le danger et le sort auxquels elle avait échappé de justesse. Entièrement absorbée par le flot de ses souvenirs et ses tentatives pour les chasser de son esprit, elle n'entendit pas la porte s'ouvrir. Simplement, elle eut soudain le sentiment qu'elle n'était plus seule dans la pièce. Tout en continuant à aller et venir devant l'âtre, elle leva les yeux. Davidh se tenait devant elle.

— Vous sembliez perdue dans vos pensées. Je ne voulais pas vous faire peur, expliqua-t-il.

Tout en se dirigeant vers elle, il scruta son visage, puis son regard descendit le long de son corps avant de remonter pour rencontrer le sien.

— Qu'y a-t-il dans la marmite ?

Anna cligna des yeux plusieurs fois avant de se rendre compte qu'elle était incapable de répondre à sa question. Elle se tourna vers la marmite suspendue au-dessus du feu en fouillant dans sa mémoire. Qu'avait-elle donc cuisiné ?

— Je…

Se dirigeant vers la cheminée, elle enveloppa un pan de sa jupe autour de sa main et souleva le lourd couvercle pour regarder à l'intérieur. Contrairement à ce qu'elle avait pensé, elle n'avait manifestement pas les idées très claires.

— De la soupe, conclut-elle d'après l'aspect et l'odeur du contenu de la marmite. Oui, de la soupe.

Lorsqu'elle se retourna, il était tout près, si près qu'elle entendait le son de sa respiration. Alors il ouvrit les bras et elle s'y réfugia sans réfléchir ni hésiter un seul instant. Fermant les yeux, elle s'abandonna à sa chaleur.

Davidh l'avait observée un petit moment avant qu'elle ne remarque sa présence. D'après son expérience, chaque personne avait sa propre façon de réagir face à la mort ou au danger. Il avait été stupéfié par le calme dont Anna avait fait preuve après l'attaque, et même après la panique qui s'était emparée d'elle. La plupart des femmes qu'il avait vues en de pareilles situations s'effondraient, succombaient à des crises de nerfs ou se retiraient en elles-mêmes. Mais Anna était restée maîtresse d'elle-même, retournant au village et se consacrant à ses travaux habituels.

Tandis qu'il la serrait dans ses bras en respirant son parfum à nul autre pareil, Davidh songea que sa réaction viendrait peut-être plus tard. Parfois, l'effet d'un choc était retardé par les tâches à accomplir ou par la nécessité. La terreur attendrait son heure, et finirait par trouver un moyen de s'exprimer.

Pour l'instant, tout ce qu'il pouvait faire était de la tenir contre lui. Le menton dans sa chevelure, il sourit, acceptant l'égoïsme de son geste. Il la tenait dans ses bras parce qu'il en avait envie. Il voulait sentir son corps contre le sien. Il voulait s'assurer qu'elle allait bien.

En la laissant devant le cottage de Suisan, Davidh avait résolu de ne plus penser à elle : l'heure était grave, et il devait accorder toute son attention à la poursuite des proscrits. Mais ses efforts avaient été vains : depuis qu'il l'avait quittée, Anna Mackenzie avait occupé presque toutes ses pensées.

Levant la tête, elle le regarda dans les yeux.

Pas une larme. Elle n'avait pas versé une larme depuis l'attaque. Et elle ne pleurait toujours pas.

— Je pourrais facilement m'habituer à cela, murmura-t-elle. Trop facilement.

Aussitôt, elle sembla étonnée de son propre aveu : écarquillant les yeux, elle se mordit la lèvre inférieure comme si elle jugeait qu'elle en avait trop dit. Alors elle blottit le visage contre son torse, comme elle l'avait fait pendant le chemin du retour.

— Oui, répondit-il en hochant la tête sans desserrer son étreinte.

Lui aussi pourrait facilement s'habituer à cela, s'avoua-t-il. Avait-il vu juste en croyant déceler de l'espoir dans sa voix, ou était-ce de la peur ?

Malgré son envie de l'embrasser, la sentir tout contre lui lui suffisait. Si elle levait la tête et plongeait ses yeux émeraude dans les siens, alors il l'embrasserait, oui. Mais pour le moment, il se contenterait de la serrer dans ses bras. Lorsque la porte de la petite chambre s'ouvrit brusquement, ils s'écartèrent d'un bond l'un de l'autre comme s'ils étaient en train de commettre un acte coupable.

Iain regarda Davidh, puis sa mère, avec l'expression solennelle de celui qui sait ce qu'il vient d'interrompre. Avec l'innocence de son jeune âge, Colm ne se rendit en revanche compte de rien.

— Le souper sera bientôt prêt, annonça Anna aux deux garçons. Lavez-vous les mains et allez chercher le pain.

Iain et Colm s'exécutèrent sans songer un instant à lui désobéir. En peu de temps, une semaine tout au plus, ils avaient adopté la routine d'un foyer bien ordonné. Non, c'était bien plus que cela : à la vérité, Davidh avait vu son fils se métamorphoser depuis qu'Anna vivait avec eux. À présent, c'était un garçon épanoui.

Il observa les deux enfants tandis qu'ils effectuaient les tâches qu'elle leur avait assignées. Avec elle, Colm se comportait avec une telle aisance, un tel naturel ! Tandis qu'elle remuait la soupe, il vint se blottir contre elle pour lui poser une question. Anna lui répondit en posant la main sur sa tête avant de lui ébouriffer les cheveux. Davidh sentit son cœur se serrer devant ce geste de tendresse.

Il comprenait soudain à quel point son fils avait manqué de chaleur maternelle pendant ces dernières années. Colm avait tant besoin de la douceur et de l'attention qu'une mère savait donner sans compter ! Bien sûr, les villageois, ses amis et même d'autres membres du clan avaient fait preuve d'une grande sollicitude à leur égard après la mort de Mara. Suisan, en amie fidèle, avait veillé sur l'enfant lorsque Davidh était appelé auprès de son chef, et sa sœur Aileen était revenue quelque temps pour l'aider.

Pourtant, aucune de ces personnes n'avait réussi à

créer avec Colm la tendre complicité qui s'était installée entre Anna et lui en quelques jours seulement. L'affection que l'enfant lui portait se lisait dans ses yeux tandis qu'il lui parlait. Quand la jeune femme lui avait proposé de s'occuper de son fils, Davidh ne s'était pas rendu compte que c'était exactement ce qu'il espérait. Il ne le comprenait qu'à cet instant, en les voyant ainsi ensemble. Anna se retourna alors et rencontra son regard.

Au lieu de la tension et de la peur qu'il avait perçues plus tôt dans ses yeux verts, il n'y avait plus qu'une calme assurance et une affection bienveillante. Elle évoluait avec l'aisance d'une femme qui aimait ce qu'elle faisait, et qui le faisait bien. Après tout, elle était mère depuis près de treize ans et elle avait élevé son fils avec soin. Il suffisait de regarder Iain pour deviner qu'elle avait fait passer son bien-être et ses besoins avant les siens.

Sa seule présence ici témoignait d'un courage et d'une force exceptionnels. Il en avait fallu pour revenir ici après des années d'absence, sans autre lien avec le village que l'appartenance de son fils au clan. Peu de femmes seraient prêtes à quitter leur maison pour entreprendre seules un si long voyage. Qui plus est sans la promesse d'un mariage ni la certitude de trouver un toit. Mais Anna, elle, l'avait fait. Et en mettant ses talents au service des villageois, elle avait rapidement trouvé sa place parmi eux.

À présent, c'était au tour de Davidh de remplir sa part de leur contrat.

Une fois la table mise, tous les quatre prirent place et commencèrent à manger. Si Anna semblait avoir oublié ce qu'elle avait préparé, la soupe était consistante et savoureuse. Sur un signe de tête de sa part, Iain partagea le pain en quatre morceaux et tendit les deux plus gros à Anna et Davidh, réservant les deux autres à Colm et à lui-même. Ils mangèrent en silence pendant un moment, puis Davidh prit la parole.

— Les garçons, je veux que vous vous montriez

prudents pendant les jours à venir. Vous savez que des proscrits ont été vus aux abords du village.

Tandis qu'il parlait, il vit les yeux d'Anna s'assombrir. Toutefois, ce n'était pas lui qu'elle regardait, mais son fils.

— Aussi, jusqu'à nouvel ordre, je vous interdis de quitter le village.

Cette annonce fut accueillie par des grommellements. Mais Davidh resta ferme : ces mesures étaient nécessaires.

— Ces hors-la-loi sont dangereux. Ils ont semé la mort et la destruction autour du château de Tor, et à présent, ils semblent s'approcher d'Achnacarry et des terres environnantes.

— Mais peut-on aller pêcher dans le loch ? demanda Colm. Nous avions prévu d'y aller demain, ajouta-t-il en désignant Iain du menton. Nous serons tous les deux ! plaida-t-il.

— Non. Pas sans ma permission ni sans gardes.

Ils protestèrent à nouveau, mais Davidh poursuivit.

— Personne ne doit quitter le village sans mon autorisation ou celle de l'un des autres commandants.

Posant sa cuillère sur la table, il attendit que les deux garçons le regardent.

— Parlan sera de retour demain.

— Parlan ? demanda Anna.

— C'est mon second. Au cours des dernières semaines, il était chargé de la défense du château de Tor. Robert a ordonné son retour, à présent que les proscrits s'aventurent si près d'ici.

À ce moment, un craquement se fit entendre dans la cheminée et Anna se retourna brusquement. Le frisson qui secoua son corps n'échappa pas à Davidh.

— Nous les retrouverons et nous les traînerons devant la justice, Anna, promit-il.

Elle se tourna vers lui avec un hochement de tête.

— Y a-t-il d'autres consignes que nous devons suivre ? demanda-t-elle avant de poser son regard sur chacun des garçons. Iain, écoute bien ce que dit le commandant. Toi aussi, Colm, écoute ton père.

Il fallut peu de temps à Davidh pour leur expliquer les mesures qui devaient être respectées jusqu'à ce que les proscrits soient arrêtés. Les deux garçons étaient obéissants, et il savait qu'ils feraient preuve de prudence en cette période de danger. Il termina par la nouvelle qu'il lui tardait de leur annoncer.

— Dès demain matin, Iain commencera à travailler avec Lachlan Dubh. Tu le retrouveras aux écuries pour commencer ton apprentissage.

— Les écuries ? répéta Anna en souriant à son fils d'un air ravi.

— Oui. Lachlan y dirige des travaux de réparation. Quand il aura vu ce que Iain sait faire, il lui trouvera une tâche qui correspond à ses talents.

Anna se pencha vers son fils, dont le visage rayonnait de joie.

— Tu feras de ton mieux, Iain, dit-elle en lui tapotant le bras.

— Oui, c'est promis. Je vous remercie, sir, dit-il d'un ton solennel.

— Et moi, que vais-je faire ? demanda Colm.

Davidh se tourna vers son enfant, qui le scrutait anxieusement du regard. Que lui répondre ? Au cours des derniers mois, trop souffrant pour faire quoi que ce soit, il avait passé le plus clair de son temps chez Suisan.

— J'ai toujours besoin de ton aide, Colm, intervint Anna. Cela n'a pas changé.

Davidh vit le regard de son fils s'illuminer.

— Et si Iain travaille ailleurs, j'aurai encore plus de tâches à te confier, ajouta-t-elle.

— Vraiment ? demanda Colm.

— Vraiment ! Qui d'autre que toi pourrait m'aider à mettre de l'ordre dans la réserve de Lady Elizabeth ?

Le repas s'acheva dans le silence, mais la fébrilité

des deux garçons était presque palpable. Tandis qu'ils mangeaient, la tête penchée au-dessus de leur assiette, Davidh croisa une ou deux fois le regard d'Anna, et elle lui sourit. Peut-être leur arrangement se révélerait-il bénéfique pour tous les quatre ?

La soirée passa rapidement et, malgré leur excitation, Colm et Iain allèrent se coucher sans discuter. Une fois la table débarrassée et la vaisselle lavée, Davidh sortit un moment pour vérifier que les gardes avaient été postés selon ses ordres. À son retour, il trouva Anna assise sur le perron de la maison.

— Tout va bien ? demanda-t-il.

Elle ne semblait pas agitée. Les épaules enveloppées d'un châle épais, une tasse fumante entre les mains, elle paraissait apprécier ce moment, confortablement installée.

— Ils viennent seulement de s'endormir. Je voulais juste profiter un peu du calme de la soirée avant de me retirer dans ma chambre.

Davidh aurait voulu s'asseoir auprès d'elle, mais il crut comprendre qu'elle souhaitait rester seule.

— Dans ce cas, je vous laisse à vos pensées.

— Non, répondit-elle.

Ce ne fut pas ce mot, mais la main qu'elle posa sur sa jambe qui le retint de franchir la porte. Pendant un instant, il crut, ou peut-être espéra, que cette main glisserait jusqu'à sa peau nue, au-dessus de sa botte.

— Ne partez pas, murmura-t-elle en se poussant pour lui laisser de la place.

Davidh redescendit pour s'asseoir à ses côtés.

Ils demeurèrent un moment silencieux tandis que la nuit enveloppait peu à peu le village. De temps à autre, elle portait la tasse à ses lèvres et sirotait le breuvage qu'elle avait préparé. Davidh en huma le parfum. Les différents arômes d'herbes qui lui parvenaient lui étaient inconnus.

— Il y a surtout de la bétoine avec un peu de miel, dit-elle avec un petit rire qui lui chatouilla agréablement l'oreille. Je vous ai entendu renifler, ajouta-t-elle, et j'en ai déduit que vous vous demandiez ce que c'était. Voulez-vous que je vous en apporte une tasse ?

— Non, je vous remercie.

— Iain est ravi des dispositions que vous avez prises pour lui. Il a hâte de commencer.

— Et vous ? Partagez-vous sa hâte ?

Elle ne répondit pas immédiatement. Après avoir avalé une ou deux gorgées de tisane comme pour gagner un peu de temps, elle hocha la tête.

— Oui. Absolument.

Il s'attendait à ce qu'elle s'explique mais, comme souvent lorsqu'il s'agissait de son fils, elle demeura sur la réserve. Enfin, elle laissa échapper un long soupir et hocha à nouveau la tête.

— Le jour où j'ai quitté Achnacarry, je me suis juré que je reviendrais. Et dès l'instant où Iain est né, j'ai voulu le ramener ici. Parfois, Davidh, j'ai du mal à croire que j'ai réussi.

Après avoir terminé sa tasse, elle se leva et Davidh l'imita aussitôt. Comme elle se tenait sur le perron et lui sur le sol, leurs visages se trouvaient à la même hauteur. Anna se pencha légèrement en avant et posa les mains sur ses épaules.

— Je veillerai à occuper Colm pour qu'il ne s'impatiente pas et ne soit pas tenté de désobéir à vos ordres, promit-elle.

Davidh sentit son corps réagir à son contact. Elle était si proche... Soudain, ce ne fut plus l'impatience de son fils qui le préoccupa, mais celle de ses désirs. Il s'approcha d'elle, réduisant encore le peu d'espace qui les séparait.

Il avait envie de l'embrasser. Il voulait connaître le goût de sa tisane à la bétoine et au miel. Il voulait…

Lorsqu'elle entrouvrit la bouche dans un léger souffle, il se pencha pour prendre ses lèvres. Sa langue avait la douceur du miel, avec un soupçon d'amertume. Comme son baiser se faisait plus profond, elle émit un gémissement qui provoqua en lui un violent émoi. Quand avait-elle enroulé les bras autour de ses épaules ? Il ne le savait plus, mais elle le serrait fort à présent, et il sentait la douceur de ses courbes contre son corps ferme.

Soudain, malgré le rugissement du désir qui affluait dans son sang, il entendit un bruit de pas qui approchaient. Soulevant Anna par la taille, il franchit le perron et entra par la porte entrouverte. Tout en continuant à l'embrasser à en perdre le souffle, il la plaqua contre la porte de bois. Puis, relevant la tête, il planta son regard dans le sien.

Les yeux brillants de passion, la gorge haletante, elle glissa les mains dans ses cheveux pour l'attirer à nouveau à elle. À présent c'était elle qui l'embrassait, elle qui glissait la langue dans sa bouche, et Davidh se laissa faire. Se pressant contre elle, il sentit son sexe enfler tandis qu'elle s'accrochait à lui de toutes ses forces. Debout entre ses cuisses, il fut envahi d'une vague de plaisir lorsqu'elle enroula les jambes autour de sa taille, sa bouche toujours collée à la sienne.

Davidh se mit à onduler contre elle. Il aurait voulu être bien plus proche encore. Quand elle arqua les reins, il passa une main sous ses fesses pour la soutenir. Comme il serait facile de lui arracher ses jupes et sa chemise pour faire ce dont ils avaient envie tous les deux ! Il la posséderait jusqu'à la faire crier de plaisir…

Soudain, il prit conscience de la position précaire dans laquelle ils se trouvaient et s'arrêta. Ils pouvaient être surpris à tout moment. Lorsqu'il interrompit leur baiser, elle releva la tête, qui vint heurter le bois dur de la porte. Davidh entendit un bruit sourd, suivi d'un gémissement de douleur.

— Vous vous êtes fait mal, murmura-t-il sans relâcher son étreinte, tandis qu'elle dénouait les jambes pour les reposer sur le sol.

— Je le mérite, marmonna-t-elle en se dégageant de ses bras.

Elle laissa retomber ses jupes et, tout en se frottant la tête, leva les yeux vers lui. Il ne put s'empêcher de sourire en voyant ses lèvres enflées par leurs baisers.

— Non, vous ne le méritez pas, répondit-il en s'écartant pour la laisser passer.

Tout en se frottant le visage d'une main, il tenta de deviner ses pensées.

— Ce n'était qu'un baiser, ajouta-t-il.

— Je crains que ce ne soit le signe d'un problème plus grave entre nous, répliqua-t-elle doucement. Et je vous en prie, ne vous sentez pas responsable. C'est moi qui ai commencé.

Il l'observa tandis qu'elle s'affairait dans la pièce, éteignant une à une toutes les bougies et couvrant le feu tout en marmonnant entre ses dents. Au bout de quelques minutes, elle se dirigea vers la porte de la chambre qu'elle partageait avec son fils et, sans un mot de plus, disparut à l'intérieur.

Davidh poussa un profond soupir, comme s'il avait retenu son souffle pendant tout ce temps. Il se passa une main dans les cheveux et secoua la tête, complètement perdu. Elle l'avait embrassé… pour la deuxième fois. Oh ! il n'avait pas hésité à lui rendre son baiser, et il aurait volontiers prolongé ce jeu amoureux aussi longtemps qu'elle l'aurait permis !

Par chance, elle avait eu le bon sens d'y mettre fin. Si elle l'avait laissé faire, nul doute qu'il l'aurait prise là, contre la porte. Dire qu'il venait de se jeter sur cette femme alors qu'elle avait été agressée par une bande de proscrits aujourd'hui même !

Elle était loin de se comporter comme la plupart des femmes l'auraient fait après avoir subi une pareille épreuve, songea-t-il. C'est alors que la vérité s'imposa à lui. Se dirigeant vers le buffet, il y trouva une petite bouteille de whisky, qu'il porta à ses lèvres sans même prendre le temps de chercher une tasse. Il avala une longue gorgée du puissant breuvage. Tandis que la brûlure du liquide descendait le long de sa gorge, propageant une vive chaleur dans son corps tout entier, son intuition se précisa. Davidh comprenait les réactions d'Anna.

Après le terrible danger qu'elle avait affronté aujourd'hui, elle avait eu besoin de se mettre à l'épreuve. Les guerriers qu'il commandait en faisaient autant lorsqu'ils avaient été battus ou blessés lors d'un entraînement. Ils reproduisaient ce qui leur avait fait du mal, mais avec une personne en qui ils avaient confiance. Une personne qui leur permettrait de sortir de cette épreuve indemnes. Un de ses hommes, Geordie, avait un jour été blessé par une lance qui, en se brisant, lui avait transpercé la jambe. Une fois guéri, il avait défié Davidh lui-même, sachant que son commandant veillerait à ce que le combat se déroule sans incident.

Ce baiser, plus que le premier qu'ils avaient échangé, était une façon pour elle de conjurer le danger. Anna repoussait la terreur qu'elle avait éprouvée pendant l'assaut. Elle savait que Davidh ne profiterait pas de sa faiblesse ni de sa peur. Qu'il s'arrêterait lorsqu'elle le voudrait.

Son sexe était encore douloureusement enflé, lui rappelant qu'il n'avait compris le but ou la cause de cette étreinte que lorsqu'elle s'était interrompue. Lui n'avait voulu que ses baisers, ses caresses, le contact de son corps contre le sien. Qu'adviendrait-il de lui si Anna continuait à se mettre à l'épreuve, et lui avec elle, de cette manière ?

L'alcool fort commença à exercer sur lui un effet apaisant. Il en avala encore une gorgée avant de reboucher la bouteille. Pour se rassurer, il songea qu'à présent qu'il comprenait les raisons de la jeune femme, il serait mieux armé si la situation se reproduisait.

Davidh se répéta cela toute la nuit, et encore le lendemain. Mais son corps comme son esprit demeuraient en proie à une grande agitation. Il était impatient comme un enfant, et il savait que sa fébrilité n'avait rien à voir avec le combat que son clan devait mener contre les proscrits. Non, c'était une femme qui lui causait ces tourments. Une femme qui dormait de l'autre côté du mur, à quelques pas de lui seulement.

# Chapitre 14

Dans le rai de lumière qui, par la haute fenêtre, perçait l'obscurité, les grains de poussière ressemblaient à des flocons de neige brûlants. Ils emplissaient la pièce à présent, soulevés par les gestes vigoureux d'Anna qui époussetait les innombrables pots et fioles en verre alignés sur la longue table.

La poussière dansait dans ce trait doré avant de se déposer à nouveau à l'endroit d'où elle l'avait chassée. Pendant un instant, elle s'absorba dans la contemplation de ces points scintillants. Les minuscules étincelles lui rappelèrent soudain la façon dont la lumière de la lanterne s'était reflétée dans les yeux de Davidh au moment où il s'était penché pour l'embrasser. La lueur vacillante de la bougie avait trouvé une infinité de nuances là où elle-même n'avait d'abord vu que du brun. Cachées au plus profond de ses yeux sombres, des teintes or et argent lui étaient apparues.

Anna laissa à nouveau échapper un long soupir presque silencieux. S'appuyant contre la table, elle secoua la tête en s'efforçant de se concentrer sur la tâche, l'immense tâche, à laquelle elle s'était attelée. Elle avait déjà perdu trop de temps aujourd'hui à s'abandonner au souvenir de ce baiser.

Ce baiser.

Elle porta la main à sa bouche. Davidh avait pris ses lèvres avec tant de fièvre qu'elles étaient encore enflées.

Ce n'aurait été qu'un simple baiser si elle n'avait perdu toute maîtrise d'elle-même, laissant libre cours au désir qui semblait plus puissant à chaque nouvelle étreinte. Elle s'était pressée contre lui et avait même enroulé ses jambes autour de son corps musclé d'une manière des plus indécentes. Elle qui n'avait jamais fait le premier pas dans ce genre de situation s'était surprise elle-même. Comment avait-elle pu se comporter de la sorte, qui plus est le même jour que l'attaque ? C'était comme si le sentiment de vulnérabilité qu'elle avait éprouvé alors avait déclenché en elle un besoin impérieux. Tandis qu'elle l'embrassait, elle savait que Davidh ne lui ferait jamais de mal, qu'il n'abuserait pas d'elle ni ne prendrait davantage que ce qu'elle était prête à lui offrir. C'était un curieux mélange de peur et de réconfort qui l'avait poussée à agir comme elle l'avait fait.

Ce qui la préoccupait, c'était qu'elle avait envie de tout lui donner d'elle. Le désir qu'elle éprouvait pour lui était bien différent de tout ce qu'avaient pu lui inspirer les autres hommes depuis Malcolm. Elle avait connu quelques discrètes amourettes au cours des dernières années, mais ces liaisons n'avaient guère compté et elle y avait mis fin rapidement. Le feu qui s'était emparé d'elle l'autre soir était tout autre, et elle craignait qu'il ne puisse être éteint avec quelques caresses.

Il lui faudrait régler ce problème si son fils et elle devaient rester à Achnacarry parmi les Cameron. Surtout si elle continuait à habiter dans la maison de Davidh. Elle ne s'était pas doutée qu'en vivant si près de lui, chose nécessaire pour que Iain se rapproche de son clan, elle allait mettre son sang-froid à si rude épreuve.

Peut-être se trouvait-il un remède, parmi les décoctions et les fortifiants entassés ici, qui apaiserait son désir pour le commandant ? Anna choisit une fiole contenant un épais liquide noirâtre et l'ouvrit, libérant une odeur pestilentielle. Elle reboucha aussitôt le récipient et le rangea à côté des autres. Même si cette potion était d'une efficacité redoutable, jamais elle ne pourrait l'avaler !

Il lui faudrait donc trouver une autre solution. Car l'attirance qu'elle éprouvait pour Davidh ne devait à aucun prix venir contrecarrer ses projets. C'est alors qu'une idée diabolique s'insinua dans son esprit. Peut-être n'était-ce pas une mauvaise chose, après tout ?

Davidh était un homme honorable, l'un des plus honorables qu'elle ait jamais rencontrés. Elle en était certaine, tout comme elle était certaine qu'il ne s'attendrait jamais à ce qu'elle s'offre à lui en échange de son aide. Lorsqu'il lui avait proposé de s'installer dans sa maison, il lui avait bien fait comprendre qu'il voulait éviter une telle situation.

Serait-ce si gênant qu'elle lui ouvre son lit ? Ses joues s'enflammèrent tandis qu'elle repensait à leurs baisers et à leurs étreintes. Oui, elle avait envie de lui. Et il avait envie d'elle. Mais le sens de l'honneur de cet homme était plus fort que tout, elle le savait. Dès qu'il apprendrait qu'elle avait abusé de sa confiance, il cesserait toute relation avec elle. Serait-ce si terrible de s'accorder le réconfort physique qu'il pouvait lui offrir pendant le peu de temps qu'il restait ? Car bientôt, il découvrirait la véritable identité de son fils.

Anna soupira à nouveau : elle n'avait guère envie d'examiner ces questions de trop près. Sa mère l'avait avertie des complications et des problèmes auxquels elle devrait faire face si elle revenait ici avec Iain. Le passé, avait-elle coutume de dire, ne se tient jamais tranquille lorsque le pouvoir est en jeu.

Or son fils se trouvait précisément au cœur d'une lutte de pouvoir.

Avec l'aide d'un protecteur, il pourrait s'élever jusqu'à la place qui lui revenait : celle d'héritier du chef de clan.

Oui, guidé par la bonne personne, Iain pourrait un jour diriger les Cameron comme son père aurait dû le faire. Davidh Cameron, elle en était certaine, était cette personne.

Mais en attendant que vienne le moment de prendre toutes ces décisions, elle devait continuer à percer les secrets de cette pièce. À quoi bon se préoccuper maintenant de l'effet que le commandant produisait sur elle ? Elle ne pouvait pas changer ce qui s'était passé entre eux.

Anna se remit donc au travail avec ardeur, s'absorbant entièrement dans le nettoyage et le rangement. Elle avait renvoyé Colm chez Suisan pour qu'il mange et, plaise à Dieu, qu'il se repose. Il reviendrait la trouver ensuite.

Au bout d'un moment, lassée des éternuements incessants que provoquait la poussière tourbillonnant dans la pièce, elle poussa une petite table sous la fenêtre et monta dessus. Mais l'ouverture était si haute qu'elle dut se hisser sur la pointe des pieds pour l'atteindre. C'est alors qu'elle entendit la porte s'ouvrir. Colm était revenu bien trop tôt.

— Papa !

Se retournant à l'appel de son fils, Davidh le regarda s'approcher de la barrière qui les séparait.

Le visage de Colm, resté si pâle pendant de longs mois, affichait à présent de belles couleurs. Tandis qu'il lui parlait, Davidh se surprit à écouter sa respiration pour tâcher de savoir s'il se ménageait suffisamment.

— Comment vas-tu ? demanda-t-il. Mistress Mackenzie te donne-t-elle du travail ?

— Oui, répondit son fils en grimpant sur la barrière. J'ai vidé des caisses et des fioles pendant toute la matinée ! Maintenant, je dois aller chez Mistress Suisan pour manger. Et pour me reposer, ajouta-t-il en fronçant les sourcils. Enfin, si j'en ai besoin. Mistress Mackenzie m'a dit d'y réfléchir en arrivant là-bas.

— Et qu'en penses-tu ?

Davidh remarqua les traits tirés de l'enfant. Il ne lui en fallut pas davantage pour deviner qu'il en avait trop fait.

— Crois-tu que tu as besoin de te reposer ?

Pour toute réponse, Colm haussa les épaules. Davidh tendit le bras pour lui ébouriffer les cheveux.

— Ne sois pas têtu, Colm. Mistress Mackenzie est trop indulgente avec toi ; elle ne devrait pas te laisser le choix. Sais-tu ce que je pense ?

Colm sauta à terre et hocha le menton, une expression résignée dans le regard.

— Que je dois me reposer.

— Oui. Car si tu te reposes maintenant, tu pourras sortir plus tard. Quand tes amis auront fini leur travail et seront prêts à aller jouer.

Une fois de plus, en regardant son fils, il fut frappé par sa ressemblance avec Mara : le menton volontaire, l'arrondi des yeux. La maladie l'avait fait grandir trop vite, et il était plus raisonnable et sérieux que les autres enfants de son âge. Lorsqu'il avait une décision à prendre, il réfléchissait longuement avant d'agir.

La plupart du temps. Davidh s'efforça de chasser de son esprit le risque inconsidéré que Colm avait pris lorsqu'il avait tenté d'escalader la falaise. Il fut soulagé en le voyant acquiescer d'un signe de tête.

— Mais si je me repose, Mistress Mackenzie devra travailler toute seule dans la réserve, observa-t-il néanmoins.

— A-t-elle besoin d'aide ?

Davidh jeta un regard autour de lui et, l'espace d'un instant, il se demanda lequel de ses hommes il pourrait envoyer pour la seconder. L'espace d'un instant seulement. Car rapidement, le temps d'un souffle, le désir de la voir et de lui parler se fit presque irrésistible.

— Certaines caisses sont lourdes et elle ne peut pas

les déplacer seule, répondit son fils en bombant le torse, fier d'avoir prêté sa force à la jeune femme.

— J'enverrai quelqu'un pour l'aider. Mais sois tranquille : tu auras encore beaucoup à faire à ton retour !

Davidh savait que le fait de se sentir utile jouait un grand rôle dans le rétablissement de Colm. Anna le comprenait aussi et, si elle lui avait demandé son aide, c'était davantage pour le bien de l'enfant que par réel besoin. Lui donner le sentiment qu'il était indispensable était bien peu de chose et, pour lui, c'était salutaire. Lorsque Colm lui sourit, Davidh comprit qu'il avait atteint son but.

— Va, maintenant ! J'entends d'ici les gargouillis de ton ventre !

Il regarda son fils qui s'éloignait en babillant tout seul. Suivant les ordres d'Anna, il ne courait pas, mais marchait d'un bon pas. Davidh ne se mit en chemin qu'après l'avoir vu franchir les grilles.

— Tu t'en vas ?

Nom de Dieu, il avait oublié que Parlan était là !

— Oui.

L'entraînement était terminé et Davidh avait un peu de temps avant de se rendre auprès du chef et de son fils.

— Colm m'a dit…

Parlan l'interrompit d'un grand geste de la main.

— C'est la guérisseuse ?

Il hocha la tête.

— J'ai bien envie de rencontrer cette femme qui te distrait tant !

— Je ne suis pas… Elle ne… Robert…

C'était peine perdue : quoi qu'il dise, rien n'apaiserait les soupçons de son ami. Il suffisait de voir son regard entendu et son sourire en coin. Davidh eut envie de lui envoyer son poing dans la figure.

— Viens souper et tu la verras, répondit-il cependant.

Puis, laissant là son ami qui riait aux éclats, il se dirigea à grands pas vers le château pour retrouver Anna.

Il ne s'était pas trouvé seul avec elle depuis leur baiser torride, deux jours plus tôt. Constamment entourés de leurs fils, d'amis ou de villageois, ils n'avaient pas eu l'occasion d'en parler. Mais le moindre mot qu'elle lui adressait faisait courir des frissons sur sa peau. Le moindre contact avec elle accélérait les battements de son cœur. Le plus anodin, le plus innocent des échanges enfiévrait son corps et faisait bouillir son sang.

En empruntant le couloir qui menait à la réserve, il retenait son souffle. Partageait-elle son trouble ? Oui, il en était certain. Il le voyait dans son attitude, dans la façon dont son corps semblait appeler le sien. Elle avait envie de lui. Et le désir qu'ils éprouvaient l'un pour l'autre menaçait de compliquer considérablement leur arrangement. Un arrangement fort simple, qui ne prévoyait aucunement des relations telles que celles qu'il avait en tête.

Oui, il y aurait des problèmes, c'était inévitable.

Reprenant haleine, il prépara ce qu'il allait dire avant de soulever le loquet et de pousser la porte. Ce qu'il vit lui ôta à nouveau le souffle.

Juchée sur une table, Anna essayait d'ouvrir la fenêtre qui était percée haut dans le mur. Ses cheveux, simplement retenus par un fichu, tombaient librement dans son dos, libérés de son habituelle tresse. Ses seins étaient tendus sous sa robe, et Davidh se souvint aussitôt de leur douceur contre son torse quand elle l'avait attiré à lui. Elle jeta un regard par-dessus son épaule et perdit l'équilibre.

Il traversa la pièce en trois enjambées. Le petit cri qu'elle poussa en tombant se mua en un soupir étouffé lorsqu'il la rattrapa dans ses bras. Elle frissonna quand il glissa une main sous la courbe de ses fesses. Il la tenait face à lui à présent, et sentait son corps contre le sien.

— Anna ! soupira-t-il.

Davidh lui arracha son fichu, impatient de plonger les doigts dans sa chevelure. Au lieu d'hésiter ou de résister, elle secoua la tête et ses boucles retombèrent en cascade dans son dos. Elle ne toucha pas le sol tandis qu'il l'attirait plus près encore. Prenant sa tête dans le creux de la main, il l'inclina pour…

— Embrassez-moi, je vous en prie !

À peine ces mots avaient-ils franchi les lèvres d'Anna qu'il s'exécuta. De bonne grâce.

Lorsqu'il posa la bouche sur la sienne, elle le laissa y enfouir sa langue pour mieux la goûter. Pas de bétoine ni de miel cette fois-ci, mais seulement sa saveur à elle, tout aussi sucrée. Davidh prenait ses lèvres, les réclamait, les possédait. Il l'embrassait encore et encore, à en perdre haleine, sans pouvoir s'arrêter. Une main sous sa tête, l'autre maintenant ses fesses, il la tenait serrée contre lui. Quand enfin il s'écarta d'elle, ils restèrent un instant muets, le souffle court.

— Anna…, commença-t-il.

— J'ai envie de vous, Davidh Cameron. Que je sois maudite, mais j'ai envie de vous !

Une ombre passa sur son visage et il en fut troublé. Était-ce de la tristesse qu'il avait lue dans ses yeux ? Mais cette impression disparut aussi vite qu'elle était venue : déjà il ne voyait plus dans son regard que la flamme d'un désir brûlant.

— Moi aussi, Anna Mackenzie, murmura-t-il en déposant de petits baisers sur ses joues et son menton. J'ai envie de vous depuis la première fois que vous m'êtes apparue, au-dessus de la chute d'eau.

Anna ne répondit pas par des paroles, mais par des actes. Posant les mains sur ses épaules, elle écarta les jambes pour les enrouler autour des siennes. Alors Davidh la déposa sur le bord de la table qui se trouvait derrière elle et attendit. Une part de lui qu'il peinait à reconnaître le poussait à la prendre, tout de suite. La force de son désir le bouleversait, l'étourdissait. Pourtant, il attendit un mot ou un geste de sa part.

— Touchez-moi, Davidh ! Je rêve de sentir vos mains sur moi depuis que je vous ai vu en bas du précipice.

Elle leva les jambes jusqu'à ce que ses genoux lui enserrent les hanches.

— Touchez-moi maintenant !

Il sentit son sexe durcir, impatient de trouver son chemin entre ses cuisses. Ses doigts le démangeaient et il avait l'eau à la bouche tandis que, le dos arqué, elle s'ouvrait à lui. Enveloppant de ses mains sa délicate tête, il l'embrassa profondément. Leurs langues se mêlaient en une danse fébrile. Elle cambra les reins, pressant sa poitrine contre lui, et il promena sa bouche le long de son cou.

Comme sa peau était tendre sous ses lèvres ! Ses mains glissèrent jusqu'à ses seins. En les caressant, il les sentit enfler sous ses vêtements. Lâchant les épaules de Davidh, Anna s'accouda contre la table, et il n'y eut plus le moindre obstacle entre elle et lui. La tête rejetée en arrière, elle soupirait chaque fois que de la bouche il effleurait son cou. Tandis qu'il caressait le bout de ses seins, maintenant durs, elle se mit à onduler des hanches.

D'un geste rapide, il tira sur les rubans de sa robe puis de sa chemise, l'ouvrant pour voir enfin sa superbe poitrine. Elle avait fermé les yeux pendant qu'il l'embrassait, mais à présent, elle le regardait tandis qu'il prenait ses seins dans le creux de ses mains. Son souffle s'accéléra jusqu'à devenir haletant. Lorsqu'il se pencha pour embrasser sa gorge, elle laissa échapper un gémissement qui résonna dans chaque parcelle de son corps enflammé.

Prenant la pointe rose de son sein dans la bouche, il fit glisser sa langue tout autour. Lorsqu'il se mit à la sucer, Anna gémit plus fort. Il continua jusqu'à ce qu'il sente ses jambes se raidir autour de ses hanches. Puis il accorda la même attention à l'autre sein tout en se pressant doucement contre elle pour l'étendre sur la table. Remontant ses jupes et sa chemise, il caressa chacune de ses cuisses du bas vers le haut, jusqu'à sentir sur sa peau la chaleur de son sexe.

Glissant les doigts dans les boucles de sa toison pour toucher le volcan qui brûlait là, il sentit un violent désir le traverser de part en part. Reculant, il posa les jambes d'Anna sur chacune de ses épaules et se baissa devant elle. Jouant des lèvres, de la langue et des doigts, il caressa les recoins de sa chair, glissant jusqu'au centre de son intimité pour sucer le petit bouton de rose caché entre ses cuisses.

Davidh sentait son sexe se dresser, enfler, tandis qu'il se délectait d'elle. De la langue, il redoubla son plaisir. Accélérant puis ralentissant ses gestes, il la caressa avant de plonger ses doigts en elle tandis qu'elle allait et venait contre ses mains et sa bouche. Lorsqu'il sentit les premières vibrations secouer son corps, il l'amena jusqu'à la jouissance. Lorsqu'il se redressa et la vit, à moitié nue, les cheveux en désordre, dans les derniers soubresauts de l'orgasme, il fut bouleversé.

— Davidh…, souffla-t-elle en levant la tête pour plonger son regard dans le sien.

Ce murmure rauque l'excita plus qu'il ne l'aurait cru possible. Lentement, il se leva sans se dégager de l'emprise de ses cuisses. La saisissant par les hanches, il la fit glisser jusqu'au bord de la table. Enfin, il releva son plaid.

Anna était pantelante. Sa peau était en feu et elle était à la fois comblée de plaisir et affamée à en avoir mal. Lorsque Davidh l'attira à lui et releva son plaid, son corps se cambra, prêt à accueillir le sien. Se redressant sur les coudes, elle le regarda tandis qu'il enfouissait son sexe tendu entre ses cuisses.

D'abord lents et doux, ses mouvements se firent bientôt puissants tandis qu'il allait et venait en elle. C'était une sensation merveilleuse. Tandis qu'il se pressait au plus profond d'elle, elle arqua les reins pour mieux épouser son corps. Alors il se retira doucement pour revenir, encore et encore, jusqu'à ce qu'elle sente à nouveau ces tremblements monter en elle. Ivre de plaisir, elle ne respirait plus, ne pensait plus. Lorsqu'il se pencha pour prendre son sein dans la bouche tout en continuant à se mouvoir en elle, elle sut qu'elle ne résisterait pas longtemps. Enfouissant les doigts dans ses cheveux, elle s'accrocha à lui. Puis elle s'abandonna, transportée au-delà de frontières dont elle ignorait jusqu'à l'existence pour atteindre l'extase suprême.

Davidh releva la tête, le visage tendu dans une expression presque douloureuse, puis il poussa un gémissement puissant, un gémissement de mâle. Il ne se retira d'elle qu'au dernier moment. Pendant quelques minutes, on n'entendit plus que l'écho de leurs souffles haletant dans la pièce.

Recouvrant enfin ses esprits, Anna tira sur sa chemise et sa robe pour couvrir ses jambes. Puis elle prit la main de Davidh et, après s'être redressée, elle se laissa glisser sur le sol. Ses jambes chancelaient légèrement. Alors il se pencha pour l'embrasser. C'était un baiser bien différent des autres, si doux qu'elle en trembla.

— Je ne sais que dire, avoua-t-il.

Anna ne savait pas non plus ce qu'elle voulait entendre à cet instant. Quand brusquement il tendit le bras vers sa tête, elle sursauta. Il rit en lui montrant la plume qu'il avait trouvée dans ses cheveux.

— Je crois qu'il y a même un nid dans cette pièce ! dit-elle en la lui prenant des mains.

— Vous avez une lourde tâche devant vous, observa-t-il. Combien de temps pensez-vous que cela vous prendra ?

Tout en parlant, il s'éloignait d'elle. Le contact de son corps lui manquait déjà, douloureusement.

— J'ai aussi à faire au village et dans le jardin de Caig Falls. Je pensais donc passer un peu de temps ici chaque jour, jusqu'à ce que j'aie terminé.

À ces mots, une lueur se fit dans le regard de Davidh. Il ouvrit la bouche, mais à ce moment précis quelqu'un rugit son nom dans le couloir. Ce qu'il s'apprêtait à dire se transforma en un juron. Il se dirigea vers la porte et l'ouvrit.

— Parlan ! Je suis ici, dit-il à un homme dont l'ombre se dessina sur le seuil. Anna, ajouta-t-il en se tournant vers elle, je rentrerai pour le souper. Pourrez-vous ajouter une assiette pour Parlan ?

— Je ferai en sorte qu'il y ait suffisamment à manger.

Après lui avoir adressé un bref signe de tête, il disparut en entraînant avec lui le dénommé Parlan avant que celui-ci ne puisse entrer. Les voix étouffées des deux hommes lui parvinrent sans qu'elle puisse distinguer leurs paroles. Mais elle eut la nette impression que ce Parlan savait exactement ce qu'ils venaient de faire dans cette pièce.

S'ils ne se montraient prudents, des rumeurs risquaient de se répandre sur leur compte, et alors les ennuis commenceraient. Pendant l'heure qui suivit, tandis qu'elle s'efforçait de reprendre ses travaux de nettoyage, Anna réfléchit à ce qui venait de se passer. Quel que soit le plaisir qu'elle avait éprouvé, elle devait à tout prix éviter de s'attirer des ennuis à Achnacarry. Du moins jusqu'à ce qu'elle ait accompli son projet. Lorsque son fils aurait conquis sa place au sein du clan, alors cela n'aurait plus d'importance.

# Chapitre 15

Deux jours s'étaient écoulés depuis que Davidh avait perdu la tête et, pour dire les choses crûment, avait pris Anna sur la table de la réserve. Il n'avait aucune excuse pour s'être comporté de la sorte, si ce n'était… Non, il n'avait aucune excuse. Il avait songé à lui demander pardon mais, de toute évidence, elle s'était donnée à lui de son plein gré.

Il devait admettre qu'il n'avait pas été très fier de lui en rentrant à la maison ce soir-là. Il était même allé jusqu'à convier Parlan à sa table pour éviter de se trouver seul avec Anna. Pourtant, rien n'avait changé dans l'attitude de la jeune femme à son égard. Tout juste avait-il surpris une lueur fugitive dans ses yeux émeraude lorsqu'elle l'avait vu entrer.

Il s'était réjoui de la présence de son ami au souper. Parlan avait animé la conversation, partageant son attention entre les garçons et Anna. Davidh devait admettre une autre chose : celle-ci ne s'était pas laissé décontenancer par les plaisanteries malicieuses de leur invité et avait même rivalisé d'esprit avec lui. Son ami se comportait-il toujours ainsi avec les femmes, ou seulement avec elle ?

Ce n'est qu'après le repas, au moment de le quitter pour retourner au château, que Parlan avait laissé deviner ses intentions en lui demandant si Anna était à lui. Il avait prétendu qu'il se contentait de transmettre une question que d'autres lui avaient posée, mais Davidh n'en avait rien cru. Et quand il avait nié vigoureusement qu'il y eût quoi que ce soit entre Anna et lui, Parlan avait éclaté de rire avant de déclarer que c'était une bonne chose.

Après cela, une série de rencontres et d'événements étranges avait commencé à se produire.

Davidh avait reçu des invitations à souper de la part de deux veuves ainsi que de trois familles qui avaient des filles en âge de se marier. Puis Lilias était apparue derrière la barrière du terrain d'entraînement et avait attendu qu'il vienne la trouver. Aussi loin qu'il se souvienne, jamais encore il n'avait vu la jeune veuve à l'intérieur des remparts d'Achnacarry.

— Lilias, que se passe-t-il ? avait-il demandé, inquiet.

Sans doute un malheur était-il arrivé et elle venait lui demander de l'aide.

— Tout va bien, Davidh. Je voulais seulement te parler, car je ne te vois plus depuis quelque temps. Tu es tellement occupé par ton rôle auprès du laird !

Tout en parlant, elle écarta une mèche de cheveux de son visage et toucha ses lèvres d'un geste sensuel. Avec un étonnement grandissant, Davidh attendit qu'elle continue. Lorsque Lilias lissa ses jupes avant de faire glisser son plaid sur les épaules pour mieux dévoiler son visage, il comprit enfin où elle voulait en venir.

— Veux-tu venir souper à la maison demain soir ?

*Et passer la nuit avec moi*, comprit-il sans qu'elle ait besoin de le préciser. Il n'avait pas profité de son hospitalité ni de ses faveurs depuis longtemps, et cette idée même lui inspirait à présent du dégoût.

— Je crains que ce ne soit possible, Lilias. Mais je te remercie pour ta gentillesse.

Une réponse claire et simple, qui devait suffire à la décourager avant que cela n'aille trop loin. Lilias et lui avaient pris du plaisir ensemble en quelques occasions, lorsqu'il avait éprouvé des besoins qu'elle s'était montrée disposée à satisfaire. Mais il se doutait qu'elle en voulait davantage. C'est pourquoi il avait veillé, en mesurant ses paroles et ses actes, à ne jamais lui donner de faux espoirs. Du moins le pensait-il. Davidh esquissa un pas en arrière, s'apprêtant à prendre congé d'elle. Alors il vit sa bouche se crisper tandis que le rouge lui montait aux joues.

— C'est la sorcière, pas vrai ? Elle t'a jeté un sort pour t'attirer dans ses filets, et maintenant elle te tient prisonnier !

Ces quelques mots chuchotés avec véhémence étaient emplis de colère et, probablement, de jalousie.

Davidh se rapprocha de Lilias et la força à le regarder. Puis il se pencha près d'elle de manière à ce que personne d'autre n'entende ce qu'il avait à lui dire.

— Cela ne te concerne en rien, mais sache qu'il n'y a pas de sorcière ici et qu'Anna Mackenzie s'occupe de ma maison et de mon fils !

— Tu peux dire ce que tu veux, Davidh. Tout le monde sait dans quel lit elle couche ! répliqua-t-elle en croisant les bras sur sa poitrine.

— Elle ne partage pas mon lit, Lilias.

La frontière entre mensonge et vérité était parfois mince et, l'espace d'un instant, il regretta d'avoir joué ainsi sur les mots. Mais il ne pouvait pas la laisser insulter Anna de la sorte ni proférer de tels propos sur le caractère intime de leurs relations.

— Oh ! oui, je me souviens de tes goûts ! Tu préfères faire cela contre une porte ou un mur ! lança Lilias, une lueur de désir dans les yeux. Quand la passion te prenait, tu me pressais tellement fort contre la porte qu'elle manquait de céder !

Un souvenir jaillit alors dans l'esprit de Davidh. Mais ce n'était pas l'image de cette veuve qu'il voyait. C'était le visage d'Anna lorsqu'il l'avait embrassée à lui couper le souffle… contre la porte de sa maison. Quand Lilias éclata de rire, il comprit que l'expression de son visage trahissait son trouble.

— Oui, comme ça ! C'est exactement ça ! dit-elle avec un hochement de tête.

Non, ce n'était pas elle qu'il avait en tête. Et aucune femme n'avait partagé son lit depuis Mara.

— Eh bien, mes préférences ne te concernent pas, Lilias. Pas plus que les femmes que je prends dans mon lit ou contre ma porte !

À ces mots, elle le foudroya du regard.

— Et sache que Mistress Mackenzie se trouve sous la protection de notre chef. Je te conseille donc de réfléchir sérieusement avant d'aller raconter des mensonges sur son compte ou de la traiter de je ne sais quoi !

Lilias pâlit soudainement et recula en baissant les yeux. Puis elle se couvrit la tête de son plaid et s'éloigna d'un pas raide, non sans avoir marmonné entre ses dents des paroles qu'il ne parvint pas à comprendre.

Davidh avait envie de hurler de fureur. Lilias aimait se mêler de ce qui ne la regardait pas. C'était ce qu'elle faisait de mieux, tout comme de nombreuses autres femmes du village. Et elle aimait aussi colporter des ragots. Peut-être était-ce normal, après tout. Ne trouvait-on pas des commères dans tous les villages et les châteaux ? Mais Lilias amassait secrets et soupçons, pour les révéler lorsque cela pouvait lui être utile. Il l'avait vue à l'œuvre, mais était toujours resté indifférent à ses manigances.

Cette fois, c'était différent.

En regardant autour de lui, il se rendit compte que ses hommes, répartis en petits groupes pour l'entraînement, s'étaient éloignés. Puis il vit Parlan, ce satané Parlan, qui l'observait de l'autre côté de la barrière tout en écoutant les conseils d'Athdar. Malgré la distance qui les séparait, Davidh devinait sur son visage un petit sourire suffisant. Il fut d'abord tenté de lui passer l'envie de se moquer de lui, mais préféra éviter une conversation qui promettait de l'agacer davantage. Parler de femmes avec son ami ne lui disait rien qui vaille.

Il aperçut alors les hommes qui réparaient les murs de l'écurie et se dirigea vers eux, curieux de savoir comment se passait l'apprentissage de Iain. À l'intérieur, il trouva l'homme qui s'occupait du garçon.

— Il travaille bien, déclara Lachlan en désignant le fils d'Anna d'un geste du menton. Il fait ce qu'on lui demande, et ce qu'il fabrique est solide.

— T'a-t-il montré ses sculptures ? demanda Davidh en regardant Iain, qui travaillait avec quelques autres à l'agrandissement des écuries. Il est doué, et très précis dans ses gestes.

— Non, on a eu trop de travail ici jusqu'à maintenant, répondit le menuisier avant d'assener à Davidh une claque amicale dans le dos. Quand on aura fait le plus urgent, je lui lâcherai un peu la bride pour voir ce qu'il sait faire.

— Il a appris tout seul.

Tandis qu'ils parlaient, Iain l'aperçut et s'approcha.

— Quelque chose ne va pas ? Vous me regardez tous deux en fronçant les sourcils !

— Tout va bien, Iain, répondit Davidh en souriant. J'expliquais à Lachlan que personne ne t'avait appris à tailler le bois, mais que tu étais très doué.

— Je suis prêt à travailler dur, sir, répondit-il d'un ton beaucoup trop sérieux pour un garçon de son âge.

— C'est une bonne chose.

Quelqu'un appela Iain et celui-ci rejoignit les menuisiers avec lesquels il travaillait. En l'observant, Davidh remarqua qu'il semblait à l'aise avec les autres. Parmi ce groupe d'hommes, sans doute avait-il trouvé une camaraderie qui, sans qu'il en soit lui-même conscient, lui avait manqué jusqu'alors.

— Pendant un instant, bredouilla alors Lachlan,

l'interrompant dans ses pensées, j'ai cru voir une ressemblance avec…

Il s'arrêta et secoua la tête.

— Une ressemblance avec… qui ?

— Non, rien. C'est en le voyant à côté de toi que j'ai pensé à…, reprit Lachlan avant d'éclater de rire. Ce n'est rien. Pardonne-moi : je vieillis, et ma vue baisse !

— Il a le nez, n'est-ce pas ? demanda Davidh.

C'était l'un des traits distinctifs des Cameron qu'il avait remarqué chez Iain.

Il laissa le menuisier se remettre à son travail. Lui-même devait retourner à l'entraînement et il avait bien envie de passer une heure ou deux à rosser ce cher Parlan. Lui faire mordre la poussière l'aiderait à évacuer un peu de la colère qui coulait encore dans ses veines.

Oui, se venger de l'arrogance de son ami lui ferait le plus grand bien !

Quand le troisième homme frappa à la porte de la réserve, Anna comprit qu'on ne la laisserait pas en paix ce matin. Elle avait laissé la porte entrouverte pour aérer la pièce, qui sentait le renfermé, et curieusement, seules des personnes du sexe masculin semblaient avoir considéré cela comme une invitation.

Le père de Baen, Uilleam, qui travaillait au château, avait été le premier à entrer pour lui proposer de déplacer les tables les plus lourdes si elle le souhaitait. Et il en avait profité pour l'inviter à souper avec lui dans la grande salle le soir même. Puis Tormod, un brasseur de bière, était venu lui demander si elle avait suffisamment de provisions et si elle voulait bien souper avec lui le lendemain. À présent, c'était Kenneth, le boucher, qui se tenait devant elle. Avait-elle besoin de morceaux de viande particuliers pour préparer ses breuvages ou ses bouillons, et accepterait-elle de souper dans son cottage… avec ses trois fils, tous adultes ?

Hélas, cela n'avait rien de nouveau pour elle. Anna avait déjà vu cela lorsque sa mère et elle étaient parties pour le Nord afin de rejoindre le clan Mackenzie, même si elle était presque trop jeune alors pour le comprendre. Lorsqu'elles étaient arrivées, de nombreux villageois avaient approché sa mère, sachant qu'elle était veuve, pour lui proposer leur aide ou leur compagnie.

Ces hommes lui faisaient la cour, tout simplement.

Une guérisseuse dotée de talents tels que ceux de Lara Mackenzie était toujours convoitée. Une veuve capable d'élever ou de porter des enfants était toujours recherchée. Une femme prête à réchauffer le lit d'un homme esseulé était toujours désirée.

Anna poussa un soupir tandis que Kenneth quittait la réserve en la saluant d'un signe de tête. Qu'elle le veuille ou non, elle était tout cela à la fois, et la nouvelle était en train de se propager. Elle qui avait décidé de se faire accepter des villageois en se mêlant discrètement à eux pouvait dire adieu à son plan. Le simple fait qu'elle ait attiré l'attention de Davidh, quelle que soit la nature de leurs relations, donnait un signal aux autres hommes. Et bien que, depuis ce jour-là, il ne l'ait jamais abordée ni touchée en public et qu'il ne lui ait jamais témoigné le moindre intérêt hors de l'intimité de sa maison, les hommes devaient savoir désormais qu'elle était une femme libre de tout engagement.

Anna rassembla ce dont elle avait besoin parmi les fioles et les pots qu'elle avait inspectés, nettoyés et rangés, et en remplit son panier. Son travail de la matinée lui avait donné chaud, aussi jeta-t-elle sa cape sur son bras avant de sortir. Elle tira la porte derrière elle en la laissant légèrement entrebâillée. Personne ne pénétrerait dans cette pièce sans sa permission ou celle de Laird Robert ou de Lady Elizabeth.

Anna eut soudain envie de voir Iain au travail. Quittant le château, elle traversa la cour et chercha un coin ombragé pour observer son fils sans être vue. Les menuisiers étaient en train d'agrandir un côté de l'écurie. Le terrain avait été déblayé et maintenant, ils construisaient les murs. Iain se tenait debout parmi eux.

Soudain, quelqu'un l'appela et il se retourna. À cet instant, il ressemblait tant à son père qu'elle laissa échapper un petit cri. Elle porta aussitôt sa main à la bouche, soucieuse de ne pas se faire remarquer. Iain continuait à grandir de jour en jour et la couleur de ses cheveux se faisait plus foncée chaque année. À présent, il ressemblait beaucoup à Malcolm tel qu'il était au moment où elle l'avait rencontré.

Anna savait que Mal avait eu une jumelle, née quelques minutes avant lui, et qu'elle était aussi blonde qu'il était brun. Cette sœur, Arabella, avait le teint et les yeux clairs, et tous ceux qui l'avaient rencontrée louaient sa beauté. Même Lara Mackenzie, la sorcière de Caig Falls, avait été impressionnée par sa grâce.

Mal était né avec des yeux et des cheveux bruns et un tempérament bien différent de celui de sa sœur, lui avait raconté sa mère. Il jouait son rôle de fils du chef avec passion et promettait de devenir l'un des meilleurs guerriers du clan Cameron.

Mais il avait été tué, non par Brodie Mackintosh, comme cela avait d'abord été rapporté, mais par Caelan, son cousin. Celui-ci entendait prendre la tête du puissant clan Mackintosh et de la Confédération Chattan, qui régnait sur de vastes parties des Highlands.

À présent, en regardant son fils qui travaillait avec les menuisiers, Anna voyait son père dans ses moindres gestes, ses moindres sourires. Lorsqu'elle sentit des larmes rouler sur ses joues, elle recula dans l'ombre de peur que quelqu'un ne la voie.

— Il va devenir plus robuste à force de porter et de soulever des planches.

Elle sursauta en entendant la voix douce dans son dos. Davidh se tenait là, dans le même recoin qu'elle. Mais elle ne se retourna pas.

— Lachlan Dubh lui en fera porter un peu plus chaque jour, pour qu'il se muscle.

Elle répondit d'un signe de tête.

Quand il vint se placer à ses côtés, elle sut qu'il voyait ses larmes. Du dos de la main, il lui essuya les joues.

— Les larmes d'une mère.

— Oui.

— N'ayez crainte, il est en de bonnes mains avec Lachlan, dit-il d'un ton rassurant.

— Pourrait-il être un guerrier, Davidh ?

Sa question fut accueillie par un silence. En avait-elle trop dit ? Elle désirait plus que tout au monde voir Iain suivre les pas de son père et obtenir ce que celui-ci n'avait jamais eu !

— S'il grandit encore et s'entraîne assidûment, oui, il le pourrait, répondit-il enfin.

Anna attendit les mots qui, elle le savait, ne manqueraient pas de venir. Si elle était rentrée directement au village, elle ne se trouverait pas dans cette position délicate. Mais en voyant Iain parmi ces jeunes gens, en train de travailler et de rire, elle n'avait pu passer son chemin. Ce spectacle emplissait son cœur d'espoir : elle voulait tant qu'il trouve sa place ici ! À présent, elle retenait son souffle, sachant que sa question en appellerait une autre.

— Son père était-il un guerrier, Anna ?

— Oui, répondit-elle en soupirant, le regard toujours fixé sur le fils de Mal. Oui, c'était un guerrier.

Au lieu de poser la question suivante, celle à laquelle elle s'attendait, Davidh se tut un instant, puis il hocha la tête.

— Nos combats contre les Mackintosh ont causé

tant de pertes ! Pas seulement des guerriers, mais des femmes et même des enfants.

Il pensait donc que le père de Iain avait été tué au cours de l'une de ces batailles !

— Et maintenant ? demanda-t-elle.

Les villageois lui avaient certes fourni un certain nombre de renseignements, mais Davidh, en tant que commandant et conseiller du chef, en savait plus que quiconque.

— Ceux qui veulent reconquérir le clan et prendre la place de Robert causent bien des victimes et des dégâts. Il est malheureux que nous devions nous battre contre les nôtres, et non contre de véritables ennemis !

— Quelle est la position des Mackintosh ?

S'il la trouvait trop curieuse, il ne le montra pas. Anna continuait à regarder les écuries d'un air détaché pour qu'il ne se rende pas compte du vif intérêt qu'elle portait à ses réponses.

— Brodie Mackintosh a demandé l'aide de notre ancien chef au moment où son cousin a tenté de détruire leur clan. Grâce à Euan, il a pu sauver Arabella, détrôner son cousin et prendre la tête du clan. À présent, Brodie soutient Robert.

Ainsi, le redoutable chef de la Confédération Chattan avait pris position pour Robert Cameron ! Mais son épouse, la sœur de Malcolm, en ferait-elle autant si elle découvrait l'identité de Iain ?

Tandis qu'elle remuait ces pensées, Lachlan appela le groupe de menuisiers et tous le suivirent vers le château. Lorsqu'ils passèrent devant eux, Anna sortit de l'ombre pour les regarder en portant la main devant les yeux pour se protéger du soleil. Davidh s'avança également pour se placer à ses côtés, puis il l'accompagna lorsqu'elle se dirigea vers les grilles du château en contournant les écuries.

— N'ayez crainte, Anna. Nous retrouverons les

proscrits et nous les vaincrons bien avant que Iain ne devienne un guerrier.

Sur ces mots, Davidh posa la main sur la sienne dans l'intention, pensa-t-elle, de lui apporter un peu de réconfort.

— Tout se passera bien pour lui, ajouta-t-il.

Mais le moindre contact de ses doigts était une caresse qui chatouillait délicieusement sa peau. Lorsqu'elle baissa les yeux pour suivre ses mouvements, il entoura sa main de la sienne et fit glisser son pouce dans sa paume, puis le long de son poignet, avec la légèreté d'une plume. Jamais elle n'aurait cru que ces parties de son corps étaient si sensibles. À son grand étonnement, elle fut traversée de petits frissons de plaisir.

Les sensations se propagèrent dans son bras puis dans tout son corps tandis que, s'approchant d'elle, Davidh remontait sa manche pour poursuivre ses caresses. Soudain, il l'entraîna dans les écuries maintenant désertes et elle laissa tomber son panier et sa cape. Lorsqu'il trouva un compartiment vide, il l'attira à lui et l'embrassa.

Quand sa bouche prit la sienne, Anna fut incapable de se dominer plus longtemps. Elle oublia complètement qu'elle s'était juré que cela ne se reproduirait plus.

# *Chapitre 16*

Anna était sidérée par la puissance de son désir. Comme elle voulait qu'il la touche !

Elle se sentait parfaitement sereine, capable de continuer à vivre comme si rien ne s'était passé entre eux, jusqu'à ce qu'il pose la main sur elle. Ou qu'il l'embrasse. Il lui était impossible de résister à ses baisers voraces, quand il goûtait sa bouche et l'invitait à faire de même. Sa volonté s'évanouissait lorsqu'il caressait ses seins à travers sa robe et les prenait dans le creux de ses mains.

Et quand il s'agenouilla et l'attira sur lui, elle cessa tout bonnement de penser.

Habile, il avait réussi à écarter ses jupes tandis qu'elle s'asseyait sur lui, et sa chair palpitante rencontra son sexe dressé. Les mains de Davidh étaient partout sur elle. Son esprit se troubla tandis que la passion l'envahissait. Passant un bras autour de sa taille, il la maintenait au-dessus de lui sans cesser de l'embrasser. Glissant l'autre bras entre leurs corps, il se mit à la caresser entre les cuisses. Sa main ainsi que tous ses doigts devinrent autant d'armes pour la faire succomber d'extase.

C'était plus fort qu'elle ; elle n'y pouvait rien. Elle le voulait.

Tout en se livrant à ses baisers, elle se pressa contre sa main. Anna sentait des vagues de plaisir monter en elle, de plus en plus puissantes. Elle voulut qu'il touche le bourgeon caché au cœur de ses replis, celui qui l'amènerait jusqu'à la délivrance, mais il s'y refusa.

— Chevauche-moi, Anna, ordonna-t-il dans un souffle, tout contre sa bouche. Chevauche-moi, maintenant.

Écartant ses jambes davantage, il la guida jusqu'à ce qu'elle sente l'extrémité de son sexe entre ses cuisses. S'accrochant aux épaules de Davidh, elle l'accueillit en elle, lentement, jusqu'à ce qu'il l'emplisse complètement. Emportée par les sensations exquises qui parcouraient son corps, elle ne l'avait pas regardé une seule fois. Alors seulement elle plongea les yeux dans les siens, immobile sur lui.

— Quelle folie nous emporte ? demanda-t-il en glissant les mains le long de son corps avant de caresser ses joues.

Un tendre baiser suivit, puis un autre, et un autre encore, jusqu'à ce qu'Anna soulève les hanches. La saisissant par la taille, Davidh arqua les reins tandis qu'elle le rejoignait. Ils gémirent d'une seule voix.

— Oui, quelle folie ? souffla-t-elle, reprenant ses mots, heureuse de ce qui était en train de se passer entre eux.

Rapidement, son corps trouva le rythme qu'il lui demandait. Lorsqu'elle ralentissait, ses mains glissées sous ses fesses l'invitaient à aller plus vite. De sa bouche, il étouffa le cri de son premier orgasme. Quand elle sentit son sexe durcir encore en elle, prêt à céder au plaisir, il se redressa sur ses genoux et l'étendit sur le sol.

Sa respiration se fit haletante tandis qu'il allait et venait en elle à un rythme effréné et, comme une nouvelle vague de volupté l'emportait, Anna dut serrer les dents pour ne pas crier. Il se retira au dernier moment et, corps contre corps, ils s'abandonnèrent ensemble aux derniers soubresauts de la jouissance.

Elle dut attendre plusieurs minutes pour que les battements de son cœur ralentissent enfin. Cet homme savait donner du plaisir. Et leurs deux étreintes ne leur avaient pas laissé le loisir d'explorer toutes les possibilités qui s'offraient à eux… À cette idée, elle sentit un nouveau frisson la parcourir tout entière.

Davidh éclata de rire et elle sentit le son grave résonner dans son propre corps. Il releva la tête et son regard se perdit dans le sien avant de descendre sur sa bouche. Sa bouche endolorie par leurs baisers. Une fois encore, il y posa ses lèvres avant de hocher la tête.

— Quelle folie, vraiment ! murmura-t-il.

Mais les bruits du monde réel commencèrent à s'insinuer dans le petit cocon qu'ils avaient tissé. Davidh s'écarta d'elle et l'aida à se lever. Anna tira sur sa robe et lissa ses jupes. Puis, avec des gestes rapides, il l'aida à se débarrasser des brins de paille qui s'étaient accrochés dans ses cheveux et son dos. Dehors, des voix s'approchaient.

Davidh lui sourit en ôtant un dernier brin de paille de sa chevelure, et elle eut envie de tracer le contour de sa bouche avec sa langue. Il surprit son regard et se figea.

— Je suis en train de lutter de toutes mes forces pour me dominer, dit-il. Si vous continuez à regarder ma bouche de cette manière, je n'aurai d'autre choix que de…

— Lachlan ! cria une voix devant la porte des écuries. Lachlan Dubh !

— Encore ce maudit Parlan ! grommela Davidh. Sortez par la porte de derrière ! ajouta-t-il en ramassant le panier et la cape d'Anna pour les lui tendre. Je vais l'intercepter.

Ses affaires dans les bras, elle courut jusqu'à la porte. Une fois dehors, elle contourna les écuries et emprunta le chemin qui menait aux grilles du château. Ses jambes tremblaient quand elle descendit la pente la plus raide, mais elle ne s'arrêta pas. Une fois au village, elle n'eut pas envie de rentrer immédiatement dans la maison de Davidh et elle dirigea ses pas vers le puits.

Il y avait foule à cette heure de la journée : nombreuses étaient celles qui venaient remplir des seaux pour la cuisine, le ménage et la lessive. Les femmes la saluèrent tandis qu'elle attendait son tour dans la file.

Anna n'avait qu'une envie : se plonger tout entière dans l'eau froide du puits pour apaiser le douloureux désir qui enflammait encore son corps. Mais elle se contenta de remonter le seau et de boire plusieurs fois au godet qui y était attaché. Lorsqu'elle eut étanché sa soif, elle tira un carré de tissu de sous sa ceinture et le plongea dans l'eau. Puis, après avoir bu encore quelques gorgées, elle s'éloigna du puits et se rafraîchit le visage et le cou à l'aide du chiffon mouillé.

— Vous sentez-vous bien ?

Se retournant, Anna se trouva nez à nez avec Lilias, la voisine de Davidh.

— Vous êtes toute rouge. Seriez-vous fiévreuse ?

— Je me porte très bien, répondit-elle en tentant de se dérober.

La femme la regardait avec une insistance qui la mit mal à l'aise.

— Merci de votre sollicitude, mistress, ajouta Anna.

Elle allait passer son chemin quand Lilias la saisit par le bras pour la tirer vers elle.

— Je vois clair dans votre jeu, Mistress Mackenzie ! Une putain, voilà ce que vous êtes ! Vous n'avez pas été capable de vous trouver un homme, alors vous venez ici nous voler les nôtres ! Mais je ne laisserai pas Davidh Cameron tomber entre vos griffes de mécréante !

Anna poussa un cri étouffé, pas seulement à cause de la violence de ces paroles mais aussi parce que Lilias lui pinçait fortement le bras. Se dégageant d'un coup sec, elle fut tentée de gifler la femme lorsqu'elle se remémora les avertissements de sa mère.

Elle était une étrangère en ces lieux.

Les femmes d'un village étaient plus dangereuses que n'importe quel homme.

Il ne fallait jamais les insulter.

Serrant son panier contre son flanc, elle recula tandis que Lilias la fixait, une inquiétante expression de haine dans les yeux. Anna la contourna en prenant soin de garder ses distances. Ébranlée par cette rencontre, elle se dirigea d'un pas vif vers la maison de Davidh.

— Putain !

Le chuchotement furieux de Lilias résonna dans la rue. Puis, au moment où Anna se croyait hors de sa portée, la femme prononça le mot qui avait le pouvoir de lui glacer les sangs, et elle pria pour que personne d'autre ne l'ait entendu.

— Sorcière !

Mon Dieu, non ! Pas cela, pas maintenant ! Cela ne devait pas arriver alors que ses projets pour Iain étaient enfin en bonne voie, après des années d'attente ! C'était en partie ce genre d'attaques qui avaient poussé sa mère à fuir Achnacarry avec elle, des années plus tôt. Accusée de sorcellerie et de divers méfaits, Lara Mackenzie n'avait guère eu le choix. Aucune preuve n'était nécessaire pour salir le nom d'une femme : de vagues plaintes et soupçons suffisaient amplement.

Cela ne devait pas arriver maintenant !

Retenant ses larmes, Anna franchit en courant les derniers pas qui la séparaient de la maison de Davidh. Une fois à l'intérieur, elle claqua la porte et s'y appuya en priant pour que cela n'aille pas plus loin.

Si elle prenait soin d'éviter Lilias, cela n'irait pas plus loin.

— Tu as un problème, mon ami.

Davidh était assis avec Parlan au bout de la table de la grande salle. Il avait fait savoir à Anna qu'il était appelé auprès du chef et ne souperait pas avec les garçons et elle. Après avoir avalé une gorgée de bière, il reposa son gobelet.

— J'en ai plus d'un : je dois débusquer les proscrits, protéger nos châteaux de leurs attaques et découvrir qui les dirige. Auquel de ces problèmes fais-tu allusion ?

Il prit un morceau de fromage dans son assiette et le mâcha lentement, attendant que son ami comprenne qu'il ne se laisserait pas prendre à son petit jeu.

— À celui qui s'appelle Lilias.

Le morceau de fromage lui resta en travers de la gorge, menaçant de l'étouffer. Parlan dut lui administrer plusieurs claques dans le dos pour qu'il puisse à nouveau respirer.

— Tu veux me tuer, Parlan ? Pourquoi diable me dis-tu cela ?

— Tu ne m'écoutais pas. Cette fois, j'ai réussi à attirer ton attention, pas vrai ?

Repoussant son assiette, Davidh se saisit du pichet posé sur la table et remplit son gobelet. Après avoir jeté un regard autour de lui pour voir qui était assez proche pour entendre leur conversation, il se pencha vers Parlan.

— En quoi est-elle un problème ?

— Je ne sais pas si c'est à cause de la conversation que tu as eue ce matin avec la charmante veuve Cameron, expliqua son ami. Toujours est-il qu'elle a dit quelque chose à la veuve Mackenzie qui semble lui avoir déplu : elle a bien failli la frapper.

— Anna ? Frapper Lilias ? C'est absurde !

— Elle ne l'a pas frappée. Ce sont les flammes qui ont jailli de ses yeux qui m'ont mis en garde. J'allais intervenir quand Anna a laissé retomber sa main pour courir jusqu'à ta maison.

— Parlan, ta façon de raconter m'exaspère. Cesse de tourner autour du pot ! Dis-moi ce que tu sais ! gronda Davidh, la mâchoire serrée.

Parlan tourna son tabouret pour lui faire face.

— Voici comme je vois les choses… Tout d'abord, Lilias est venue te voir pendant l'entraînement. Elle a déployé ses charmes devant toi, elle a essayé de t'aguicher.

Davidh laissa échapper un grognement qui n'encouragea malheureusement pas son ami à abréger son récit.

— Ensuite, Mistress Mackenzie et toi êtes allés examiner la qualité de la paille dans les écuries.

Pour se retenir d'étrangler Parlan, Davidh se contenta d'imaginer ses mains serrer son cou jusqu'à lui ôter le souffle et la vie.

— Il se trouve qu'à ce moment-là, la veuve Cameron se trouvait à deux pas de la porte, imprudemment laissée ouverte. J'ai donc appelé Lachlan pour attirer ton attention.

Par bonheur, Davidh n'avait pas la bouche pleine cette fois, car il aurait risqué de s'étouffer à nouveau devant cette révélation.

— Elle nous a vus dans les écuries ?

Comme Parlan hochait la tête, il laissa retomber son poing sur la table.

— Es-tu vraiment sûr qu'elle nous a vus ?

Lui qui était persuadé que le compartiment où il avait entraîné Anna n'était pas visible depuis l'entrée des écuries !

— Peut-être pas pendant l'acte lui-même. Mais elle vous a vus comme moi remettre de l'ordre dans vos vêtements, c'est certain.

— Nom de Dieu !

Il avait crié plus fort qu'il ne l'aurait voulu. Autour de lui, tout le monde se tut et même Robert et Lady Elizabeth jetèrent un coup d'œil de son côté. Confus, il leur adressa un signe de tête.

— Tu as disparu après m'avoir appelé, reprit-il.

— Lilias avait l'air furieuse, expliqua Parlan. Je ne l'avais jamais vue dans un tel état. Aussi, quand je l'ai vue descendre au village sur les pas d'Anna, je l'ai suivie.

Pris d'une quinte de toux, il but une gorgée de bière.

— Dis-moi seulement qu'Anna va bien.

C'était là le seul souci de Davidh. Ils en étaient arrivés à cette situation par sa faute, parce qu'il avait été incapable de se dominer. Et il ne voulait pas qu'Anna ait à subir la jalousie d'une femme qui ne comptait guère pour lui.

— Anna est allée au puits, et c'est là que Lilias l'a rattrapée. Elle l'a saisie par le bras et lui a parlé. J'ignore ce qu'elle lui a dit, mais Anna semblait furieuse. Elle s'est dégagée et s'est précipitée vers ta maison. Quand je suis arrivé là-bas, la porte était fermée et je n'ai entendu aucun bruit à l'intérieur.

— Je vais parler à Lilias, déclara Davidh.

Jamais il n'aurait cru que cette femme prétendrait avoir des droits sur sa personne.

— Dès le début, j'ai été clair avec elle sur mes intentions.

À ces mots, Parlan se redressa comme s'il venait de le frapper et le regarda avec un mélange d'incrédulité, d'indignation et d'horreur.

— Quoi ? demanda Davidh.

— Comment un homme qui a atteint ton âge, reçu ton éducation et atteint la position de confiance que tu occupes aujourd'hui peut-il être aussi ignorant sur le sujet des femmes ? Tu as été marié, ce qui veut dire que tu as courtisé ton épouse. Tu as vécu avec elle pendant des années. Tu lui as fait un enfant. Enfin, tu as été entouré de femmes toute ta vie et tu ne comprends rien à rien !

Sa diatribe terminée, Parlan lui administra une tape sur la joue en secouant la tête.

— Prends garde, mon ami. Ma patience a des limites.

— Va voir le laird. Nous finirons cette conversation plus tard.

Davidh se leva pour rejoindre Robert, qui lui faisait signe d'approcher. Avant de s'éloigner, il adressa un signe de tête à son ami : en effet, ils avaient à parler. Lilias était capable de détruire quelqu'un avec ses ragots. Et ce qu'elle savait pouvait lui fournir une arme de choix.

*
* *

Son entrevue avec le chef dura plus longtemps que prévu. Et il lui fallut encore deux heures pour examiner les dispositions prises en vue d'un voyage que Robert devait entreprendre pour se rendre au château de Tor, son ancienne demeure. Davidh perdit ensuite du temps à chercher en vain son ami, qui avait disparu. Enfin, il prit le chemin du village.

Il pénétra discrètement dans la maison silencieuse. À cette heure tardive, tout le monde devait dormir et il avait l'habitude de rentrer au cœur de la nuit et de partir avant l'aube. Quand le devoir l'appelait, il répondait toujours présent, quelle que soit l'heure. Un délicieux parfum s'échappait de l'âtre, et il vit un petit pot posé sur le rebord de la cheminée.

Une assiette et un pichet l'attendaient sur la petite table où ils prenaient leurs repas. Malgré la faible lueur du feu, il vit que la pièce était parfaitement propre et rangée. Tandis qu'il allait et venait dans la pièce, l'odeur enveloppante des herbes qu'Anna faisait sécher flottait dans l'air. Était-elle encore éveillée ? Davidh frappa doucement à la porte de la chambre qu'elle partageait avec son fils.

Lorsqu'il entendit des pas légers approcher, il retint son souffle. La porte s'ouvrit et Anna lui apparut, encore habillée. Non, elle non plus n'était pas prête à se coucher.

Sans refermer la porte derrière elle comme elle le faisait habituellement pour ne pas réveiller son fils, elle le rejoignit dans la pièce principale. Davidh vit alors que la petite paillasse où celui-ci dormait était vide.

— Où est Iain ?

# Chapitre 17

Davidh observa Anna qui allait et venait devant la porte de sa chambre, les mains jointes fermement devant elle.

— Il est resté au château cette nuit, dit-elle. Il m'a expliqué qu'ils commençaient le travail très tôt le matin, et que c'était plus commode pour lui de dormir là-bas.

— Je vois, répondit-il en scrutant son visage anxieux. Vous lui avez donné votre accord, mais vous vous inquiétez pour lui. Lachlan habite au-dessus des écuries avec son petit-fils. Est-ce là que Iain passe la nuit ?

Anna hocha le menton.

— Alors tout ira bien.

À ces mots, elle laissa échapper un soupir et dénoua ses doigts. Mais en la voyant continuer à faire les cent pas, les bras maintenant serrés sur la poitrine, Davidh comprit que la première nuit de son fils au château n'était pas son seul sujet de préoccupation.

— Anna ?

Elle leva les yeux vers lui.

— Il faut que nous parlions de Lilias.

— Et il faut que je vous parle de votre fils, dit-elle avant de jeter un regard vers la porte de la pièce où dormait Colm. Je ne veux pas qu'il entende cette conversation s'il se réveille, ajouta-t-elle. Venez dans ma chambre.

Tout innocente qu'elle fût, cette invitation provoqua

chez Davidh un intense émoi. Mais l'heure n'était pas aux élans de la chair. Réprimant le désir qui montait en lui, il se jura que ce qui s'était passé lors de leurs deux dernières rencontres ne se reproduirait pas.

Il la suivit dans sa chambre et la regarda tandis qu'elle allumait une autre chandelle de suif avant de la placer sur la petite table disposée à côté de sa paillasse. À côté, elle avait aménagé un petit coin pour s'asseoir, avec une chaise et un tabouret. Un grand panier rempli de morceaux de tissu attendait là, ainsi qu'un autre contenant un nécessaire de couture. Davidh prit place sur le tabouret tandis qu'elle s'installait sur la chaise.

— Tout d'abord, dit-elle à voix basse, nous devons parler de Colm.

Son fils ? Il se portait de mieux en mieux depuis quelques semaines. Depuis qu'elle prenait soin de lui.

— Colm ? Que se passe-t-il ? S'est-il mal conduit ?

À peine les mots eurent-ils franchi ses lèvres qu'il songea à l'autre possibilité, tant redoutée.

— Sa maladie s'est-elle aggravée ? se résigna-t-il à demander en fermant les yeux, saisi par la douleur.

— Oui.

Il crut mourir en entendant ce mot. Son cœur cognait fort contre sa poitrine.

— Mais il ne tousse plus ! Il joue ! Il…, commença-t-il avant de se prendre la tête à deux mains. Comment est-ce possible ?

— La toux n'est pas la source du problème, Davidh. Il lui arrive de plus en plus souvent d'avoir de la peine à respirer. Colm n'en dit rien, mais je l'ai bien observé. Son état est en train d'empirer.

— Que pouvons-nous faire ?

Anna sentit son cœur se serrer en regardant Davidh recevoir ce choc terrible. Ensuite seulement elle entendit la question qu'il avait posée d'une voix brisée : « Que pouvons-nous faire ? »

— Je suis en train de modifier son traitement. J'adapte chaque jour le nombre de remèdes que je lui administre en fonction de l'évolution de la maladie.

— Et moi, que puis-je faire ?

Il y avait dans ses paroles un besoin si désespéré d'aider son fils qu'elle en eut les larmes aux yeux.

— Je suis désolée, Davidh. Je ne vois guère ce que nous pouvons faire, si ça n'est l'éloigner de la réserve jusqu'à ce que j'aie fini de la nettoyer. Les lieux poussiéreux ne lui valent rien de bon.

— C'est tout ? Comment puis-je rester sans rien faire alors que son état s'aggrave ?

Se levant, il marcha jusqu'à la fenêtre et appuya la tête contre le volet fermé. Puis, à la grande stupeur d'Anna, il abattit son poing contre le mur de pierre. Elle laissa échapper une exclamation d'effroi tandis qu'il cognait contre la paroi une deuxième fois, puis une troisième.

— Cela n'arrangera rien, dit-elle en marchant jusqu'à lui pour lui saisir le bras avant qu'il ne recommence. Regardez ! Vous vous êtes blessé.

Elle le conduisit vers la chaise et le fit s'asseoir.

— Attendez-moi ici.

Rapidement, Anna alla chercher des chiffons et un onguent et, se munissant du pot qu'elle avait laissé près de l'âtre, elle versa de l'eau chaude dans une bassine. En revenant dans la chambre, elle trouva Davidh en train de regarder fixement le mur qui séparait leurs chambres. Tirant le tabouret, elle s'assit face à lui.

— Donnez-moi votre main.

Elle plaça sa main en sang au-dessus de la bassine. Elle était chaude et lourde entre ses doigts. S'il éprouva de la douleur, il n'en donna aucun signe. Anna comprit que dans son esprit étaient en train de défiler toutes les possibles issues de la maladie de son fils. Si on lui avait plongé une épée dans le dos à cet instant, sans doute ne s'en serait-il même pas rendu compte.

Tout juste émit-il un petit sifflement lorsqu'elle appliqua l'onguent sur les jointures écorchées de ses doigts. Après avoir enveloppé sa main dans une bande, elle la posa sur ses genoux et rangea à ses pieds la bassine d'eau ensanglantée.

— Va-t-il mourir ?

Davidh la fixait des yeux, attendant qu'elle lui accorde une parcelle d'espoir. Son regard, d'ordinaire vif et direct, était à présent voilé par une insondable tristesse.

Anna avait eu de la chance : Iain avait joui d'une santé robuste dès son plus jeune âge. Il n'avait été que rarement blessé et n'avait souffert d'aucune maladie. Jamais elle n'avait connu une telle angoisse, et elle se sentait démunie face à cette situation.

Elle voulait apaiser sa peine.

Elle voulait lui promettre qu'elle guérirait son fils.

Hélas, elle ne le pouvait pas.

— Oui.

Ce mot terrible résonna dans le silence de la pièce. Une condamnation à mort proclamée pour un petit garçon de huit ans.

Davidh poussa un gémissement de douleur et tomba à genoux. Lorsque Anna se leva, il passa les bras autour de ses jambes et pressa son visage contre elle. Le contact de son corps secoué de sanglots muets lui déchira le cœur. Elle réussit à le guider jusqu'à sa paillasse et le serra contre elle jusqu'à ce que l'orage en lui commence à se calmer.

C'était une terrible épreuve pour un père, et il lui fallait l'affronter afin d'aider Colm à la traverser.

— Je ferai tout ce qui est en mon pouvoir, Davidh, promit-elle. Je continuerai à m'instruire sur le mal qui le frappe et je m'efforcerai de ralentir sa progression, poursuivit-elle en lui caressant le dos. Et si Dieu le veut, il s'écoulera de nombreuses années avant que la mort ne vienne.

— Quel qu'en soit le coût, je le paierai, Anna. Vous aurez tout ce qu'il vous faudra, murmura-t-il.

Relevant la tête, il la regarda. Le désespoir qui marquait ses traits la bouleversa.

— Nous ferons de notre mieux, Davidh.

Il essaya de se lever mais elle lui saisit le bras, le forçant doucement à se rasseoir près d'elle. Elle voulait lui donner du réconfort. Elle voulait alléger la souffrance indicible qu'elle lisait dans ses yeux. Lorsqu'elle s'allongea sur la paillasse, il l'imita. Alors Anna l'enlaça et le serra tout contre elle. Davidh enfouit le visage dans son cou et, sans plus prononcer un mot ni esquisser le moindre geste, il accepta sa chaste étreinte.

Quand, un long moment après, sa respiration se fit plus régulière et qu'il s'abandonna au sommeil, Anna le tenait encore dans ses bras. Au cœur de la nuit, elle se tourna sur le côté et il en fit autant, glissant de plus en plus près d'elle jusqu'à ce que leurs corps se touchent des pieds à la tête. Apaisée par le souffle chaud de Davidh contre son oreille, elle s'endormit profondément.

Elle ne se réveilla qu'en entendant la voix de son fils qui l'appelait.

— Maman ?

Davidh avait pour habitude de se réveiller rapidement, l'esprit clair et prêt à affronter la journée. Mais aujourd'hui, c'était différent.

Il avait l'impression qu'on avait versé du goudron sur ses yeux pour les maintenir fermés. Au prix d'un grand effort, il souleva les paupières. Iain se tenait debout devant le lit. Alors Davidh sentit les courbes chaudes d'un corps de femme contre son sexe tendu et sous ses mains. Ce n'était certes pas ainsi qu'il avait l'habitude de commencer la journée.

Lorsque Anna le frôla en changeant de position, son excitation grandit. Il tenait un de ses seins dans le creux d'une main et sentait ses fesses contre son bas-ventre. Tout cela aurait été fort agréable si cela ne s'était passé devant le fils de la jeune femme. Et dans sa chambre.

— Anna ! souffla-t-il. Réveillez-vous !

Comme il relâchait son étreinte, elle s'étira en laissant échapper un doux soupir. Puis elle ouvrit les yeux.

— Davidh ! murmura-t-elle.

Puis elle vit Iain sur le seuil et se figea.

— Iain !

Aussitôt, elle tenta de s'écarter de lui mais s'empêtra dans ses jupes et eut bien du mal à quitter la paillasse. En silence, Davidh remercia le ciel qu'ils soient tous deux complètement habillés, même s'ils avaient été surpris dans les bras l'un de l'autre dans le lit d'Anna.

— Bonjour, Iain, dit-il en se levant à son tour.

Anna se dirigea vers son fils en s'efforçant de rassembler sa chevelure éparse, mais en vain. Celle-ci retomba sur ses épaules en mèches folles de couleur or, brun et roux. Elle avait tout l'air de s'être livrée à des ébats torrides avec lui toute la nuit.

Si seulement cela avait été le cas !

Le souvenir de la cruelle douleur qui l'avait terrassé la veille lui revint brusquement, ainsi que la cause de cette douleur. Mais avant d'affronter cette épreuve, il devait faire face à la situation présente.

— Iain, reprit-il. Que fais-tu ici ?

Anna bredouilla quelques mots en se tournant vers lui, mais il secoua la tête. Il avait appris une chose en élevant Colm : les garçons étaient parfois des créatures simples, avec des besoins simples. Leur fournir trop d'explications ne faisait que compliquer les problèmes.

Fort de cette certitude, il croisa les bras sur sa poitrine et attendit que Iain lui réponde.

— Quelqu'un a été blessé dans la cour du château, sir. Ils m'ont demandé d'aller chercher ma mère.

Iain avait réagi comme Davidh s'y attendait : en donnant une réponse directe à la question précise que lui posait un homme d'autorité.

— Anna, pouvez-vous préparer ce qu'il vous faut et me rejoindre dehors lorsque vous serez prête ?

Il craignait qu'elle ne proteste, mais elle hocha la tête et pénétra dans la pièce principale, où elle commença à réunir divers ingrédients.

— Iain, viens faire quelques pas avec moi, dit-il ensuite en posant une main sur l'épaule du garçon pour le conduire à l'extérieur.

Ils marchèrent un peu, puis Davidh se tourna vers lui sans lâcher son épaule.

— As-tu des questions à me poser ?

Quand Iain se dégagea brusquement, il craignit que cette conversation ne tourne mal. Mais, cette fois, le garçon déjoua ses attentes. Bombant le torse, il le regarda droit dans les yeux, sans ciller une seule fois.

— Je n'ai pas de question, sir, répondit-il. Juste une remarque.

— Je t'écoute.

— Si vous faites du mal à ma mère, je vous le ferai regretter.

Cette menace, ainsi que le ton avec lequel elle avait été proférée, laissa Davidh stupéfait. Il répondit d'un signe de tête au garçon… ou plutôt au jeune homme. Une partie de lui était fière du fils qu'Anna avait élevé. Une autre redoutait ce qu'il adviendrait dans une telle situation.

— Je ne lui ferai aucun mal.

— Je vous conseille de tenir votre promesse.

— Je suis prête ! annonça Anna en les rejoignant d'un pas pressé, un énorme panier au bras.

Iain s'en saisit avec aisance et montra le château d'un geste du menton. Davidh s'apprêtait à les accompagner quand la jeune femme se tourna vers la maison.

— Colm est en train de se réveiller. Il faut lui donner les premières doses de la décoction qui est dans le bocal bleu. Mélangez-la avec de l'eau chaude, expliqua-t-elle. Il vous dira comment faire. Je serai de retour dès que possible.

Davidh les regarda s'éloigner jusqu'à ce qu'ils disparaissent au tournant du chemin. Il avait posé le pied sur la première marche du perron lorsque Colm l'appela de l'intérieur de la maison.

— Papa ?

Soudain, la vérité sur l'état de son fils lui apparut dans toute sa cruauté. C'était comme s'il avait reçu un coup de poignard dans le cœur, à tel point qu'il s'étonna de ne pas saigner. Mais sa souffrance ne comptait pas. Seul Colm lui importait. Et Davidh se refusait à renoncer au dernier vestige d'espoir qui demeurait au fond de lui.

Après avoir poussé un profond soupir, il pénétra dans la maison, prêt à affronter la plus difficile épreuve de sa vie : dissimuler la vérité à son fils.

La fracture était simple et nette. L'un des garçons qui travaillaient avec Lachlan avait laissé tomber une poutre alors qu'ils la mettaient en place. Dans sa chute, elle avait heurté un autre menuisier, Simon, le petit-fils de Lachlan. En tentant de protéger sa tête, il s'était cassé l'avant-bras.

Il fallut peu de temps à Anna pour immobiliser le membre blessé et donner au grand-père du garçon les instructions nécessaires pour ses soins. Puis elle promit de revenir le voir dès le lendemain, et Lachlan se remit au travail avec ses hommes. Simon, qui semblait très fier de sa blessure, se posta à ses côtés, dirigeant les autres et refusant d'aller se reposer comme il le lui ordonnait.

Une fois le calme revenu, Anna chercha des yeux Iain dans l'espoir de lui expliquer ce qu'il avait vu le matin. Lorsqu'elle l'eut trouvé, elle lui adressa un signe et il la rejoignit à quelques pas des écuries.

— Maman, dit-il tandis qu'elle cherchait ses mots, sois prudente.

— Que dis-tu ?

— Sois prudente. Nous sommes toujours des étrangers ici, et je n'ai pas confiance en lui.

— Iain ! chuchota-t-elle en posant la main sur son bras. Tu ne fais pas confiance au commandant ?

— Non. Il n'est loyal qu'envers son chef. S'il doit faire un choix, il ne te soutiendra pas.

— Je n'ai pas l'intention de le pousser à faire un choix.

Ces paroles lui brûlèrent les lèvres tandis qu'elle les prononçait. C'était un mensonge, et elle le savait.

— Tu n'as aucune inquiétude à avoir, mon fils.

Elle était surprise par son avertissement. De toute évidence, il était plus observateur et perspicace qu'elle ne l'avait cru.

— Iain ! appela Lachlan. Si ta mère n'a pas besoin de ton aide, remets-toi donc à l'ouvrage !

— Méfie-toi tout de même de lui, ajouta Iain en s'éloignant d'elle pour répondre à l'appel du vieux menuisier.

C'était bien la dernière chose qu'elle s'était attendue à entendre après avoir été surprise au lit avec Davidh ! En le regardant marcher vers les écuries, Anna devint songeuse. Que pouvait-il savoir des plans qu'elle avait conçus pour lui en secret ?

Elle ne s'était confiée à personne. Pas plus à l'époque où ils vivaient dans le village de sa mère que depuis leur arrivée ici. Comment aurait-il pu deviner qu'elle avait l'intention de se servir de Davidh pour l'aider à prendre ce qui lui revenait ? Bien sûr, elle n'avait jamais caché à Iain qu'elle voulait retourner à Achnacarry pour qu'il connaisse le clan de son père et trouve sa place parmi les siens. Mais elle s'était bien gardée de lui dire que cette place était celle de l'héritier du chef.

Une soudaine crampe à l'estomac lui rappela qu'elle n'avait encore rien mangé. Elle se mit donc en route pour le village. Tandis qu'elle s'éloignait du château, un pressentiment l'avertit que cette étrange journée allait devenir plus étrange encore.

À son arrivée, Davidh se trouvait encore à la maison. Elle commença donc par préparer du porridge, comme elle en avait l'habitude. Colm mangea avec appétit, dans l'heureuse ignorance de l'agitation qui régnait autour de lui et de la détresse de son père.

Anna, en revanche, voyait bien les regards furtifs que Davidh jetait à son fils : il se tenait aux aguets, écoutant le moindre son, le moindre souffle de Colm. Tout comme elle-même observait tous ses gestes et expressions. Le repas terminé, il la surprit en envoyant le garçon au puits.

— Surtout, ne cours pas, et remplis le seau jusqu'à la marque du milieu, pas davantage ! lui recommanda-t-il.

Une fois l'enfant parti, il se tourna vers elle.

— Je voulais vous… vous remercier de m'avoir dit la vérité sur l'état de Colm. Depuis combien de temps savez-vous ?

— Depuis la première fois que je l'ai vu. Ce matin-là, chez Suisan.

Il tendit le bras au-dessus de l'étroite table pour poser la main sur la sienne.

— Mais je ne pouvais pas en être certaine, alors.

— L'êtes-vous vraiment, à présent ?

Le poids et la chaleur de sa main étaient comme un baume qui apaisait un peu sa tristesse tandis qu'ils parlaient de son fils.

— Hélas, oui. Mais, Davidh…

Elle couvrit son autre main de la sienne avant de poursuivre.

— Je ne suis pas le Tout-Puissant ; je n'ai pas le pouvoir de donner ni de prendre la vie. Et je n'ai pas non plus l'intention de baisser les bras.

Ses yeux se remplirent de larmes, et elle cligna des paupières pour les retenir.

— J'espère que vous le savez.

— Je le sais, répondit Davidh en lui souriant. Depuis votre arrivée, j'avais cessé de vivre dans la peur. Je ne m'en rends compte que maintenant.

Il se leva en dégageant sa main des siennes avant d'ajouter :

— Souvenez-vous de ce que je vous ai dit cette nuit, Anna : quel qu'en soit le coût…

Anna hocha la tête, comprenant son profond besoin de sauver son fils. Davidh se retourna pour partir, et elle ôta les bols de la table. Puis il se ravisa, franchit le pas qui les séparait et l'embrassa.

Cette fois, ce ne fut pas un baiser fougueux, possessif ou passionné.

Non, ce fut le baiser le plus tendre qu'elle ait jamais reçu.

Et pourtant, lorsque ses lèvres quittèrent les siennes, elle se sentit changée. Elle ouvrit des yeux qu'elle ne se souvenait pas avoir fermés et les plongea dans les siens. Là, dans ces profondeurs sombres, elle vit quelque chose de nouveau. Quelque chose qu'elle n'avait vu qu'une fois dans le regard d'un homme. Et cette découverte la bouleversa.

Davidh se dirigea vers la porte. Au moment où il l'ouvrit, Colm entra dans la maison d'un pas mesuré, s'efforçant de ne pas renverser d'eau. Tout en se mordillant la lèvre inférieure, il marcha prudemment jusqu'à l'âtre et y déposa le seau.

— Merci, Colm ! dit Anna. Exactement la moitié du seau !

Ravi d'être ainsi félicité, le petit garçon éclata de rire et elle le serra dans ses bras. Elle leva les yeux vers son père, qui franchissait le seuil. Soudain, elle se rendit compte qu'elle voulait à tout prix que cet enfant vive. Et que cet homme n'ait jamais à endurer sa perte.

Elle voulait…

Après avoir demandé à Colm de finir de débarrasser la table, elle suivit Davidh dehors. Malgré son pas rapide, elle eut tôt fait de le rattraper.

— Je veux que vous sachiez que je ferai tout mon possible pour l'aider, Davidh, dit-elle en touchant son bras. Je serai là.

Il regarda sa main sur lui, puis son visage.

— J'en suis heureux.

Pendant un instant, Anna ne perçut plus que des sons étouffés autour d'elle. C'était comme si les bruits du village, de ses habitants et de leurs activités quotidiennes lui parvenaient de très loin. Elle n'entendait plus que son cœur qui battait dans sa poitrine. Et ce bref moment suffit à lui faire comprendre que ses ennuis ne faisaient que commencer.

Lâchant son bras, elle le regarda partir. Il lui aurait fallu deux enjambées pour parcourir la distance qu'il franchissait en une foulée. Elle ne se retourna que lorsqu'il eut disparu de sa vue.

Quand avait-elle décidé de lier sa vie au destin du petit garçon ? Comment avait-elle pu laisser quiconque se mettre en travers de son projet ? Jetant un dernier regard en arrière, elle secoua la tête. La situation était encore plus grave que ce qu'elle avait d'abord imaginé. Davidh accepterait-il qu'elle reste auprès de son fils lorsqu'il découvrirait qu'elle lui avait caché la véritable raison de son retour à Achnacarry ?

Iain allait compromettre la sécurité et la paix que le

commandant s'était efforcé d'établir et de préserver. Il allait mettre en péril ce pour quoi il s'était battu. Son existence même pouvait bouleverser l'ordre du clan et menacer tous ses membres.

Au fond d'elle, une petite voix se mit à murmurer. Une voix qui parlait de doutes, de possibilités. Qui parlait… d'amour.

Anna serra les poings jusqu'à ce qu'elle sente ses ongles pénétrer dans sa chair. Non. Non ! Rien ne devait la distraire de son but. Elle pouvait prendre soin du petit malade maintenant, et faire en sorte qu'il soit aussi robuste que possible avant que la vérité ne soit révélée. Avant que Davidh ne découvre ses mensonges.

Mais elle affronterait ces difficultés le temps venu. Pour l'heure, rien ne servait de rester là, au milieu du chemin. Elle avait bien des tâches à terminer ce matin. Relevant la tête, elle repartit vers la maison du commandant lorsque Lilias surgit devant elle.

La femme la foudroya du regard sans prononcer un mot. Anna poursuivit son chemin en l'évitant et gravit les marches du perron. Elle attendit de l'entendre proférer ses insultes à voix basse, puis elle pénétra dans la maison. Avant de refermer la porte, elle glissa un œil dans l'entrebâillement et vit Lilias lui adresser un signe de la tête. Décidément, la liste de ses ennuis ne cessait de s'allonger…

C'est alors qu'elle entendit Colm l'appeler. Aussitôt, elle oublia cette harpie pour vaquer à des occupations plus pressantes.

# Chapitre 18

Un mauvais vent semblait avoir soufflé sur le village d'Achnacarry ce jour-là. L'accident de Simon ne fut que le premier d'une longue série de blessures et de maladies qui occupèrent Anna pendant plusieurs jours. À force de courir du village au château, elle se mit à penser que la colère des dieux s'était abattue sur le clan Cameron.

Mais lorsque les deux derniers blessés du village (une femme brûlée par une marmite d'eau bouillante et un homme victime d'une chute) refusèrent son aide, Anna se demanda s'il ne se tramait pas autre chose. Ses soupçons se confirmèrent lorsqu'elle vit Lilias s'attarder devant la porte de ceux qui n'avaient pas voulu d'elle. Elle fit alors la seule chose qu'elle pouvait faire : elle donna à ces deux personnes les instructions qu'elles voulurent bien entendre et tourna les talons.

Ce soir-là, le repas se déroula dans un silence inhabituel. Même les deux garçons parlèrent peu. Quant à Davidh, il était visiblement encore ébranlé par la découverte du véritable état de santé de son fils. Malgré son besoin évident de rester auprès de Colm et de le dorloter, il semblait ne pas supporter son impuissance face à la progression de la maladie. Lui qui avait l'habitude de tout diriger, de tout maîtriser, devait souffrir terriblement de cette situation, en tant qu'homme et en tant que père.

Le lendemain matin, bien que tout le monde soit affairé à ses tâches habituelles, Anna eut une impression étrange en sortant de la maison. Elle songea soudain que Iain n'avait plus dormi au château depuis qu'il avait trouvé Davidh dans son lit. Et elle sentit sur elle des regards hostiles. Cependant, elle essaya de se convaincre que tout rentrerait bientôt dans l'ordre.

Ce ne fut pas le cas.

Des murmures la suivirent tandis qu'elle traversait le village. Elle ne connaissait que trop ces injures et ces calomnies prononcées furtivement : c'étaient celles qu'avait subies sa mère. Celles que subissaient toutes les femmes qui osaient bousculer les habitudes d'une communauté.

Le nombre de malades et de blessés qui faisaient appel à elle diminuait de jour en jour. Mais si la méfiance des femmes à son égard semblait aller croissant, les hommes étaient de plus en plus nombreux à venir la trouver. Elle n'avait que faire de leur compagnie et refusait leurs avances, mais cela ne semblait pas les décourager. Chaque jour, un homme célibataire, veuf ou esseulé se présentait pour l'inviter à souper ou lui proposer une promenade.

Il n'y avait que trois lieux où on lui réservait toujours le même accueil : la maison de Davidh, le cottage de Suisan et le château. Les blessés et les malades qui résidaient sous le toit du laird et de la lady n'avaient visiblement aucune hésitation à la consulter.

Le seul homme dont elle souhaitait la présence se montrait de plus en plus distant. Et les rares fois où il souriait, c'était avec tristesse, lorsqu'il regardait Colm et pensait que personne ne le voyait. Était-il toujours ainsi avant qu'elle n'arrive à Achnacarry ?

Ces derniers jours, il n'avait pas essayé de l'embrasser une seule fois. Jamais il n'avait profité des moments où ils se trouvaient seuls, ou à l'abri des regards. Leur dernier baiser était resté gravé dans son esprit, et elle s'interrogeait, non sans inquiétude, sur sa véritable signification. Mais Anna comprenait sa réserve et ne lui en tenait pas rigueur. Elle ne pouvait imaginer comment elle aurait réagi si les jours de son propre fils avaient été en danger. Si seulement elle pouvait changer les choses ! Chaque fois qu'elle surprenait le regard désespéré de Davidh posé sur Colm, elle était forcée de reconnaître ses limites : elle ne possédait pas les connaissances ni l'expérience nécessaires pour vaincre la maladie.

Pire, Anna devait affronter son désir, de plus en plus vif, de rester auprès du petit garçon. De prendre soin de lui. Mais elle savait que ce serait impossible dès lors qu'elle aurait révélé l'identité de Iain.

Il fallut plusieurs jours pour arracher Davidh à son abattement. Et ce fut l'un des garçons qui, malgré lui, fut à l'origine de ce changement.

— Arrêtez ! Arrêtez !

Les rugissements de Lachlan montaient des écuries jusqu'au terrain d'entraînement. La première fois, Davidh n'y prêta pas attention. La seconde non plus. Mais la troisième fois, les cris du menuisier s'accompagnèrent d'un hurlement rauque. Davidh échangea un regard avec Parlan, qui se tenait à ses côtés, et sans un mot, ils se précipitèrent vers les écuries.

Lorsqu'ils arrivèrent derrière le bâtiment, où les travaux étaient en cours, tout était presque déjà terminé. Deux jeunes hommes étaient couchés dans la poussière et Lachlan se tenait entre eux. Quand ils se relevèrent en s'essuyant le visage, Davidh constata avec stupeur que Iain était l'un d'eux.

— Je vous ai dit de vous calmer ! aboya furieusement Lachlan.

Davidh songea que même le laird, qui s'était enfermé dans ses appartements, devait l'entendre.

— Vous êtes ici pour travailler ! Si vous ne voulez pas travailler, je n'ai que faire de vous !

Davidh n'intervint pas. Parlan et lui observèrent la scène en silence, laissant le vieux menuisier prendre la situation en main. Il n'était pas rare que de jeunes hommes se battent, mais un tel comportement le surprenait de la part du fils d'Anna. Les deux adversaires avaient le nez en sang, et Iain avait la lèvre fendue et Martyn une entaille au menton. Mais ces blessures semblaient sans gravité, et Davidh lui-même avait reçu des coups bien plus rudes à leur âge. Parlan, Malcolm et lui cherchaient querelle à quiconque avait le malheur de les regarder de travers, et ils s'attiraient bien des ennuis. Il prit toutefois l'incident au sérieux.

— Alors, allez-vous cesser vos enfantillages, oui ou non ?

Lachlan avait baissé légèrement la voix, mais sa colère était encore perceptible.

— Iain ? Martyn ? demanda-t-il en donnant à chacun un petit coup de poing dans l'épaule.

Enfin, les deux garçons acquiescèrent.

— Allez vous nettoyer un peu et remettez-vous à l'ouvrage !

Bientôt, l'agitation se dissipa et le travail reprit. Pendant un moment, Lachlan observa ses ouvriers d'un œil furibond avant de rejoindre Davidh et Parlan.

— Que s'est-il passé ?

— C'est le petit, Iain. L'autre lui a dit quelque chose qui ne lui a pas plu.

— C'est Iain qui a frappé le premier ? demanda Parlan avant que Davidh n'ait le temps de le faire.

— Oui, mais Martyn l'avait provoqué, et il l'a repoussé quand Iain est venu lui demander des explications.

Davidh se tourna vers Parlan. Celui-ci le regardait avec insistance, attendant manifestement une réaction de sa part. Résigné, il leva les yeux au ciel avant de pousser un profond soupir.

— Très bien, je vais poser la question ! grommela-t-il. Quelle était cette insulte ?

Lachlan le dévisagea en silence sans prononcer un mot. Parlan en fit autant.

Davidh sentit son cœur se serrer : au fond de lui, il connaissait la réponse. Son ami avait beau dire qu'il ne connaissait rien aux femmes, il savait que plusieurs hommes du village et du château avaient fait des avances à Anna. Tout comme il savait qu'elle avait été la cible d'injures et que, depuis quelque temps, elle n'était plus traitée de la même façon qu'avant.

En tant que commandant, il se devait de s'informer de tout ce qui se passait sur les terres du clan, et ce n'était certes pas cette femme qui allait échapper à sa vigilance. Ni à celle de ses troupes, qui étaient ses yeux et ses oreilles quand il ne pouvait pas être présent lui-même. Depuis l'attaque dont Anna avait été victime, il avait chargé plusieurs de ses hommes de veiller sur elle.

Bien que son arrivée ait coïncidé avec les premières incursions des proscrits sur les terres des Cameron, Davidh avait rapidement cessé de soupçonner la jeune femme de la moindre complicité. Dès le jour où il l'avait rencontrée, elle avait prouvé qu'elle était bien celle qu'elle paraissait être : une guérisseuse à la recherche d'un endroit où s'établir, et une mère qui souhaitait voir son fils renouer avec son clan. Sa compassion à l'égard des habitants d'Achnacarry et ses efforts pour leur apporter les soins dont ils avaient besoin avaient eu tôt fait de le convaincre de sa sincérité.

Toutefois, Anna était aussi une femme. Une jeune et jolie veuve, dont l'esprit vif et les doux sourires risquaient d'attirer jalousies mesquines et sollicitations importunes. Qui plus est, sa mère avait autrefois fait l'objet de rumeurs dangereuses qui l'accusaient d'être une sorcière.

Furieux, Davidh interrogea du regard Parlan, puis Lachlan, et il comprit qu'il avait vu juste : tous ces éléments étaient à l'origine de l'algarade entre les deux garçons.

Et son propre comportement n'avait fait qu'aggraver les choses.

— Tout juste, dit enfin Lachlan comme s'il devinait ses pensées. Ce n'était pas la première insulte, ajouta-t-il.

— Et ce ne sera pas la dernière, intervint Parlan.

— Que faut-il faire, selon vous ? demanda Davidh en croisant les bras sur sa poitrine.

Lachlan et Parlan échangèrent un bref regard avant de le dévisager d'un air ahuri.

— Il semble évident que vous avez tous deux un avis sur la question.

— Je pense qu'il y a trois façons de mettre un terme à la situation qui a provoqué..., déclara finalement Parlan en désignant d'un signe de tête les jeunes gens qui travaillaient dans l'écurie.

Sans attendre la suite, Lachlan prit congé d'eux. Après avoir promis à Davidh de le prévenir si d'autres problèmes survenaient, il s'éloigna aussi vite qu'il le put. Sans doute aurait-il couru si son vieil âge ne l'en avait empêché. Davidh aurait aimé s'enfuir, lui aussi. Mais comment aurait-il pu le faire ? Il était en grande partie responsable de cette situation, ainsi que du désordre qui régnait au village. Se tournant vers Parlan, il attendit que son ami énumère les possibilités qu'il connaissait déjà.

— Tu peux demander à Anna de venir s'installer au château avec son fils. La réserve est presque prête et tu sais que Robert, et plus encore Elizabeth, seraient ravis de l'accueillir.

Son ami se tut, attendant sa réponse. Davidh songea qu'il tirait trop de plaisir de cette situation et, intérieurement, il fixa une date pour lui rendre la monnaie de sa pièce. Puis il hocha la tête.

— Tu pourrais aussi l'installer dans un autre cottage du village, poursuivit Parlan en dirigeant son regard vers les grilles, par-dessus son épaule. Mais cela ne réglera pas tes problèmes : on te verra lui rendre visite pour toutes sortes de raisons, certainement légitimes. Ainsi, les rumeurs reprendront de plus belle, exacerbant l'hostilité des villageois.

Davidh considéra son ami avec étonnement, impressionné par sa perspicacité. Après avoir haussé les épaules, celui-ci croisa les bras, imitant sa posture.

Quelle serait la troisième possibilité ? Davidh se prépara à entendre un discours qui ne manquerait pas de réveiller en lui d'autres souvenirs de ses fautes. L'idée même de…

— Tu pourrais aussi l'épouser, et ainsi empêcher quiconque de lui nuire.

L'épouser ? Soudain, le visage d'Anna apparut dans son esprit : dans les moments de plaisir, de danger, de tendresse, dans sa maison… Des souvenirs bien différents de ceux que Davidh s'attendait à voir resurgir. Et avec ces images s'imposa la certitude que, depuis leur rencontre, il était tombé amoureux d'elle.

Comment était-ce arrivé ? Il aurait été bien en peine de le dire. Mais il savait quand cela avait commencé.

C'était le jour où il avait surgi dans son cottage au-dessus de la chute d'eau. Lorsqu'elle s'était retournée, les joues noires de poussière, et avait posé sur lui ses yeux émeraude étincelant de vie. Par la suite, à mesure qu'il avait appris à la connaître, ses sentiments pour elle avaient grandi, comme s'ils suivaient un chemin tout tracé.

Ce qui le surprit le plus en pensant à ces moments, c'est qu'il n'éprouvait plus la douloureuse culpabilité qui l'avait assailli plus tôt.

Depuis la mort de Mara, le désir qu'il avait pu éprouver pour des femmes s'était limité à un simple besoin physique. Mais à présent, il en voulait davantage. Il voulait qu'Anna fasse partie de sa vie, de leur vie, et le fait que cela arrive maintenant n'était pas une mauvaise chose.

Comme Parlan le regardait d'un air triomphant, il décida de ne pas lui donner la satisfaction d'avoir été si prompt à deviner ses sentiments. Haussant les épaules, il s'efforça de garder un visage impassible.

— Tu ne sembles pas surpris par la solution que je te suggère, observa son ami.

— C'est ce que ferait un homme d'honneur.

— Un homme d'honneur ! répéta Parlan avec un rire si sonore que ceux qui se trouvaient dans la cour se retournèrent.

Davidh le saisit par le col et l'entraîna vers le château.

— Tu veux la veuve Mackenzie, il suffit de vous voir ensemble pour le comprendre, Davidh ! s'exclama son ami lorsqu'il s'arrêta. Tu n'as pas à en avoir honte ! Tu as été un époux fidèle pour…

— Parlan ! Inutile de parler de Mara.

À cet instant précis, Iain passa près d'eux, les bras chargés d'outils qu'il portait aux écuries. Parlan le suivit des yeux.

— Sait-il qui est son père ? As-tu posé la question, à lui ou à sa mère ?

— Je n'ai pas abordé le sujet. Tout ce qu'Anna m'a dit, c'est que c'était un Cameron.

— Était ?

— Oui, était, répondit Davidh. Je crois qu'il a été tué lors d'un combat entre les Mackintosh et notre clan.

— À ta place, je lui poserais clairement la question avant de l'épouser. Avant de te comporter en « homme d'honneur ».

Davidh jeta un regard mauvais à son ami, accompagné d'un geste qui ne laissait pas de doute sur ce qu'il pensait de sa remarque.

— Avant toute chose, ajouta-t-il ensuite, je dois

m'entretenir avec Robert et demander sa bénédiction. Ensuite, je parlerai au garçon.

— À Iain ?

— S'il est en âge de recevoir des coups pour l'honneur de sa mère, alors il est en droit de connaître mes intentions à son égard.

— Acceptera-t-elle ta demande ?

— Sait-on jamais vraiment ce que pense une femme ?

— Bien fou celui qui oserait le prétendre, mon ami !

# Chapitre 19

Lorsqu'on frappa doucement à la porte de la réserve, Anna poussa un soupir agacé. Si cela avait été la première visite, elle n'y aurait pas vu d'inconvénient. Peut-être même la troisième ou la quatrième. Mais c'était maintenant la… Elle avait cessé de compter le nombre de fois que des importuns, presque tous des hommes, étaient venus l'interrompre dans son travail. Elle fut tentée de ne pas ouvrir, mais sa conscience eut finalement le dessus : quelqu'un avait peut-être besoin de ses soins, et elle ne voulait refuser son aide à personne.

Tout en s'essuyant les mains sur son tablier, elle se dirigea vers la porte et prit une profonde inspiration avant de soulever le loquet. Elle tâcha de s'armer de patience pour affronter l'homme qui, de l'autre côté, espérait lui apporter son aide, l'emmener en promenade, souper avec elle ou la mettre dans son lit.

— Lady Elizabeth ! s'exclama-t-elle en exécutant une profonde révérence. Je ne voulais pas vous faire attendre dans le couloir. Entrez, je vous en prie !

Ouvrant grand la porte, elle recula pour laisser entrer sa maîtresse.

— Que puis-je faire pour vous ce matin ?

— Vous avez fait des merveilles ici, Anna ! s'exclama sa visiteuse en regardant autour d'elle. Je n'étais pas venue depuis que vous avez commencé le rangement. J'ai l'impression que ce n'est plus la même pièce ! ajouta-t-elle avec un geste circulaire. Il y régnait un tel désordre quand je vous l'ai confiée…

— Je n'ai pas encore terminé, my lady, répondit Anna. Mais certains ingrédients doivent être examinés par une personne plus expérimentée que moi, qui pourra déterminer leur utilité. Je les ai mis de côté en attendant que l'un des moines dont vous m'avez parlé puisse venir les voir, expliqua-t-elle en désignant de la main les étagères qui se trouvaient sous certaines tables.

Elle y avait rangé les fioles, les pots et les bocaux qu'elle n'avait pu identifier.

— Pensez-vous que les moines accepteront de me transmettre un peu de leur savoir ?

Les femmes qui possédaient des connaissances et des talents tels que les siens se heurtaient souvent aux résistances et à l'ignorance du clergé. Sa mère l'avait souvent mise en garde contre les personnes qui adoptaient cette attitude. Or, si la lady insistait pour montrer cette pièce à un homme d'Église, Anna ne pourrait guère aller contre sa volonté.

— Mon époux et les précédents chefs du clan Cameron se sont toujours montrés très généreux envers l'abbaye qui se trouve aux confins de nos terres. Je doute que la personne que nous enverra l'abbé se risque à contrarier Robert en insultant quiconque au château.

Anna sourit en espérant qu'elle ne se trompait pas, mais son expérience l'incitait à se méfier.

— Avez-vous besoin de quelque chose, my lady ? demanda-t-elle. Une potion contre la migraine, peut-être ? Un cataplasme ?

— Non, rien de la sorte, répondit Lady Elizabeth en se dirigeant vers la porte pour la fermer.

Lorsque le loquet retomba, sa visiteuse se tourna vers elle.

— Je souhaite vous entretenir d'une affaire personnelle, si vous le voulez bien.

Anna tira vers elle l'un des tabourets et la regarda s'asseoir. Puis elle attendit que la lady veuille bien aborder la raison de sa venue. Ce ne fut pas long, et ce ne fut pas une surprise.

— Ma bonne a appris par sa sœur, qui vit au village, que des rumeurs circulaient à votre sujet. J'ai toujours pensé qu'il ne fallait pas laisser les ragots nous affecter, mais il semble que ce soit ce qui est en train de se produire.

— En effet, my lady.

— Vous avez donc entendu ces rumeurs ? Avez-vous été maltraitée ?

— Maltraitée ?

— La sœur de Clara a entendu certains bruits sur vous… et Davidh. A-t-il abusé de vous d'une façon ou d'une autre, Anna ? Je veux connaître la vérité.

Anna resta un instant bouche bée, incapable de trouver les mots pour lui répondre. Davidh, la maltraiter ?

— Non, my lady ! s'exclama-t-elle enfin. Le commandant n'a rien fait d'autre que m'accueillir dans sa maison et placer mon fils comme apprenti auprès de Lachlan, comme nous en étions convenus !

Bien entendu, elle s'abstint d'évoquer leurs étreintes passionnées et la nuit qu'ils avaient passée dans les bras l'un de l'autre. Mais elle sentit ses joues s'enflammer, et cela ne sembla pas échapper au regard perçant de Lady Elizabeth.

— Il y a donc quelque chose entre vous ?

— My lady ?

— On chuchote que vous partagez son lit, ce qui ne me concerne en rien puisque vous êtes tous deux libres de le faire. Le problème, c'est que ce n'est plus un secret : tout le monde ou presque semble le savoir. Et à présent, votre fils est mêlé à cette affaire.

— Mon fils ?

Iain aurait-il confié à quelqu'un qu'il l'avait trouvée au lit avec Davidh ? Non, jamais il ne ferait une chose pareille !

— Qu'est-il arrivé à Iain ? s'écria-t-elle en se dirigeant vers la porte.

Lady Elizabeth l'arrêta en posant la main sur son bras.

— Votre fils va bien. Il s'est battu avec un autre garçon, voilà tout.

— Quand ? Où ?

Comme la lady n'ôtait pas sa main, elle demeura près d'elle.

— Est-il blessé ?

— Non, rien de grave. Mes fils passaient leur temps à se bagarrer quand ils avaient son âge, et ils s'en sortaient toujours indemnes. À bien y songer, c'est toujours le cas. Ils s'emportent et laissent parler leurs poings !

Anna l'écoutait, effrayée. Que s'était-il passé ?

— Il ne s'était jamais battu jusqu'à présent, my lady.

— Sans doute n'avait-il jamais été entouré de jeunes gens prêts à le narguer à la moindre occasion, répondit Lady Elizabeth avec un sourire. Il est à un âge où une parole devient facilement une provocation ou une insulte, et appelle par conséquent des actes.

— Comment avez-vous eu vent de cette bagarre ? Quand est-ce arrivé ? demanda Anna, inquiète de constater que sa maîtresse avait été avertie avant elle.

— Ce matin, aux écuries, répondit Lady Elizabeth avant de la regarder dans les yeux. Ne vous souciez pas trop de ses blessures : tous deux n'ont récolté que quelques égratignures. Mais prêtez attention à la cause de leur dispute.

— My lady ?

Sa maîtresse lui répondit d'un regard entendu qui lui serra le cœur. Quelqu'un avait répété à Iain les insultes de Lilias. Et, bien que son fils l'ait surprise avec Davidh le matin même, il avait voulu défendre son honneur. Ou s'était senti tenu de le faire.

— Tout juste, Anna, dit la lady avant de se lever. Je dois vous quitter ; Robert m'attend.

Anna recula pour la laisser passer.

— J'apprécie ce que vous faites pour les nôtres, Anna. Il y a une place pour vous au château, si vous avez besoin de quitter le village.

— J'y réfléchirai, my lady, répondit-elle avant d'ouvrir la porte. Je vous remercie de votre générosité.

— Souvenez-vous : tous les garçons de son âge se battent. N'accordez pas trop d'importance à cet incident.

Après son départ, Anna réfléchit un long moment à ses paroles et ses conseils. Elle songea également que si ses ennuis étaient parvenus aux oreilles de Lady Elizabeth et que celle-ci avait tenu à lui en parler, cela signifiait que la situation était grave. Et à présent que Iain était mêlé à cette affaire, elle ne pouvait plus fermer les yeux en espérant que tout finirait par rentrer dans l'ordre.

Elle se mit à tourner en rond dans la pièce, chose possible à présent qu'elle avait disposé les tables à sa convenance, en examinant les possibilités qui s'offraient à elle.

Renoncer à son projet de conquérir la place de Iain dans le clan était hors de question. Il lui fallait donc rester à Achnacarry. Et pour cela, elle devait soit avouer, soit nier sa liaison avec le commandant. Si l'altercation d'aujourd'hui lui avait fait comprendre une chose, c'était que Iain n'avait pas fini d'entendre des insultes sur son compte. Et ces insultes deviendraient un obstacle au moment de dévoiler sa filiation.

Anna avait promis par deux fois de continuer à prendre soin de Colm : elle ne pouvait donc envisager de partir pour revenir plus tard, une fois la situation apaisée. Elle pourrait en revanche retourner au cottage de Caig Falls lorsque les Cameron auraient vaincu les proscrits, s'ils y parvenaient. Mais en attendant, elle avait le choix entre s'installer au château et… s'installer au château.

Accepter l'invitation de la lady représentait en outre un avantage : cela les rapprocherait, Iain et elle, du cœur du clan. Et elle pourrait continuer à s'occuper du fils de Davidh. Au fond, Anna n'avait qu'un véritable problème : comment réagiraient-ils tous en apprenant que Iain était le fils, et donc l'héritier, de Malcolm Cameron ?

Davidh serait déchiré, à n'en pas douter. En tant que commandant des guerriers, il avait l'obligation de protéger son peuple. Mais sans doute éprouverait-il aussi le besoin de défendre le fils de son meilleur ami. Et que dire de sa promesse d'aider Iain, promesse qu'il avait faite sans connaître sa véritable identité ? Anna poussa un soupir et interrompit sa marche.

Elle se sentait horriblement coupable. Élaborer son plan avait été chose facile lorsqu'elle ne connaissait personne ici. Mais à présent qu'elle avait rencontré les habitants du village, le lord et la lady, et s'était liée à Davidh et à son fils, elle avait bien du mal à se convaincre que l'héritage de Iain comptait plus que leurs vies et leurs besoins. Seul le serment qu'elle avait prononcé à la mort de Malcolm la poussait à poursuivre son projet.

Elle resterait donc à Achnacarry et s'installerait au château. À peine avait-elle pris cette décision que la porte s'ouvrit une fois de plus. Son fils se tenait sur le seuil.

Il avait la lèvre fendue et très enflée. Son nez était meurtri mais ne semblait pas cassé. D'autres marques apparaissaient sur son visage et elle vit qu'il avait les mains écorchées. Aussitôt, elle eut envie de le prendre dans ses bras et de laisser libre cours à ses larmes, mais elle se retint. De toute évidence, son fils s'était efforcé d'affronter la situation seul, et elle devait respecter son courage, même si elle était la cause de cette bagarre.

— As-tu besoin d'un remède pour ta lèvre ? demanda-t-elle. J'ai un onguent qui pourra te soulager.

Iain, qui s'était manifestement attendu à une tout autre réaction de sa part, ouvrit de grands yeux étonnés.

— Cela ne me fait plus mal, répondit-il en pénétrant dans la pièce. Le commandant m'a dit de venir te parler, ajouta-t-il après avoir refermé la porte derrière lui. Pour te raconter ce qui s'est passé avant que quelqu'un d'autre ne s'en charge.

En entendant ces mots, Anna eut bien du mal à rester impassible.

— Très bien, je t'écoute. Dis-moi comment tu as reçu ces blessures.

— Je me suis battu avec Martyn. Il a dit des choses que je ne pouvais pas tolérer.

Il porta la main à son nez et sourit.

— Je ne crois pas qu'il soit cassé, mais le sien, peut-être.

C'était le petit sourire en coin qu'elle connaissait si bien, celui qui faisait fondre son cœur. Il avait tiré ses cheveux en arrière comme le faisait son père, et avec l'air bravache qu'il arborait, il lui ressemblait plus que jamais.

S'approchant de lui, Anna passa les doigts sur son nez, ses joues et son front.

— Non, tu n'as rien de cassé, confirma-t-elle.

Elle recula pour examiner ses épaules, ses bras et ses mains abîmées.

— Les as-tu lavées ? demanda-t-elle en réprimant à nouveau son émotion.

Lady Elizabeth avait raison, elle le savait : il était à un âge où il valait mieux le laisser en paix.

— Oui.

Une fois ces considérations maternelles écartées, il ne lui restait plus qu'à aborder la cause de la bagarre.

— Tu n'aurais pas dû t'offenser. Iain. C'est moi qui étais visée, dit-elle en le regardant droit dans les yeux, attendant son explication.

— Un homme digne de ce nom défend toujours ceux

qui sont sous sa protection, maman. Même le commandant comprend pourquoi j'ai été forcé de frapper Martyn.

— Le commandant ? Tu as tout raconté au commandant ?

En quoi cette affaire concernait-elle Davidh ? Mis à part, bien sûr, le fait que c'était son nom, lié au sien, qui faisait l'objet des ragots du village. Et à raison. Tous leurs efforts pour se montrer discrets avaient échoué lamentablement !

— Il était là quand cela s'est passé. Et il est venu me parler ensuite, déclara Iain en bombant le torse avec une fierté évidente. Il comprend, répéta-t-il.

Anna s'apprêtait à lui poser d'autres questions, mais il secoua la tête.

— Lachlan m'a seulement permis de m'absenter le temps que je vienne te voir, pour que tu sois rassurée. Je dois retourner au travail, maintenant.

Anna brûlait d'envie de prendre son fils dans ses bras et de le serrer contre elle de toutes ses forces. Mais au lieu de cela, elle crispa les doigts dans les plis de son tablier et tâcha d'accrocher sur son visage un sourire, en craignant toutefois qu'il ne ressemble à une grimace.

— Dans ce cas, va vite, Iain. Je suis contente que tu sois venu me voir et que tu te portes pour le mieux… Étant donné les circonstances, dit-elle.

Il se sauva sans un mot de plus, et Anna en déduisit qu'il ne craignait pas de retourner auprès de Lachlan ni de continuer à travailler avec ce Martyn. Mais cela n'apaisa pas pour autant son sentiment de culpabilité, et ne changea rien à la décision qu'elle devait prendre.

Son fils n'avait encore jamais connu une telle situation. Mais Anna, elle, avait déjà vu le mal que pouvait causer une rumeur, et elle-même avait été la cible de ragots par le passé. Elle savait parfaitement ce qui les attendait.

Après avoir quitté Achnacarry, elle avait vécu près de cinq ans dans un village lorsque le désir d'un homme l'avait placée dans une situation difficile. Furieux de ses refus répétés, il avait commencé à raconter des histoires sur elle et leurs prétendues relations. Les mensonges qu'il avait répandus l'avaient forcée à partir avec sa mère et Iain, qui n'était alors qu'un bambin. À nouveau, ils avaient dû recommencer leur vie ailleurs.

Mais cette fois, les enjeux étaient trop importants pour qu'elle laisse la situation lui échapper. Malgré tout le plaisir qu'elle avait à vivre dans la maison de Davidh et toute l'affection qu'elle éprouvait pour lui, elle ne pouvait pas risquer de perdre ce qu'elle avait tant voulu pour son fils. Pour le fils de Malcolm.

Après avoir terminé son travail, elle quitta le château en emportant divers onguents et potions pour soigner les maux de celles et ceux qui acceptaient encore ses soins. La nouvelle de la bagarre l'avait précédée. Sur son passage, les murmures devinrent de plus en plus audibles, au point que ce ne furent bientôt plus des murmures. Lorsque enfin elle se retira dans la maison de Davidh pour préparer le souper, la rumeur était devenue si oppressante qu'une vive douleur lui transperçait le crâne.

Mais surtout, elle comprit qu'il lui fallait agir vite. Si elle tardait trop, elle finirait par être forcée de quitter Achnacarry pour de bon. Anna résolut donc de parler à Davidh le soir même, une fois les garçons endormis. Et dès le lendemain, elle accepterait l'invitation de Lady Elizabeth et irait s'installer au château.

Elle n'avait pas le choix.

# Chapitre 20

Aux regards étranges que lui lançaient le commandant mais aussi son propre fils, Anna comprit que les discussions sur son départ de la maison avaient déjà commencé. Ce n'était d'ailleurs guère étonnant. S'ils avaient parlé ce matin même de la bagarre et de ses causes, sans doute avaient-ils également abordé les conséquences des rumeurs dont elle était victime.

Lorsque les garçons allèrent se coucher, la laissant seule avec Davidh, Anna avait les mains tremblantes. Elle se mit à douter d'elle. Avait-elle vraiment pris la bonne décision ?

Oui. C'était la meilleure chose à faire. Pour eux tous. Pour son fils et elle.

— Anna, il faut que nous parlions.

La voix grave de Davidh fit courir un tressaillement dans son dos. Quand il… Quand ils s'unissaient, elle se faisait plus profonde encore. Un nouveau frisson la parcourut lorsqu'elle songea à ces moments où il murmurait à son oreille. Se ressaisissant, elle hocha la tête.

— Oui. J'ai quelque chose à vous dire.

Il s'assit à table, en face d'elle, et attendit. C'était l'une des qualités qu'elle appréciait le plus chez lui : il écoutait avant de parler. Et il prêtait la même attention aux hommes, aux femmes et aux enfants.

Au moment de prendre la parole, Anna sentit la nervosité la gagner.

— Depuis que je suis veuve, j'ai vécu dans d'autres villages, et j'ai rapidement vu des rumeurs se répandre. J'ai connu les soupçons, les murmures et le reste. Les ragots sont malheureusement le lot des étrangers, et j'aurais dû savoir que l'autorisation du laird ne suffirait pas à les éviter.

— Anna, l'interrompit Davidh.

— Notre arrangement était né des meilleures intentions : me permettre de soigner facilement votre fils mais aussi les villageois qui avaient besoin de mon aide. Mais la situation a pris une fâcheuse tournure, Davidh. Je sais que vous avez entendu parler des médisances et des insultes proférées contre moi. Même Lady Elizabeth en a eu vent.

Anna détourna les yeux pour fixer le feu qui brûlait lentement dans l'âtre.

— Et nous avons notre part de responsabilité dans ces rumeurs, intervint Davidh.

Brièvement, elle croisa son regard. Malgré leurs difficultés, il était animé d'un désir franc qui lui réchauffa le cœur.

Comme elle avait été naïve de croire qu'ils pouvaient agir à leur guise sans que personne ne se doute de rien ! Son ami Parlan les avait entendus. D'autres aussi, sans doute. En y réfléchissant, Anna se rendit compte que le pire avait commencé après leur… rencontre dans les écuries. Au souvenir de cette étreinte, elle sentit ses joues s'enflammer. Comme elle se languissait de lui et de ses caresses !

— Oui, c'est vrai, répondit-elle. Mais à présent, je pense que nous… Que je dois mettre fin à cette situation avant qu'elle ne me dépasse et que le laird ne me retire sa confiance. Je ne peux pas mettre mon fils en danger… ni le vôtre, Davidh.

Se levant, elle joignit les mains.

— C'est pourquoi j'ai décidé que la meilleure chose à faire était…

— De m'épouser.

Anna cligna des yeux à plusieurs reprises. Avait-elle bien entendu ? Il n'avait prononcé que trois mots, trois petits mots, et pourtant son esprit semblait incapable de les assimiler.

Se levant à son tour, Davidh contourna la table et lui prit les mains. Elle scruta son visage mais n'y vit nul signe de plaisanterie. Il n'y avait que ses yeux sombres et perçants plongés dans les siens.

— Vous vous apprêtiez à dire que Iain et vous deviez quitter cette maison, n'est-ce pas ? demanda-t-il. Pour vous installer au château ?

Elle hocha la tête.

— Je ne crois pas que cela résoudrait notre problème, Anna, car tant que vous serez à Achnacarry, je serai attiré par vous.

Il tendit la main vers elle et, d'un doigt, traça un chemin de sa joue à ses lèvres.

— Je continuerai à vous désirer comme vous me désirez.

— Nous marier, Davidh ?

Depuis de longues années, Anna se prétendait veuve pour cacher le fait qu'elle n'avait pas d'époux. Pourtant, secrètement, elle avait toujours rêvé de se marier un jour. Mais maintenant ? Ici ? Avec Davidh ?

— N'avez-vous jamais songé à vous remarier, Anna ? N'est-ce pas ainsi que vous imaginiez votre vie, une fois que vous seriez installée à Achnacarry ?

À dire vrai, ses projets pour Iain l'avaient tant absorbée qu'elle n'avait guère eu le temps de réfléchir à autre chose. À ses yeux, l'avenir dépendait entièrement de ce qui adviendrait de son fils.

— Je dois avouer que je n'y avais jamais pensé.

— Eh bien, moi non plus, avoua-t-il, mais il semble que le moment soit venu de le faire. C'est par ma faute que vous vous trouvez dans cette situation et que votre réputation est mise à mal. En laissant mes désirs me gouverner, je vous ai causé du tort. Ce qui s'est passé entre nous compromet les efforts de votre fils pour renouer avec son clan et sa famille. Or je sais que c'est en grande partie dans ce but que vous êtes revenue à Achnacarry.

Anna aurait voulu contredire Davidh. Elle aurait voulu lui dire qu'elle était aussi fautive que lui. Mais lorsqu'elle songeait aux moments qu'ils avaient partagés, elle n'éprouvait pas le moindre regret. Une seule chose l'effrayait : son commentaire à propos de Iain. La bagarre de ce matin prouvait qu'il avait raison. Et ce ne serait pas la dernière.

Mais de là à envisager le mariage ?

— Je sais que vous ne dépendez plus d'un homme depuis longtemps, reprit-il. Et je ne vous demanderai pas de renoncer à vos talents de guérisseuse si vous m'épousez.

À la vérité, elle n'avait jamais eu à rendre des comptes à un homme, hormis le laird de sa mère et le chef du clan Cameron. S'ils se mariaient, Davidh protégerait sa réputation, prendrait son fils sous son aile et n'exigerait pas d'elle qu'elle renonce au travail qu'elle aimait tant. Elle ne s'était pas trompée à son sujet : c'était un homme d'honneur. Un homme bon et sensé.

Dans ce cas, pourquoi ne parvenait-elle pas à se satisfaire de ses paroles ? Pourquoi elle qui avait tracé son chemin sans l'aide de personne attendait-elle, le cœur battant, qu'il en dise davantage ? Elle espérait entendre de sa bouche qu'il la voulait pour femme parce qu'il l'avait choisie, parce que c'était elle. Et non pour tous les motifs raisonnables qu'il avait invoqués. Ni parce qu'elle soignait son fils.

— Je n'avais jamais envisagé de me remarier depuis

la mort de Mara, poursuivit-il. Certains m'ont poussé à le faire. Certaines se sont proposées.

Il lui prit la main et l'attira dans ses bras.

— Vous êtes la première et la seule femme qui a su ranimer mon cœur. Qui m'a redonné l'envie de vivre. Qui m'a redonné l'envie…

S'interrompant, il contempla son visage. Tandis qu'il la tenait serrée contre son corps, elle eut envie de lui crier que oui, elle l'épouserait. Alors elle vit son regard intense s'adoucir, et ce qu'elle reconnut au fond de ses yeux la remplit à la fois de joie et de frayeur. Elle comprit qu'elle allait payer chèrement la réussite de son projet. Que Davidh aurait le cœur brisé s'il comprenait qu'il était un rouage de son plan. Et qu'elle-même aurait le cœur brisé quand elle devrait lui révéler la vérité.

Ce qu'il dit ensuite ne fit que l'accabler davantage.

— Et je protégerai votre fils comme s'il était le mien, Anna. Je vous le jure.

Mais elle avait beau faire, elle ne trouvait pas en elle la force de refuser sa demande. Il suffisait pourtant d'un mot pour que tout soit plus facile : un simple « non » leur éviterait à tous deux bien des souffrances. Elle pouvait également lui avouer qui était le père de Iain pour mettre fin à cette folie, à cette demande en mariage qui était si dangereuse, si terrifiante et si… tentante. Rassemblant tout son courage, elle prit une profonde inspiration, prête à lui signifier son refus, quand il posa sa bouche sur la sienne.

Davidh glissa les mains dans ses cheveux, jetant son fichu à terre, emmêlant ses longs doigts dans ses boucles. Tout en la retenant avec douceur, il l'embrassa encore et encore. Ces baisers-là étaient encore différents des précédents. Ce n'étaient plus ses baisers possessifs, ni ceux qui avaient embrasé son corps de fièvre. Non, ces baisers renfermaient une promesse. Ils l'attiraient, la captivaient et l'excitaient avec leur tendresse qui masquait à peine une passion ardente. Ils lui offraient… davantage.

— Voulez-vous m'épouser, Anna Mackenzie ? demanda-t-il lorsque ses lèvres quittèrent les siennes.

À cet instant, la femme réfléchie qu'elle était disparut, emportée par un torrent de désirs et d'espoirs. Et celle qui n'avait jamais eu droit à ce que Davidh lui offrait, celle qui avait tout perdu et qui ne demandait qu'à aimer et être aimée, lui donna la réponse.

— Oui !

Quand il le voulait, Davidh pouvait se révéler très efficace. Il sourit à nouveau, incapable de s'en empêcher. Face à Parlan et même à Anna, il avait prétendu que cette demande en mariage était une question d'honneur. Mais au fond de lui, il savait que ce n'était pas la seule raison. Ce n'était pas encore le moment d'avouer à quel point elle avait commencé à compter pour lui. Lui, Davidh Cameron. Et non le commandant des guerriers du clan. Ni le conseiller du chef. Ni même le père de Colm. Lui seul.

À peine plus d'une semaine après avoir fait sa demande, il se tenait debout devant le prêtre aux côtés d'Anna. Jamais il n'aurait cru que les mots qu'il était en train de prononcer franchiraient à nouveau ses lèvres.

Après une nouvelle série d'attaques de la part des proscrits, ils avaient voulu retarder le mariage. Mais Robert, ou plutôt Elizabeth, n'avait rien voulu entendre. Avec leur aide, les dispositions nécessaires avaient été prises, le prêtre convoqué, et un souper les attendait dans les appartements de la lady après la cérémonie. La cérémonie se déroulait dans l'intimité, avec les proches amis et la famille, comme il seyait à leur rang.

Davidh regarda leurs fils, qui se tenaient de l'autre côté de la pièce. Iain lui avait donné sa bénédiction lorsqu'il était allé lui parler, mais il s'inquiétait un peu de la réaction de Colm. Il était si jeune, et sa mère lui manquait encore. Accepterait-il qu'Anna joue ce rôle ? Pourtant, depuis qu'ils avaient appris la nouvelle, les deux garçons semblaient se réjouir de gagner un frère. Si ce mariage convenait à tout le monde, pourquoi Davidh se tourmentait-il ainsi ? Son regard alla d'Anna à son fils, et il comprit ce qui le préoccupait vraiment.

Elle lui cachait quelque chose.

Il lui avait posé des questions sur le père de Iain. Avait-il encore des parents en vie à Achnacarry, Tor ou sur d'autres terres du clan ? Elle lui avait seulement avoué que son fils lui-même ne connaissait pas le nom de son père. Davidh n'avait pas voulu la forcer à le lui révéler. Peut-être se confierait-elle à lui plus tard, lorsqu'ils seraient installés dans leur nouvelle vie.

Il posa à nouveau les yeux sur elle. Le prêtre les déclara mari et femme, et l'assistance applaudit en leur adressant des vœux de bonheur. Alors Davidh se pencha pour prendre la bouche d'Anna. C'était leur premier baiser d'époux, mais il savait que les meilleurs viendraient plus tard, lorsqu'ils seraient seuls dans leur chambre.

Le repas de mariage lui sembla durer une éternité. Parlan le regardait en riant, devinant sa hâte d'en finir avec cette formalité. En songeant à la chambre nuptiale que le laird et la lady leur avaient fait préparer au château, Davidh avait peine à contenir son impatience, en effet. Il allait enfin avoir Anna à lui seul une nuit entière !

Ce serait la première fois qu'ils seraient ensemble dans un lit… pour faire l'amour. En y songeant, il sentit une fièvre ardente le gagner. De la nuit de chagrin qu'il avait passée lové contre elle, il n'avait gardé aucun souvenir, sinon celui du réconfort qu'il avait trouvé dans ses bras. Quant aux autres fois… Ces moments avaient été aussi brefs qu'enivrants et savoureux. Il repensa au corps d'Anna et aux instants où il était enfoui profondément en elle, et son excitation grandit.

— Je me demande si cela sera pareil, chuchota Anna, assise à ses côtés.

— Pareil ?

— Oui. Puisqu'il n'y aura plus d'interdit, penses-tu que le plaisir sera aussi intense que les autres fois ?

Sa voix, plus grave que d'ordinaire, trahissait son désir. Le corps de Davidh le perçut, et ne tarda pas à y répondre. Alors elle glissa une main sous la table et caressa sa cuisse, puis son sexe enflé. Il dut lutter pour résister à l'envie de la soulever dans ses bras pour la prendre sur la table.

Avait-elle lu dans ses pensées ? Peu importait, car son excitation redoublait la sienne, et il souhaitait de tout son cœur que ce repas s'achève enfin pour qu'ils puissent s'éclipser. Parlan éclata de rire une nouvelle fois et Davidh préféra éviter son regard. Il aurait été trop tenté d'étrangler son ami pour lui faire regretter son impudence. Le hasard fit que le regard du laird tomba sur lui à ce moment-là. Il dut prendre pitié de son commandant car il se leva soudain de son siège.

— Je lève ma coupe à Davidh et Anna. Puissiez-vous être aussi heureux que ma chère Elizabeth et moi ! *Sláinte* ! déclara-t-il avant de boire à leur santé. Et maintenant, filez ! ajouta-t-il dans un grand rire.

Davidh prit la main d'Anna et ils se levèrent, acceptant les vœux de bonheur et les félicitations des convives. Anna s'arrêta un instant pour parler aux garçons avant de quitter avec lui les appartements de la lady.

À peine arrivés dans le couloir, ils accélérèrent le pas. Main dans la main, ils gravirent l'escalier en courant et se précipitèrent dans leur chambre.

Une fois à l'intérieur, ils se laissèrent guider par la passion. Plus tard, Davidh ne se souvint pas l'avoir déshabillée ni avoir ôté ses propres vêtements. Il n'aurait su dire s'il y avait des bougies ou un feu allumé dans la pièce, ni s'il avait claqué la porte derrière eux. Ce n'est qu'au moment où, niché entre ses cuisses, il l'entendit crier de plaisir, qu'il revint à lui.

Mais rapidement, la façon dont son corps épousait le sien, ses gémissements rauques, la douceur de ses seins contre son torse, la caresse de sa toison sur son sexe lui firent perdre à nouveau tout contact avec la réalité. Il demeura dans cet état second jusqu'à ce que le corps d'Anna se tende avant d'être secoué de frissons. Alors seulement il s'abandonna à son tour à la jouissance. Ils mirent plus de temps pour retrouver leur souffle qu'il ne leur en avait fallu pour atteindre l'extase. Levant la tête, Davidh plongea son regard dans celui d'Anna.

— Ai-je fermé la porte ? demanda-t-il.

— Oui, répondit-elle avec un petit rire. La porte est bien fermée.

— Et ? demanda-t-il encore en espérant qu'elle se souviendrait de la discussion qu'ils avaient eue à table, quelques minutes plus tôt.

— C'était agréable, mais un peu rapide. Peut-être me laisseras-tu mener la danse, la prochaine fois.

— Est-ce un défi que tu me lances, ma chère épouse ? dit-il en se penchant pour l'embrasser.

Son sexe, toujours enfoui en elle, recommença à se dresser.

— Je ne pensais pas qu'un tel défi te ferait peur, mon cher époux.

Davidh se retira doucement et se mit à embrasser et lécher son corps magnifique. C'était la première fois qu'il la voyait nue, et il suivit ses courbes des mains, touchant tous les endroits qu'il n'avait pas eu le temps de découvrir lors de leurs précédents ébats. Bientôt, les soupirs étouffés d'Anna, ses doux gémissements et la façon dont elle plongeait les doigts dans ses cheveux pour l'entraîner plus bas lui indiquèrent le chemin.

Il fallut encore trois fois avant qu'elle ne consente à admettre que s'aimer dans un lit, alors que tout le monde savait exactement ce qu'ils étaient en train de faire, était tout aussi excitant que leurs étreintes furtives dans les écuries ou la réserve du château. Alors, épuisés, ils sombrèrent tous deux dans un profond sommeil.

Le lendemain matin, ils furent réveillés par les premiers rayons du soleil. Anna se leva, s'habilla et proposa qu'ils rentrent au village pour prendre des nouvelles des garçons. En la regardant, Davidh songea qu'il avait appris deux ou trois choses sur son épouse pendant cette nuit.

Oui, elle aimait les plaisirs de la chair. Pendant ces longues heures, elle avait répondu avec fougue et volupté à chacune de ses attentions. Jamais elle n'avait hésité à accepter ses caresses et ses baisers, ni à lui offrir les siens. Mais cela ne l'avait pas surpris.

Non, ce qui le surprit, ce fut le doux murmure qu'il entendit au fond de lui en la voyant s'inquiéter pour leurs fils. Quelques mots qui résonnèrent dans ses pensées et atteignirent son cœur. Un cœur qui avait vécu avec le deuil, la douleur et le chagrin pendant des années. Un cœur qui, pensait-il, avait depuis longtemps cessé d'attendre une femme comme elle.

Une femme qu'il pourrait aimer.

Lorsqu'elle s'approcha de lui pour le tirer du lit en lui promettant du pain frais et un bol de porridge chaud et épais, il n'eut plus le moindre doute.

Il aimait Anna Mackenzie.

# Chapitre 21

En passant devant le terrain d'entraînement, Anna s'arrêta pour regarder les hommes à l'œuvre. Le son de la voix de Davidh retentissait parmi les exclamations des guerriers. Qu'ils se trouvent seuls ou au milieu d'une foule, cette voix avait le même effet sur elle. Elle sentit des frissons parcourir son dos tandis qu'il criait des instructions à ceux qui, sous son regard attentif, s'exerçaient au maniement des armes. Mais lorsqu'elle l'entendit prononcer le nom de son fils, elle crut défaillir de peur.

Se dirigeant vers la barrière qui entourait le terrain, elle posa son panier à ses pieds et chercha Iain parmi le petit groupe. Elle dut s'agripper à un poteau pour ne pas tomber lorsqu'elle vit son fils en train de se battre contre l'un des guerriers.

— Lève le bras, petit ! lui disait Davidh tandis que son adversaire, plus âgé, plus imposant et plus fort que lui, brandissait son arme. Sers-toi du bouclier pour arrêter le coup, et protège ta tête !

Anna songeait à escalader la barrière pour mettre fin à cette folie lorsqu'elle entendit qu'on l'appelait. Se retournant, elle vit le vieux Lachlan qui marchait dans sa direction.

— Un de mes hommes s'est blessé, mistress ! annonça-t-il. Pouvez-vous venir le voir ? Cet idiot a confondu sa jambe avec une poutre, poursuivit-il en haussant les épaules. Ils devraient pourtant connaître la différence, maintenant !

Tiraillée entre l'envie de protéger son fils et son devoir d'en aider un autre, Anna hésita un instant.

— Le petit a demandé à Davidh de l'entraîner, expliqua le menuisier.

— Je n'en savais rien, dit-elle en ramassant son panier.

— Les garçons de son âge avouent rarement à leur mère qu'ils ont envie de combattre. Ils savent qu'il vaut mieux demander pardon après que de demander la permission avant ! lâcha le menuisier en éclatant de rire. Davidh lui apprend à se défendre. Il veillera à ce qu'il ne lui arrive rien.

— Oui, je le sais.

C'était vrai. Elle avait confiance en Davidh. Entièrement confiance. Mais elle aurait préféré être prévenue de cet arrangement. Que Iain fasse son apprentissage auprès de Lachlan et apprenne ainsi à connaître son clan était une chose. Mais il n'avait jamais été question de combat à l'épée ! Bien sûr, cela faisait partie de la vie d'un guerrier, songea Anna avec un soupir. Résignée, elle se retourna pour suivre le menuisier, mais celui-ci était resté debout derrière la barrière.

— Parfois, quand je les vois ensemble, Iain me rappelle un autre garçon, dit-il doucement. Malcolm… Il avait le même âge que Davidh. Mais vous ne l'avez pas connu.

Anna sentit le souffle lui manquer. Plusieurs personnes au village et au château avaient remarqué la ressemblance de Iain avec les Cameron, mais personne n'avait établi de lien entre Malcolm et lui… Jusqu'à aujourd'hui. Pendant la semaine qui avait suivi son mariage, Anna avait été mise au fait des périls qui menaçaient le clan. Et elle avait compris que révéler l'identité de son fils maintenant ne ferait qu'aggraver la situation.

Jamais elle n'avait eu l'intention d'affaiblir et encore moins de détruire le clan. Son seul désir était que Iain puisse prétendre au rang de chef. Et à présent qu'elle connaissait les Cameron, elle n'avait aucune envie de les mettre en danger en ajoutant à l'incertitude causée par les attaques de plus en plus nombreuses des proscrits. Aussi avait-elle réprimé son impatience et son sentiment de culpabilité croissant. Elle attendrait son heure, laissant ainsi à Iain le loisir de continuer à faire connaissance avec les membres de son clan.

En outre, Davidh l'avait laissée en paix. Il ne l'avait interrogée qu'une fois sur le père de son fils, avant leur mariage, une semaine plus tôt. Devant son silence, il n'avait pas insisté. Anna songea avec un soupir que ceux qui avaient connu Malcolm commenceraient fatalement à remarquer à quel point Iain lui ressemblait. Sinon maintenant, cela se produirait bientôt, car plus il grandissait et plus il prenait les traits et la carrure de son père disparu.

Mais il lui restait encore un peu de temps...

— Qui a été blessé ? demanda-t-elle pour couper court à la conversation.

S'éloignant de la barrière, elle se dirigea vers les écuries pour inciter Lachlan à la suivre. L'un de ses hommes souffrait, et il ne le ferait pas attendre plus longtemps.

— Martyn, répondit le vieux menuisier en la rattrapant. Cela ne vous posera pas de problème, mistress ?

— Celui qui s'est battu avec Iain ?

— Lui-même, répondit-il avec un regard interrogateur.

Comme elle secouait la tête, il lui indiqua de la main l'endroit où se trouvait le garçon.

Celui-ci, la jambe en sang, les accueillit avec le sourire malgré sa plaie béante et ses ecchymoses. Anna nettoya et pansa rapidement la blessure. Son attention était partagée entre Martyn, qui se montrait très fier de son bandage, et Lachlan, qui continuait à observer de loin Davidh et Iain.

À nouveau, la crainte l'envahit : le menuisier ne serait pas le seul à faire le rapprochement. Déjà, Parlan semblait se douter de quelque chose. Elle l'avait surpris plusieurs fois en train de scruter d'un œil curieux le visage de son fils. D'autres finiraient par deviner la vérité, d'autant plus que, depuis que Davidh était devenu le beau-père de Iain, on les voyait plus souvent ensemble. Ce n'était plus qu'une question de temps.

Bientôt, son époux lui poserait à nouveau la question et, cette fois, il exigerait une réponse. Il fallait absolument qu'elle lui révèle que Malcolm était le père de Iain, elle le savait. Mais elle redoutait tant de voir la déception et la douleur dans son regard lorsqu'il découvrirait sa trahison !

À mesure que les jours passaient, Anna appréciait de plus en plus le tour inattendu qu'avait pris sa vie. En tant qu'épouse de Davidh, elle était plus proche du laird et de la lady. On sollicitait son opinion et on l'écoutait avec attention. Les villageois qui s'étaient mis à l'éviter risquaient désormais d'être punis pour leur attitude à son égard.

Mais tout cela n'était rien à côté du bonheur que lui apportait l'homme qu'elle avait épousé.

Davidh avait tenu toutes ses promesses sans la moindre hésitation : il avait pris Iain sous son aile, et celui-ci était désormais accepté par tous ceux et celles qui le connaissaient. Son fils n'était plus un étranger mais le beau-fils du commandant, et les membres du clan le considéraient comme un des leurs.

En devenant son mari, il lui avait également dévoilé une part de lui qu'elle ne soupçonnait pas. Davidh lui témoignait une tendresse, un respect et une admiration qu'elle avait rarement vus chez d'autres hommes. De son côté, elle avait découvert en elle un sentiment plus profond, plus absolu que l'amour qu'elle avait éprouvé pour Malcolm. Sa mère avait souvent tenté de lui faire comprendre que leur idylle avait été une passion de jeunesse, coupée de la vie réelle. Anna se rendait compte à présent qu'elle avait raison. Ce qu'elle vivait aujourd'hui dépassait tous ses rêves, toutes ses espérances.

Elle ne s'en détestait que plus.

À moins de renoncer au serment qu'elle avait prononcé à la mort de Malcolm, elle allait perdre tout cela. Mais en attendant, elle s'accordait un répit et se contentait de vivre cette vie au jour le jour. Cette vie de femme amoureuse et aimée, de mère, d'épouse et de guérisseuse. Toutefois, elle traversait cette période en retenant son souffle, sans parvenir à se laisser aller complètement. Guettant les signes qui annonceraient la fin.

Mais au moment où ces signes apparurent, Anna était trop accaparée par sa nouvelle vie pour les reconnaître. Cela commença par l'arrivée d'un inconnu, la colère d'une femme et la venue de visiteurs importants à Achnacarry.

Assis sur le perron de sa maison, Davidh regardait Anna qui descendait le chemin pour venir à lui. Colm marchait à ses côtés en bavardant avec elle, intarissable. Seule la pâleur du garçon, de plus en plus évidente, réussit à ternir sa joie d'époux et de père.

Anna lui avait dit que l'état de son fils empirait, et il le voyait lui-même. Ses joues avaient perdu leur teint rosé et il ne courait plus comme il le faisait deux semaines plus tôt. Mais surtout, la toux était revenue. Colm ne semblait pas prêter attention à ces changements, mais Davidh les observait un à un. Et il savait qu'Anna en faisait autant.

Son épouse et son fils ne l'avaient pas encore vu lorsque Lilias surgit sur le chemin, leur barrant le passage. Méfiant, Davidh se leva pour se diriger vers eux. À peine avait-il esquissé quelques pas qu'il vit

Anna pousser Colm derrière elle d'un geste protecteur. Les propos de la veuve devaient être agressifs, peut-être même insultants, pour qu'elle réagisse ainsi. Iain parut alors au coin de la rue et rejoignit sa mère et Colm. Il les entraîna tous deux loin de la femme, qui continuait à vociférer. Alors Davidh perçut un mouvement sur le côté et tourna la tête vers la maison de Lilias. Un homme se tenait dans l'embrasure de la porte.

Il lui fallut quelques instants pour le reconnaître. C'était Ailbert, le frère de Lilias. Il ne s'était pas montré au village ni sur les terres des Cameron depuis quelque temps. Ralentissant le pas, Davidh le regarda attentivement en fouillant dans sa mémoire. Quand exactement l'avait-il vu pour la dernière fois ? Ailbert, qui observait sa sœur et Anna, eut un mouvement de surprise à la vue de Iain. Les yeux fixés sur le garçon, il ouvrit la bouche et prononça un mot sans émettre aucun son. Dès qu'il aperçut Davidh, il se réfugia à l'intérieur et ferma la porte.

Que faire ? Davidh était tenté d'aller le trouver mais, inquiet pour Anna et les garçons, il y renonça. Tandis que Lilias regagnait son cottage en courant, il s'élança vers eux.

— Que s'est-il passé ? demanda-t-il en soulevant Colm dans ses bras pour le porter jusqu'à la maison.

Son fils se laissa faire, ce qui confirma ses inquiétudes quant à son état de santé.

— Lilias est toujours fâchée, expliqua Anna. Nous en parlerons à la maison, ajouta-t-elle en secouant la tête.

Mais il n'attendit pas d'être à l'intérieur pour parler à Iain. Laissant Anna passer devant, il adressa un signe de tête au garçon.

— Je te félicite, Iain. Tu as su protéger ta mère.

Tandis qu'il fermait la porte derrière eux, il repensa à Ailbert. Sa présence, ou plutôt son récent retour, le préoccupait. Combien de temps était-il resté absent ?

Mais surtout, à quoi avait-il occupé son temps et pourquoi était-il revenu ?

Anna souleva le pot d'eau bouillante qui ne quittait jamais l'âtre pour le poser sur la table. Davidh installa Colm sur une chaise pendant qu'elle réunissait les ingrédients nécessaires à son traitement. Ce rituel avait lieu deux fois par jour. Ensuite, elle faisait boire au garçon une potion que Davidh lui-même n'aurait certainement pas été capable de boire sans se plaindre. Enfin, avant le coucher, Anna appliquait un cataplasme sur sa poitrine pour faciliter sa respiration pendant la nuit. Le cœur serré par l'inquiétude, Davidh attendit que Colm, la tête sous une couverture, respire les vapeurs du mélange préparé par son épouse. Ensuite, ils pourraient parler de Lilias.

*Pas le petit. Mon Dieu, pas le petit !*

Il reprit sa litanie, suppliant Dieu d'épargner son fils. Lorsque Anna était arrivée, ses premiers soins avaient semblé si efficaces qu'il avait cru ses prières exaucées. Mais ce n'était manifestement qu'un répit, et Davidh prononçait à nouveau ces paroles plusieurs fois par jour. Il regrettait presque de s'être laissé aller à espérer. Il regrettait presque qu'Anna ait tenté de guérir son fils, si cela ne faisait que prolonger ses souffrances.

Mais lorsqu'il rencontra le regard de son épouse, il sut qu'il se mentait à lui-même. Il avait chéri chaque instant gagné auprès de Colm grâce à ses remèdes. Depuis l'arrivée d'Anna, sa vie avait changé. Il avait retrouvé la joie. Comment aurait-il pu le regretter ?

Il avait retrouvé l'amour.

S'approchant de lui, elle glissa la main dans la sienne. Iain remarqua son geste et sortit aussitôt, prétextant une tâche urgente. C'était un garçon perspicace.

— Nous allons nous battre.

La voix d'Anna était douce, mais son ton, ferme et

convaincu, résonnait comme une promesse. « Nous » : comme Davidh aimait l'avoir à ses côtés, à leurs côtés !

— Lady Elizabeth m'a appris que l'un des moines guérisseurs viendrait demain ou le jour suivant. Je lui parlerai.

Davidh embrassa le dos de ses mains.

— Oui, nous allons nous battre, dit-il avant de lâcher ses doigts, la laissant retourner auprès de Colm. Et nous pouvons aussi nous battre contre Lilias. Tu n'as qu'un mot à dire.

Il avait proposé à Anna de bannir la jeune veuve du village pour la punir de ses calomnies. Elle avait refusé catégoriquement. Mais, après cette nouvelle attaque de Lilias et l'étrange réapparition de son frère, Davidh commençait à penser qu'un châtiment sévère serait bientôt nécessaire pour couper court à sa hargne.

Curieusement, le retour d'Ailbert le préoccupait plus que les paroles fielleuses de sa sœur. Il résolut de parler de lui à Parlan et Athdar et de tâcher de découvrir où il avait passé les derniers mois. Son instinct lui disait qu'il y avait un lien entre cet homme et les attaques des proscrits. S'il ne se trompait pas, le fait qu'il ose se montrer au grand jour ne présageait rien de bon.

Mais pour l'heure, il se tourna vers Anna.

— Que t'a dit Lilias ?

— Davidh, ne t'inquiète pas au sujet de cette femme et de ce qu'elle raconte.

— Je suis forcé de m'inquiéter. J'ai vu la façon dont elle vous a menacés, Colm et toi, répondit-il avant de secouer la tête. Je m'occuperai d'elle, si tu me laisses faire. Elle ne t'insultera plus jamais.

À nouveau, elle vint toucher sa main. Sa façon d'être avec lui le surprenait : elle n'hésitait jamais à le caresser, à venir tout près de lui, ni à accepter ses attentions et son affection. Pourtant, il n'aurait pas dû s'en étonner. Sa nature passionnée se manifestait dans tout ce qu'elle faisait, disait… ou touchait. Qu'elle exerce ses talents de guérisseuse ou qu'elle s'occupe de lui, Anna était la même, et elle avait embrassé la vie conjugale avec la même ardeur que tout le reste. Elle qui n'avait jamais cherché un époux et s'était presque montrée réticente lorsqu'il lui avait fait sa demande semblait faite pour le mariage. Pendant qu'ils parlaient, Davidh vit qu'elle gardait toujours un œil sur Colm. Il songea que là était la clé de tout : Anna était attentive aux autres.

— Je parlerai à Robert et je veillerai à ce qu'elle…

— Non, Davidh. Je ne veux pas qu'elle soit arrachée à sa famille et à ses amis.

— Mais elle continue à répandre son venin parmi les villageois qui veulent bien l'écouter, Anna ! Ce n'est bon ni pour eux ni pour toi ! Surtout pendant cette période de troubles.

— Cela continue ? demanda-t-elle.

Davidh hocha la tête.

— J'ai vu que tu avais posté de nouveaux gardes sur les routes du nord et du sud.

— Oui. Et maintenant, le frère de Lilias est de retour. L'as-tu vu sur le seuil de la porte ?

Ce fut son tour de hocher la tête.

— L'avais-tu déjà aperçu avant aujourd'hui ?

— Je crois que oui. Je l'ai vu au village dernièrement, mais pas chez elle. C'était ailleurs.

— Ailleurs ? Était-il seul ou accompagné ? demanda-t-il en se gardant bien de hausser la voix tandis qu'elle ôtait la couverture qu'elle avait disposée au-dessus de la tête de Colm.

— Les deux.

Anna s'installa à côté de son fils pour l'aider à boire l'infâme potion. Tout en lui caressant la tête, elle lui murmurait des mots d'encouragement. Davidh les laissa ensemble pour préparer la tisane à la bétoine et au miel que son épouse aimait tant. Lorsque le liquide eut suffisamment refroidi, Colm avait terminé.

— Tiens, dit Anna en lui tendant sa tasse. Bois une gorgée de tisane pour faire passer le goût.

Davidh s'émerveillait de voir son fils suivre ses moindres instructions, ses moindres conseils. Le garçon avala une gorgée et sourit.

— C'est meilleur ? demanda-t-elle.

— Oh oui ! s'exclama-t-il en buvant une nouvelle gorgée.

— Je ne peux pas mélanger les deux, mais cela chassera un peu l'amertume de la potion.

Davidh attendit qu'elle ait fini de s'occuper de lui pour reprendre leur conversation. Enfin, Colm alla se reposer avant le souper et il put lui poser de nouvelles questions.

— Te souviens-tu avec qui était Ailbert quand tu l'as vu ? Et sais-tu quand tu l'as remarqué pour la première fois ?

— Je dois avouer que la première pensée qui m'est venue lorsque je l'ai vu avec Lilias, c'est qu'elle avait trouvé un autre amant, répondit Anna en lavant les tasses. Je me suis dit qu'elle me laisserait en paix, désormais ! Mais je me trompais, poursuivit-elle en se dirigeant vers l'âtre pour pousser la marmite plus près des flammes. C'est donc son frère ?

— Oui, répondit Davidh. Je dois aller voir Parlan, annonça-t-il, convaincu qu'il devait écouter son pressentiment. Je serai de retour dès que je le pourrai. Ne m'attends pas pour le souper.

— Je ne t'attendrai pas pour le souper.

Ils avaient prononcé cette phrase en même temps, et cela le fit sourire. Il leur avait fallu si peu de temps pour s'accorder, elle, les enfants et lui, et se construire une vie ensemble ! Davidh fit une dernière chose avant de partir : il attira Anna à lui pour l'embrasser. Il mit toutes ses envies et son désir dans ce baiser en espérant qu'elle saurait déchiffrer ses promesses.

Aussitôt après, il partit sans prendre le risque de se laisser distraire une fois de plus de son devoir.

# *Chapitre 22*

— Tu t'installeras à mes côtés, Anna.

Il n'y avait aucune sévérité dans le ton de sa voix, et pourtant il s'agissait clairement d'un ordre. Anna aurait voulu s'asseoir à la table qu'ils occupaient habituellement dans la grande salle du château, mais Davidh ne voulait rien entendre : ce soir, ils mangeraient à la table d'honneur.

— Tu as déjà insisté pour que je porte ma plus belle robe. À présent, tu me forces à m'asseoir à la table du laird. Que vas-tu me demander encore ? bougonna-t-elle.

Comme Davidh la tirait par la main, les sourcils froncés, elle ne put s'empêcher de sourire.

— À vos ordres, mon cher époux !

— Je sens que tu vas me le faire payer ! dit-il en déposant un baiser sur sa main. Est-ce Brodie qui te fait peur ?

Portant son regard vers l'estrade, elle hocha la tête.

Le visage sombre, le chef du puissant clan des Mackintosh observait d'un œil intense la grande salle et les convives attablés devant lui. C'était un homme imposant, endurci par des décennies de combat. Son attitude suffisait à décourager les menaces : il était évident qu'il rendrait la monnaie de sa pièce à quiconque oserait le provoquer ou s'attaquer à lui. Il ne se départait de son air grave que lorsqu'il regardait sa femme, Lady Arabella Cameron.

La sœur jumelle de Malcolm.

Dès que résonnait le rire argentin de la lady, les traits de son époux s'adoucissaient. L'amour qu'il lui portait était si évident qu'Anna en fut émue aux larmes. Davidh lui avait expliqué qu'ils s'étaient mariés alors que le clan Mackintosh venait tout juste d'échapper à la destruction. Arabella avait épousé son ennemi alors même qu'elle le croyait responsable de la mort de son frère.

À la seule évocation de Malcolm, Anna avait senti les battements de son cœur s'accélérer, comme c'était le cas maintenant. Davidh lâcha sa main et elle la posa sur son bras, comme se devait de le faire l'épouse du commandant du laird. Bien qu'elle n'ait pas été élevée dans ce monde, Anna savait jouer son rôle quand il le fallait. Elle ne voulait surtout pas nuire à la réputation de Davidh en manquant aux convenances. Ils s'apprêtaient à monter les marches de l'estrade lorsqu'il plongea son regard dans le sien. À cet instant, Anna vit ce qu'elle avait vu dans les yeux de Brodie quand il contemplait sa femme.

L'amour.

Davidh la regardait avec des yeux emplis d'amour.

Elle trébucha, stupéfaite de sa découverte, et plus surprise encore de l'évidence avec laquelle celle-ci s'était imposée à elle. D'une main ferme, il la retint et la guida jusqu'à l'estrade.

— Tu n'as rien à craindre, mon amour, murmura-t-il de façon à ce qu'elle seule puisse l'entendre. Je suis là pour toi.

Elle s'appuya sur lui tandis qu'il la menait non à leur place, mais devant le chef des Mackintosh et son épouse. Davidh inclina la tête et Anna esquissa une révérence devant Robert Cameron, puis devant ses invités. En se redressant, elle vit pour la première fois le visage d'Arabella de près. Le visage de la sœur de Malcolm.

Personne n'évoquait jamais Lady Arabella Cameron

sans s'émerveiller de sa beauté et de sa grâce, et Anna comprenait maintenant pourquoi. Et comme elle différait en tout de son frère ! Le jour et la nuit, l'ange et le démon : tout ce que l'on disait était vrai. Pourtant, Anna décela certaines ressemblances dans le dessin de la bouche, la forme des yeux. Fort heureusement, Lady Arabella n'avait pas hérité du nez des Cameron !

— Lord et Lady Mackintosh, permettez-moi de vous présenter mon épouse, Anna Mackenzie, de Caig Falls, déclara Davidh.

S'arrachant à ses réflexions, Anna cessa de dévisager la lady et se força à croiser le regard de son impressionnant mari.

— My lord, my lady.

— Voici donc la sorcière de Caig Falls ? demanda Lady Arabella.

Sa question, formulée sur le ton de l'humour, n'avait clairement rien d'injurieux. En outre, elle avait pris le soin de baisser la voix pour ne pas être entendue des autres convives.

— J'ai toujours pensé que mon frère inventait ces histoires pour dissimuler ses incartades. Et pourtant vous voici, en chair et en os !

— Non, my lady, répondit Anna en s'efforçant de ne pas céder à la panique. C'est ma mère qui était connue sous ce nom. J'ai suivi la même voie qu'elle en devenant guérisseuse, mais je viens seulement d'arriver ici.

— Je vous prie de pardonner cette plaisanterie, reprit la lady. Je crois que cette histoire de sorcière servait de prétexte à mon frère pour fuir le château et ses contraintes. N'ai-je pas raison, Davidh ? Vous l'avez bien connu.

— En effet, my lady, répondit Davidh. Mal trouvait toujours le moyen d'échapper aux obligations qui lui déplaisaient !

— Nous sommes-nous déjà vues, Mistress Mackenzie ?

demanda soudain la lady en la dévisageant à son tour. Votre visage m'est familier.

— Non, my lady. Nous ne nous sommes jamais vues.

Arabella sourit tout en continuant à l'examiner. Anna, qui avait de plus en plus de mal à respirer normalement, lui rendit son sourire. Il serait dangereux que la lady établisse un lien entre la sorcière et elle, autrement dit entre Malcolm et elle. Car alors, la vérité serait mise au jour… Et brusquement, elle se rendit compte que ce n'était plus ce qu'elle voulait.

— Quoi qu'il en soit, Davidh vous a trouvée, et j'en suis heureuse, Anna, ajouta Lady Arabella. Elizabeth ne tarit pas d'éloges sur votre travail et vos talents ! Mais le souper va être servi. Nous parlerons plus tard.

D'un signe de tête, Anna salua Brodie Mackintosh qui, s'il était resté muet, n'avait visiblement pas perdu une miette de la conversation. Puis elle laissa Davidh la guider vers le bout de la table. Soulagée d'être placée à côté et non en face de lui comme c'était l'usage, elle serra sa main dans la sienne, encore étourdie par ce qu'elle venait de comprendre.

Elle n'avait plus l'intention de dévoiler son secret.

Quand avait-elle abandonné son projet, quand avait-elle renoncé à revendiquer l'héritage de Iain ? Elle l'ignorait. Tout ce qu'elle savait, c'était qu'elle voulait que son fils, le fils de Malcolm, vive heureux au sein de sa famille.

Et ce souhait était déjà exaucé.

Grâce aux efforts et à l'attention de Davidh, Iain était en train de parfaire et d'exercer ses talents de menuisier. Sous ses conseils bienveillants, il avait trouvé sa place parmi les jeunes hommes du clan et il apprenait à se défendre et à combattre, en cas de besoin. Enfin, avec sa patience et sa bonne humeur, Davidh aidait Iain à surmonter les difficultés quotidiennes qu'affrontait tout garçon en passe de devenir un homme.

Mais ce n'était pas tout : grâce à Davidh, Anna se

sentait chez elle à Achnacarry. Ici, elle était acceptée et estimée. Elle pouvait exercer ses talents de guérisseuse. Et elle avait tout ce dont elle n'avait jamais osé rêver. S'était-elle fourvoyée en échafaudant ces projets pour son fils ? Non. Simplement, elle n'avait entrevu aucune autre possibilité avant que Davidh n'entre dans leur vie et les accueille dans la sienne.

Elle l'aimait chaque jour davantage pour tout cela, et pour bien d'autres choses encore.

— Qu'y a-t-il ? demanda soudain son époux en se penchant près d'elle. Je n'avais jamais vu cette étrange expression dans tes yeux, ajouta-t-il en lui caressant la joue du dos de la main.

— Je te remercie pour tout ce que tu as fait pour mon fils et moi, Davidh.

— Pourquoi dis-tu cela maintenant, Anna ?

Comme il scrutait son visage, elle espéra que l'amour qu'elle éprouvait pour lui se lisait dans ses yeux. Mais si ce n'était pas le cas, alors…

— Je t'aime, Davidh Cameron.

Sa déclaration sembla résonner dans l'infime espace qui les séparait. Dans le silence qui suivit, elle se demanda si elle avait prononcé ces mots à voix haute ou seulement dans sa tête.

— Je t'aime, Anna Mackenzie.

À partir de ce moment, elle ne vit, n'entendit et ne sentit plus que Davidh. Glissant sa main sous la table, il saisit la sienne et leurs doigts s'entremêlèrent. Les mots qu'il murmura pour décrire ses sentiments touchèrent son cœur et son âme et surent la guérir du vide et de la solitude qui avaient empli sa vie trop longtemps. Ses actes, son amour lui ouvraient un avenir si différent de celui qu'elle avait imaginé !

Lorsqu'il posa ses lèvres sur les siennes, elle eut envie de crier son bonheur. Interrompus par les éclats de voix des autres convives et l'approche des serviteurs chargés de plateaux de victuailles, ils s'écartèrent l'un de l'autre, mais Davidh ne lâcha pas sa main.

Le repas lui sembla interminable. Anna ne désirait qu'une chose : rentrer à la maison avec Davidh. Colm était chez Suisan, où il devait passer la nuit, et Iain avait prévu de rester au château avec ses amis. Ils seraient donc seuls.

Toute la nuit.

Elle tressaillit, impatiente de s'abandonner avec lui au plaisir et à l'amour. Son époux passa un bras autour de ses épaules pour l'attirer contre lui. Rapidement envahie par sa chaleur, elle l'entendit rire.

— Nous serons seuls cette nuit, murmura-t-il comme s'il formulait ses propres pensées.

Ce soir-là, Anna ne prêta aucune attention à ce qu'elle mangeait ni aux sujets de conversation de la tablée. Mais elle remarqua que Lady Arabella continuait à l'observer. Fort heureusement, Lord Mackintosh attira bientôt son attention et elle sembla se désintéresser d'elle.

Bientôt le laird leur donna congé et, après avoir descendu l'estrade, ils traversèrent la grande salle. Iain les retint un instant pour parler à Davidh tandis qu'Anna réprimait à grand-peine son envie de dorloter ce fils qui grandissait si vite.

Son impatience avait dû se lire sur son visage car un cheval sellé les attendait devant la porte du château.

Bientôt. Bientôt. Bientôt.

Anna sentait un désir brûlant s'emparer peu à peu de son corps. Comme elle avait hâte que Davidh la délivre de cette fièvre ! Lorsqu'ils arrivèrent au village et qu'il attacha leur monture derrière la maison, elle avait le corps en feu et éprouvait, entre les cuisses, un frémissement lancinant.

Bientôt. Bientôt. Bientôt.

*
* *

Arabella ne quittait pas des yeux Davidh et sa jeune épouse, installés à un bout de la table d'honneur. Leur amour était palpable, il les entourait comme un halo, visible à qui savait être attentif. Et elle était très attentive, car elle était certaine d'avoir déjà vu Anna. Ce n'est qu'au moment où ils partirent, traversant la grande salle en se faufilant entre les tables d'un pas pressé, qu'elle se rappela où et quand. La mémoire lui revint grâce au jeune homme qui vint à leur rencontre. Dès qu'elle le vit à côté de Davidh, elle sut.

Le fils d'Anna se tourna en riant et, l'espace d'un instant, Arabella vit Malcolm réapparaître sous ses yeux. Ce jeune homme était l'image même de son frère lorsqu'il était tout jeune. Une image dont elle se souvenait parfaitement. Ce jour-là, après une dispute familiale au sujet d'arrangements et de contrats de mariage, elle avait fui le château pour retrouver Mal. Il savait toujours l'apaiser quand elle était à bout de nerfs.

Dernièrement, il avait l'habitude de disparaître dans les bois qui entouraient Achnacarry. Il se dirigeait le plus souvent vers les chutes, à l'extrémité nord de la rivière qui se jetait dans le Loch Arkaig. Bien décidée à échapper aux sermons de son père et aux tentatives de sa tante de l'intéresser à la broderie, elle était partie à sa recherche. Et elle l'avait trouvé.

En l'apercevant dans l'ombre des arbres qui bordaient le chemin, elle l'avait d'abord cru seul. Mais au moment où elle avait ouvert la bouche pour l'appeler, il s'était retourné. Alors seulement elle avait vu la jeune femme qu'il serrait dans ses bras. Une jeune femme qu'il embrassait comme si elle était toute sa vie.

La même jeune femme qui, des années plus tard, se tenait aux côtés de Davidh.

Anna Mackenzie.

Stupéfaite par cette découverte, Arabella se leva de table dans l'intention de les suivre, mais Brodie l'arrêta en posant une main sur son bras.

— Où vas-tu, mon amour ? demanda-t-il en lui caressant le poignet. On dirait que tu as vu un fantôme !

Le temps qu'il se retourne pour suivre son regard, ils avaient disparu et le fils d'Anna avait regagné sa place parmi les convives.

— J'ai vu une cousine de ma tante, là-bas, prétendit-elle avec un sourire en désignant une table du menton. Je lui ai promis de lui porter de ses nouvelles.

Elle allait s'éloigner mais Brodie l'en empêcha en entremêlant ses doigts aux siens. Arabella s'efforça de prendre son air le plus candide. Hélas, son époux la connaissait mieux que personne.

— Tu mens, mon amour.

Elle poussa une exclamation indignée en continuant à feindre l'innocence. Tout en l'attirant à lui, il promena un doigt le long de son bras. Elle réprima le délicieux frisson que la caresse faisait courir dans son dos, et plus bas.

— C'est pire que je ne le pensais, murmura-t-il : tu as dans le regard cette lueur qui brille quand tu t'apprêtes à te mêler de ce qui ne te concerne pas !

— Brodie !

Il tenta de la retenir par des baisers. Prenant ses lèvres, il taquina sa langue de la sienne tout en continuant à la caresser du bout des doigts. Pendant un instant, elle le laissa faire, désarmée devant cet homme qui était l'amour de sa vie, qui était son souffle même.

— Mon amour, dit-il à mi-voix, prends garde ! Nous sommes ici pour soutenir les efforts de Robert, et non pour les compromettre.

— Pourquoi imagines-tu… ?

Il l'interrompit en levant la main.

— Je te connais, Bella, reprit-il en secouant la tête. Et j'ai déjà vu ce regard… Je crains que tu ne commettes quelque imprudence. Le danger rôde, et la menace grandit de jour en jour. Ce qui se passe ici pourrait détruire ton clan et ton peuple. Notre peuple.

Arabella se rassit en se laissant aller contre le dossier de son siège. Hélas, il avait raison ! À la vérité, Brodie se trompait rarement dans ses jugements, au point que c'en était parfois exaspérant. Et elle devait admettre qu'il ne s'en vantait jamais. Il se contentait de la presser de suivre ses conseils.

— Très bien, murmura-t-elle en acquiesçant de la tête.

Le rire de Brodie résonna dans la grande salle, se mêlant aux conversations frivoles des convives encore présents. Les doigts toujours entremêlés aux siens, il déposa un baiser sur le dos de sa main.

— Me voilà doublement inquiet, à présent ! Tu n'as pas l'habitude de céder si facilement, à moins d'avoir en tête un plan qui te permettra d'arriver à tes fins, dit-il avant de serrer ses doigts jusqu'à ce qu'elle le regarde dans les yeux. Sois prudente, mon amour ! C'est tout ce que je te demande.

Ils demeurèrent un instant silencieux, écoutant les personnes attablées avec eux et observant les allées et venues dans la grande salle. Peut-être Brodie la soutiendrait-il s'il savait que cette affaire avait un rapport avec Malcolm ? songea Arabella.

— J'ai déjà vu Anna Mackenzie, Brodie. Quand mon frère était en vie. Peut-être ne le sait-elle pas, mais moi, je m'en souviens parfaitement !

Son époux se tourna vers elle. Elle était tombée amoureuse de cet homme alors même qu'elle le croyait responsable de la mort de son frère jumeau. Mais la vérité était tout autre. Cette vérité les avait rapprochés. Elle les avait conduits au mariage, leur avait donné des enfants, leur avait apporté la paix, et bien d'autres choses encore. Mais Malcolm lui manquait, et elle aurait tout donné pour le faire revenir.

— Alors parle-lui de ton frère, Bella. Je sais combien tu l'aimais et combien il te manque encore. Fais-le en privé et n'en parle à personne d'autre.

Elle sentit des larmes brûlantes lui monter aux yeux en regardant le maître et la maîtresse des lieux. Robert ne serait pas le chef du clan si son frère était en vie. Ils n'auraient pas vécu ces années de conflit et de destruction sous le règne de Gilbert, son autre oncle, si Malcolm n'avait pas été assassiné. Elle ferma les paupières un instant pour étouffer ses pleurs, et ne plus voir les images de ce qui aurait pu ou aurait dû être.

Plus tard, tandis qu'elle marchait au bras de Brodie pour rejoindre la chambre qu'on leur avait préparée, Arabella comprit une chose. Tout ce qu'elle voulait, c'était que cette femme lui parle de son frère. Cette femme qui l'avait connu et qui, elle s'en souvenait maintenant, l'avait aimé. Oui, elle voulait seulement savoir si Malcolm était mort en sachant qu'il avait un fils qu'il n'avait pas reconnu.

Rien de plus.

Brodie attendit que les servantes quittent la pièce et que la porte se referme pour la soulever dans ses bras et la porter jusqu'au lit. Avant que son époux ne l'entraîne dans un torrent de plaisir et d'amour, Arabella eut une dernière pensée.

Quel mal y avait-il à parler à la femme que son frère avait aimée ?

# Chapitre 23

En époussetant la table de travail, Anna se perdit dans la contemplation des minuscules grains qui étincelaient dans les rayons du soleil. C'était un matin clair et doux, un matin parfait après la nuit qu'elle avait passée avec Davidh. Elle sentit une agréable chaleur envahir tout son être en repensant aux moments où il lui avait juré son amour et avait réclamé le sien.

Ils avaient uni leurs corps et s'étaient abandonnés au plaisir, encore et encore. Pendant cette nuit, ce n'était pas le désir qui les avait guidés, mais l'amour. Oui, ils avaient scellé un pacte d'amour.

Soudain, un son brisa le silence, et Anna éclata de rire en s'apercevant qu'elle soupirait toute seule, comme une jeune fille au cœur tendre. Secouant la tête, elle s'appliqua à nettoyer la table et à terminer les tâches qu'elle avait entreprises.

Mais son esprit fut à nouveau troublé par le souvenir de leur nuit et de ses conséquences. Car en échangeant ce serment d'amour avec Davidh, Anna avait renoncé à son projet. Et pourtant, ce matin, tandis qu'elle prenait conscience de cette vérité, elle n'éprouvait pas le sentiment de culpabilité et de perte auquel elle s'était attendue. Elle n'avait pas l'impression d'avoir échoué. Au contraire, un immense espoir l'animait : son fils allait vivre au sein de sa famille et trouver sa place dans le clan.

Sa propre place, et non celle de son père. Pendant toutes ces années, Anna s'était sentie si vide qu'elle avait cru que voir Iain devenir le successeur du chef la comblerait de joie. Mais, au cours des dernières semaines, elle avait peu à peu compris qu'elle faisait erreur. Sa mère avait bien tenté de la prévenir, mais elle n'avait pas voulu écouter ses avertissements.

Seul l'amour de Davidh lui avait permis de voir la vérité.

Un nouveau soupir résonna dans la pièce et, cette fois encore, Anna laissa échapper un petit rire.

En voyant la petite marmite qui bouillonnait sur le feu, elle s'arracha à ses pensées pour préparer la nouvelle potion de Colm. Accroupie devant la petite cheminée bâtie dans le coin de la pièce, elle ajouta les herbes que le moine lui avait indiquées et se mit à brasser le tout. Lorsqu'elle entendit la porte de la réserve s'ouvrir, elle n'osa pas détacher les yeux de la préparation, de peur que les ingrédients ne se mélangent pas correctement.

— J'en ai pour un instant ! dit-elle sans même tourner la tête.

Lorsqu'elle eut obtenu l'épaisseur et la teinte décrites par le moine, Anna ôta délicatement la marmite du feu et se retourna pour la poser sur la table.

Lady Arabella se tenait debout devant elle.

— My lady, bredouilla Anna en esquissant une brève et maladroite révérence, je…

— Non, l'interrompit la lady. Finissez cette importante tâche.

Anna inclina la tête et s'exécuta. Elle plaça la marmite sur un trépied pour plus de commodité. Les autres ingrédients nécessaires étaient prêts, disposés dans de petits bols. Elle avait pilé les graines et haché les herbes selon les instructions que Frère Richard lui avait données lors de sa dernière visite, la semaine précédente. Chacune des différentes poudres devait avoir une consistance précise.

— L'odeur n'est guère appétissante, observa la lady.

— Les potions qui sentent bon sont rarement efficaces ! répondit Anna en riant.

— Est-ce pour le fils de Davidh que vous préparez ce breuvage ?

— Oui, répondit-elle en ajoutant le dernier ingrédient avant de mélanger le tout. Frère Richard l'utilise pour soigner certaines affections des poumons, comme celle dont souffre Colm. Elle lui a permis de guérir plusieurs malades.

Lorsqu'elle eut terminé, Anna versa l'épais liquide brun dans une fiole propre et la boucha pour la laisser refroidir.

— Il reviendra dans une semaine environ avec d'autres remèdes que nous pourrons essayer.

— Vous vous occupez beaucoup de ce garçon.

Levant les yeux, Anna scruta le regard aigu de la lady.

— Oui, en effet, répondit-elle en hochant la tête.

— Et vous avez une grande affection pour Davidh, poursuivit Lady Arabella.

À nouveau, Anna acquiesça de la tête.

— Oui, je l'aime beaucoup.

Prononcer ces mots à voix haute, devant une autre personne, avait quelque chose de grisant. Comme il était doux d'avouer ses sentiments !

— Vous aviez aussi une grande affection pour mon frère, Malcolm.

Il n'y avait aucune menace dans le ton ni dans les paroles de la lady, et pourtant c'en était bien une pour Anna. Une menace pour la paix qu'elle avait enfin trouvée, elle qui avait décidé de dire adieu au passé. Elle regarda Lady Arabella dans les yeux, ces yeux si semblables à ceux de Malcolm. Soudain, elle ne vit plus l'épouse d'un chef de clan, mais la sœur d'un homme qu'elle avait aimé et qui, elle aussi, cherchait à trouver la paix.

— Oui, my lady. J'ai beaucoup aimé votre frère.

Lady Arabella laissa échapper un léger soupir et posa une main sur son bras.

— Nous ne nous sommes jamais rencontrées, mais je vous ai vue avec lui, il y a des années de cela. Je l'ai suivi dans la forêt un jour, et je vous ai vue.

— C'était il y a bien longtemps, my lady.

— Accepteriez-vous de me parler de lui à cette époque ? Nous étions à un âge où la vie a commencé à nous séparer. On nous poussait sur des chemins différents. Je serais si heureuse de vous entendre, vous qui l'avez bien connu !

Sa requête était simple. C'était celle d'une sœur qui regrettait son frère. Pourtant, Anna oserait-elle évoquer une histoire, une personne dont elle n'avait jamais soufflé mot à quiconque ? Bien sûr, elle avait raconté quelques détails, quelques souvenirs à Iain lorsqu'il l'avait interrogée sur son père. Mais il n'avait pas connu Malcolm, aussi avait-elle pu lui livrer ces secrets en toute tranquillité.

Parler à Lady Arabella, en revanche, pouvait être lourd de conséquences.

— Tout ce que vous me direz restera entre nous, Anna. Je jure de ne rien révéler à personne. Mais il me manque tant, et ma présence ici, dans ce château où nous avons vécu et grandi ensemble, alourdit encore ma peine !

Alors, Anna parla.

Pendant une heure, assises l'une près de l'autre, elles échangèrent des confidences sur l'homme qu'elles avaient toutes deux aimé. Lady Arabella lui apprit ce que seule une sœur pouvait savoir : les astuces de Malcolm pour échapper à ses obligations, ses méthodes pour la tourmenter lorsqu'il voulait obtenir quelque service de sa part, et le soutien qu'il lui avait apporté lorsque, à la mort de leur mère, leur père s'était mis à changer.

Quant à Anna, elle confia à la lady ce que celle-ci ignorait des mois magiques pendant lesquels ils s'étaient aimés. Ces mois où elle pensait qu'un jour, Mal serait à elle et elle à lui. Elle n'omit qu'une chose : la vérité sur Iain. Lorsqu'elle se sentit prête à aborder le sujet, à parler de leur fils, on frappa à la porte.

— My lady, annonça le serviteur qui ouvrit, Laird Mackintosh vous attend dans la cour du château.

Les joues de la jeune femme s'empourprèrent et un sourire coupable apparut sur ses lèvres.

— Veuillez dire à mon époux que je le rejoindrai dans un instant.

Anna se leva, s'attendant à ce que Lady Arabella quitte la pièce. Mais, même une fois le domestique parti, celle-ci demeura immobile.

— My lady, le laird ne va-t-il pas s'impatienter ? finit-elle par demander.

— Oh ! peut-être bien, mais c'était surtout une façon de me faire savoir qu'il sait où je suis et ce que j'ai en tête !

— Vous voulez dire qu'il sait ? Il sait ce qu'il y a eu entre Malcolm et moi ?

Comment avait-elle pu avoir la naïveté de croire qu'il s'agissait d'une simple conversation entre femmes ? Elle aurait mieux fait de se taire, au lieu de livrer tous ces secrets !

— N'ayez aucune inquiétude, Anna. Je ne lui ai rien révélé de précis. Seulement, mon époux sait que je ne résiste pas à la curiosité. Il a coutume de dire que j'aime fourrer mon nez partout !

Se levant, la lady lissa les plis de sa robe.

— Avant de partir, j'ai une dernière faveur à vous demander.

Anna savait déjà quelle serait sa question. Lady Arabella devait avoir vu Iain dans la grande salle, et la ressemblance avec Malcolm n'avait pu lui échapper. Elle ferma les yeux et attendit.

— Quand vous jugerez que le moment sera venu de révéler la vérité à votre fils, me permettrez-vous de lui parler de mon frère ?

— Je…

Que faire ? Toute réponse serait un aveu. Elle ne pouvait rien dire sans dévoiler son secret : celui de la naissance de Iain, de sa place, de son possible avenir. Mais lorsque Anna regarda cette femme et qu'elle vit dans ses yeux la même douleur que la sienne, elle ne put lui refuser ce dernier lien avec son jumeau disparu.

— J'ignore quand viendra ce moment mais, oui, lorsqu'il saura, je lui parlerai de votre requête.

Alors Lady Arabella lui ouvrit les bras et la serra contre elle. Puis, relâchant son étreinte, elle se tamponna les yeux et se dirigea vers la porte. Juste avant de franchir le seuil, elle se retourna une dernière fois.

— Mal savait-il que vous portiez son fils ? Son héritier ? demanda-t-elle.

— Non, Mal ne l'a jamais su.

À cet instant, un bruit dans le couloir attira l'attention d'Anna vers la porte. À sa grande stupeur, elle vit que celle-ci était restée entrouverte… et que Davidh se tenait dans l'entrebâillement. Il ne faisait aucun doute qu'il avait entendu la question de Lady Arabella et la réponse qu'elle lui avait donnée.

Le temps que celle-ci se retourne pour voir ce qu'Anna regardait, il avait disparu.

Davidh tourna les talons, traversa le couloir et gravit l'escalier, accélérant le pas à mesure qu'il s'éloignait. Lorsqu'il sortit du château pour traverser la cour, il courait presque. Les paroles d'Anna résonnaient dans sa tête, mais il ne voulait pas y penser. Pas ici, pas encore.

Arrivé non loin des grilles, il tourna brusquement pour se diriger vers les écuries.

Lachlan, qui était en train de diriger la construction de la nouvelle partie du bâtiment, ne le vit pas approcher. Davidh en profita : restant dans l'ombre, il chercha Iain des yeux. À présent qu'il connaissait la vérité, la ressemblance entre le garçon et son meilleur ami lui parut évidente. Les traits du visage, la stature : tout y était. S'il ne s'arrêtait pas au nez, dont la plupart des Cameron héritaient, c'était bel et bien Malcolm qu'il voyait.

Davidh quitta sa cachette, impatient de quitter les lieux. Il lui fallait s'éloigner du château, s'éloigner du garçon et de sa mère pour réfléchir à ce qu'il allait faire. D'une voix autoritaire, il demanda qu'on lui amène son cheval, et Lachlan se hâta d'aller le chercher. Sans lui adresser un mot, Davidh sauta en selle et partit au galop. Il chevaucha longtemps sans jamais ralentir, jusqu'à ce que sa monture s'arrête sur la route.

Levant les yeux, il se rendit compte que sa longue course l'avait mené jusqu'à la chute d'eau. Il suivit du regard le trajet de la cascade jusqu'à la première corniche, puis jusqu'au sommet. Là où avait vécu Anna.

Là où avait vécu la sorcière.

« J'ai attrapé la sorcière ! » lui avait un jour annoncé Mal d'un air bravache, des années plus tôt.

Ils avaient ri ensemble, et Davidh avait pris cette déclaration pour une fanfaronnade. Tous les garçons du clan cherchaient la sorcière : par goût du risque, par intérêt, pour toutes sortes de raisons. Mais Mal était le seul qui ait jamais prétendu l'avoir trouvée.

Pendant les mois qui avaient suivi, son ami avait disparu fréquemment sans jamais dire où il allait ni ce qu'il faisait. En y réfléchissant, Davidh se rendit compte que Mal ne lui avait jamais vraiment raconté ce qui s'était passé cet été-là.

Ce fameux été, treize ans auparavant.

Comment avait-il pu être à ce point aveugle ? Tous les indices convergeaient vers cette vérité : Anna avait donné un fils à son meilleur ami.

Davidh gravit le sentier qui menait au sommet de la falaise. Arrivé en haut, il congédia d'un signe les gardes qu'il avait postés là. Il fit le tour du cottage d'Anna, puis de son jardin, avant de revenir vers les chutes. Là, il examina l'endroit où elle avait été attaquée. Tout en arpentant ces lieux, il déroulait le fil de leur histoire, repensant à chacune de leurs conversations, de leur première rencontre jusqu'à sa demande en mariage.

Connaissait-elle depuis le début ses liens avec Malcolm ? Pourquoi lui avoir menti, pourquoi avoir menti à tous, sur la filiation de Iain ? Les questions se bousculaient dans sa tête et il ne parvenait pas à mettre de l'ordre dans ses idées. Mais tandis qu'il passait en revue les événements des dernières semaines, deux en particulier frappèrent son esprit : le retour d'Ailbert, qu'il soupçonnait de complicité avec les proscrits, et les incursions de ces derniers sur les terres d'Achnacarry, qui avaient coïncidé avec l'arrivée d'Anna. Malheureusement, le frère de Lilias ne pourrait pas fournir de réponses à ses questions car il avait à nouveau disparu.

Davidh devait donc découvrir le reste par lui-même et informer Robert de la nouvelle menace qui le guettait.

Car le fils d'Anna représentait bel et bien une menace pour la hiérarchie du clan. Une menace dont certaines personnes mal intentionnées pourraient tirer parti. Si Iain était le fils de Malcolm Cameron, alors il pouvait prétendre à la place de chef. La place que Malcolm aurait occupée s'il n'avait pas été tué. Gilbert et Robert avaient succédé à Euan pour la seule raison que la lignée de celui-ci s'était éteinte.

Or, il avait un petit-fils.

À présent que Robert était le chef du clan, c'était son fils aîné qui devait lui succéder, et il s'y préparait déjà.

Mais si Iain revendiquait sa filiation, il pourrait bien supplanter Robbie. En effet, la légitimité était certes le premier et le principal facteur de décision en matière de succession, mais elle n'allait jamais à l'encontre des vieilles allégeances au sein du clan. Si une majorité estimait que Iain devait devenir chef, tous les efforts de Robert pour conquérir ce titre pour lui et ses fils seraient menacés. Et toute tentative de contester sa position le déstabiliserait, et rendrait la situation actuelle du clan plus fragile qu'elle ne l'était déjà.

Davidh se frotta les yeux puis se passa les mains dans les cheveux. Il était hors de lui, et il aurait donné cher pour une rasade d'alcool fort.

Il avait aussi désespérément besoin de connaître la vérité. Pas seulement les bribes qu'il avait rassemblées ni ses quelques soupçons, mais toute la vérité. Alors seulement il saurait ce qu'il devait faire pour protéger ceux à qui il avait juré fidélité.

Son clan et son chef.

Son meilleur ami.

Son épouse et le fils de celle-ci.

Et enfin son propre fils.

Il ne pouvait protéger les uns sans menacer les autres. Il ne pouvait trahir les promesses qu'il avait prononcées sans perdre son honneur.

Quel que soit son choix, quelle que soit la voie qu'il emprunterait, quelqu'un en souffrirait. Certains seraient détruits. D'autres mourraient.

Davidh redescendit le chemin pour regagner la route et enfourcha son cheval. Il n'y avait qu'un moyen de découvrir la vérité : il devait aller trouver sa femme.

# Chapitre 24

Une fois Lady Arabella partie, Anna saisit la fiole de potion qu'elle avait préparée pour Colm et s'élança derrière Davidh. Elle avait seulement eu le temps d'apercevoir, dans ses yeux, la stupeur et la douleur de la trahison. Ensuite il s'était enfui aussi silencieusement qu'il était apparu à la porte de la réserve.

Elle traversa le château à la hâte en évitant de parler à qui que ce soit. Dehors, un groupe de gens entourait Lord Mackintosh. Celui-ci devait bel et bien avoir attendu son épouse car ses hommes et lui s'apprêtaient à quitter Achnacarry pour une partie de chasse. La lady, qui se tenait à côté du cheval de son mari, se trouva soulevée et embrassée à pleine bouche devant l'assistance. À un autre moment, Anna se serait amusée de cette démonstration publique d'affection entre le puissant laird et son épouse. Mais elle n'avait guère le cœur à rire, et elle contourna rapidement la foule pour chercher un signe de Davidh.

Où pouvait-il être allé ? Aux écuries, pour parler à Iain ? À la maison ? Elle scruta la cour, où se pressaient de nombreuses personnes, mais ne le vit pas. Courant jusqu'aux grilles du château, elle s'enquit de lui auprès des gardes et apprit qu'il était parti à cheval, un instant plus tôt, en direction du nord.

Qu'avait-il donc en tête ?

Anna rentra à la maison, qu'elle trouva vide. Il n'y avait rien à faire jusqu'à son retour. Elle savait qu'il ne commettrait pas d'acte irréfléchi. Il ne la battrait pas, pas plus qu'il ne frapperait son fils ni ne les jetterait dehors tous les deux. Ramassant son panier et les remèdes dont elle avait besoin pour les villageois, elle sortit.

Le frère de Lilias se tenait devant son cottage. En la voyant, il la salua de la tête avant de rentrer chez sa sœur. Anna tressaillit : quelque chose dans le regard de cet homme la mettait mal à l'aise. Il était donc de retour, après plusieurs jours d'absence. Il faudrait qu'elle prévienne Davidh.

Quand il rentrerait.

Elle trouva Colm chez Suisan et lui administra la première dose de la nouvelle potion. L'enfant n'accepta pas le breuvage avec sa facilité habituelle et, cette fois, il fallut à Anna un long moment pour le convaincre de son importance. Ensuite elle parcourut le village, guettant un signe du retour de Davidh, mais il ne se montra pas.

La journée passa sans qu'il reparaisse.

Au souper, ils ne furent que trois à table.

À la tombée du jour, Anna suivit sa routine habituelle, mais c'est seule qu'elle alla se coucher. Au milieu de la nuit, toujours éveillée, elle entendit la porte de la maison s'ouvrir. Davidh était rentré. Peu après, il pénétra dans la chambre, se dévêtit en silence et se glissa dans le lit. Il s'étendit aussi loin d'elle que possible. Anna tendit la main vers lui mais n'osa pas aller jusqu'à le toucher.

Sa respiration ne prit jamais le rythme lent et régulier du sommeil : comme elle, il ne ferma pas l'œil de la nuit.

Le matin arriva enfin, gris et nuageux, ce qui convenait parfaitement à l'humeur d'Anna. Davidh se leva sans un mot et sortit de leur chambre.

Elle eut envie de le rappeler. Elle aurait voulu lui

expliquer, le supplier de la comprendre. Mais que lui aurait-elle dit ?

*J'ai caché à tous l'identité du père de mon fils. J'ai emmené Iain ici pour qu'il vole la place du chef. Et j'ai voulu me servir de toi pour l'introduire dans le clan.*

Son explication aurait été aussi accablante qu'elle était vraie, car elle avait bel et bien projeté de faire tout cela. Oui, elle avait profité de Davidh et de son prestige pour satisfaire ses ambitions et préparer son fils, le fils de Mal, à l'avenir qu'elle lui destinait.

Même si elle lui disait tout, jamais il ne comprendrait. Jamais il ne croirait qu'elle avait renoncé à son but par amour pour lui. Qu'en lui donnant son amour, Davidh lui avait montré un autre chemin pour Iain. Et qu'elle ne voulait pas que l'identité de son fils mette le clan et son chef en danger.

Anna se leva à son tour, s'habilla et prépara le repas du matin. Davidh se comporta avec les garçons comme il le faisait d'habitude, leur posant des questions sur la journée à venir avant d'envoyer Iain au travail. Il s'attarda un peu avec Colm pour l'interroger sur sa nouvelle potion, l'observant tandis qu'il la buvait.

Pas une fois il ne croisa le regard d'Anna. Oh ! il ne la traita pas avec indifférence ni avec grossièreté. Mais il s'abstint de la toucher, de l'embrasser et même de la regarder dans les yeux. Le cœur déchiré, elle comprit ce qu'elle risquait de perdre. Si elle n'était pas tombée amoureuse de lui, elle n'aurait pas souffert à ce point de sa colère et de son dédain.

— Je vais accompagner Colm chez Suisan, annonça-t-il en conduisant son fils à la porte. Attends-moi.

Il ne s'absenta qu'un moment, et pourtant jamais attente ne parut aussi longue à Anna. Elle s'efforça de s'occuper, mais le moindre son provenant de l'extérieur, le moindre bruit de pas devant leur maison attirait son attention. Même sa tisane favorite ne parvint pas à apaiser son angoisse. Enfin, Davidh ouvrit la porte. Une silhouette sombre découpée sur la lumière du jour, sans visage.

— C'est donc vrai ? Malcolm Cameron est le père de ton fils ? commença-t-il en pénétrant dans la maison.

Anna sursauta quand il claqua la porte derrière lui.

— C'était cela, ton secret ?

— Oui.

Ce mot résonna dans l'espace maintenant immense qui les séparait, aveu de la faute qu'elle avait commise à son encontre.

— Savais-tu qui j'étais pour Malcolm lorsque nous nous sommes rencontrés ? demanda-t-il en avançant vers la table derrière laquelle elle était assise. Savais-tu que j'étais son ami ?

— Oui, murmura-t-elle une fois encore. Il parlait souvent de toi.

— Pourtant, il ne m'a jamais parlé de toi.

Anna frémit en entendant ces mots, car il les avait prononcés avec une dureté qu'elle ne lui connaissait pas.

— Tu as aussi caché l'existence de ton fils à Mal ?

— Cela ne s'est pas passé ainsi, Davidh.

Comment pouvait-il comprendre ? Il ne savait rien de son histoire.

— Tu as pourtant dit à sa sœur qu'il ignorait avoir un fils, répliqua-t-il en se penchant au-dessus d'elle, les mains posées sur la table. Tant de secrets, Anna ! Comment as-tu fait pour ne pas t'empêtrer dans tes mensonges ?

— Davidh, je t'en prie…

— Est-ce que Iain sait ? Ou lui as-tu menti, à lui aussi ?

— Davidh ! souffla-t-elle en secouant la tête. Assieds-toi. Laisse-moi t'expliquer !

— Encore des mensonges ? Encore des secrets ? Non merci.

— Je ne t'ai pas menti. Tu savais que je gardais pour moi l'identité du père de Iain.

— Pourquoi, Anna ? Dis-moi seulement pourquoi !

Se laissant tomber sur une chaise, il se mit à la regarder fixement.

— Nous avons tous des secrets, Davidh. À commencer par Mal, qui a préféré taire mon existence. Il ne t'a même pas parlé de moi !

Elle laissa échapper un soupir en essayant, sans y parvenir, de retrouver les mots qu'elle avait préparés. Le regard perdu dans le feu, elle repensa au jour où Malcolm Cameron était entré dans sa vie.

— Ma mère tenait à ce que personne n'ait connaissance de ma présence ici. Je vivais donc cachée là-haut, au-dessus de la chute d'eau. J'en suis venue à croire qu'elle redoutait exactement ce qui est arrivé : que je rencontre un garçon dont je tomberais amoureuse. Dont je voudrais partager la vie.

Tandis qu'elle racontait, ses yeux s'emplirent de larmes brûlantes.

— Je suis tombée amoureuse de Malcolm dès que j'ai posé les yeux sur lui. Nous avons vécu ce premier amour avec l'insouciance et la naïveté de la jeunesse. Sans prendre la mesure de tous les problèmes que nous allions nous attirer.

Davidh se racla la gorge. En le regardant, Anna comprit qu'il était gêné de l'entendre évoquer les sentiments qu'elle avait éprouvés pour son ami. Mais il lui fallait aller au bout de son récit. Elle se tourna à nouveau vers les flammes qui s'élevaient dans l'âtre.

— Nous nous cachions de tous. Quand ma mère a découvert notre liaison, il était trop tard. Je t'ai vu, à cette époque, dit-elle en plantant ses yeux dans les siens. Lorsqu'il t'entraînait loin de la chute d'eau pour éviter que tu ne découvres le chemin qui menait jusqu'à moi. Pour que tu ne saches pas qu'il avait trouvé la fille de la sorcière. Qu'il m'avait attrapée.

— Tu portais son enfant ?

— Oui. C'est arrivé après quelques semaines, et ma mère s'en est rendu compte au bout de trois mois.

Anna ne put retenir un sourire en pensant au jour où elle avait compris qu'elle portait l'enfant de Mal.

— C'était un miracle, un miracle merveilleux et effrayant à la fois. Mais ma mère avait l'esprit pratique, et elle m'a immédiatement ramenée à la dure réalité de ma situation.

À nouveau, elle le regarda dans les yeux.

— Vois-tu, Mal m'avait promis qu'il obtiendrait l'autorisation de son père pour que nous puissions nous marier à l'église.

Ces mots arrachèrent à Davidh un petit rire ironique.

— Tout ce que je devais faire, c'était attendre le moment opportun, poursuivit-elle.

— Personne n'a jamais convaincu Euan Cameron d'aller contre sa volonté, dit-il doucement.

— Oui. C'est ce que ma mère m'a expliqué. C'est pourquoi nous sommes parties pour rejoindre son clan, dans le Nord. Iain est né six mois plus tard. Un bébé magnifique, en pleine santé ! J'ai toujours eu l'intention de révéler à Mal qu'il avait un fils. Mais la nouvelle de sa mort m'est parvenue avant que j'en aie le temps.

Anna se leva avant d'aborder la partie la plus difficile de son récit. Celle qui dévoilerait sa mesquinerie et ses ambitions égoïstes. Elle s'approcha de la cheminée pour se servir une nouvelle tasse de la tisane qui infusait sur le feu. D'un regard, elle en proposa à Davidh, qui secoua la tête. Puis, regagnant sa place à table, elle ôta le bouchon du pot de miel pour en verser une cuillerée dans le liquide chaud.

— Sa mort m'a changée, Davidh. J'avais toujours nourri l'espoir qu'un jour, Mal et moi serions réunis. Je pensais qu'une fois instruit de l'existence de son fils, il forcerait son père à l'accepter, à nous accepter.

Elle secoua tristement la tête, bien consciente à présent de s'être bercée d'illusions.

— En apprenant sa mort, je me suis laissé gagner par la rancune. Il m'est arrivé de détester Mal en songeant qu'il n'était jamais venu nous chercher, me chercher. Qu'il nous avait abandonnés.

— Son père l'avait envoyé loin d'ici.

Anna regarda Davidh. Son visage était inexpressif.

— Que veux-tu dire ?

— À la fin de cet été-là, son père l'avait envoyé dans le Sud, dans un autre domaine du clan. Sur les terres de Robert, si j'ai bonne mémoire.

— Sans nouvelles de sa part, je suis devenue amère. J'ai décidé qu'un jour, quand mon fils serait assez grand et que ma mère ne pourrait plus m'en empêcher, je reviendrais ici pour revendiquer les droits d'héritier de Iain. J'ai juré sur la tombe de Malcolm que je ferais tout pour son fils.

— C'est donc pour lui que tu es venue, et non pour exercer tes talents de guérisseuse ?

— Pour les deux, dès le début. La vie était devenue difficile au village, après la mort de ma mère. J'étais une femme seule, avec un enfant.

Elle haussa les épaules en pensant à cette époque. Ses choix avaient été plus que limités, alors.

— Du temps de Gilbert, j'avais entendu de sombres histoires qui m'avaient dissuadée de revenir à Achnacarry. Mais lorsque j'ai appris qu'il avait été renversé et que les Cameron avaient un nouveau chef, j'ai pensé que le moment était venu. J'espérais qu'on me laisserait m'installer ici en échange de mes services.

— Tu es donc venue, et tu as attendu ton heure. J'imagine que j'ai apporté une contribution bienvenue à ton plan ? Je t'ai présentée à Robert. Je t'ai offert mon aide, ma protection.

Anna perçut dans ces derniers mots la même amertume

que celle qui l'avait envahie des années plus tôt. Elle résolut de ne pas lui mentir, quoi que la vérité lui coûte.

— Au début, oui.

Davidh frappa brutalement ses mains contre la table avant de se lever. Il se mit à aller et venir dans la pièce en prenant soin de ne jamais l'approcher.

— Lorsque je t'ai demandé de m'épouser… As-tu accepté parce que cela servait tes intérêts ?

Anna ferma les yeux pour ne pas voir sur son visage la douleur qu'elle s'apprêtait à lui causer.

— Oui. Mais…

— Non ! Ne cherche pas d'excuses. Je veux savoir toute la vérité, pour connaître la mesure de ta trahison.

— Il ne s'agit pas d'excuses, Davidh ! J'avais encore l'intention de mener mon projet à bien lorsque tu m'as demandée en mariage. Mais, déjà, la volonté commençait à m'abandonner. Pour la première fois de ma vie, j'avais la possibilité d'obtenir ce que j'avais toujours voulu. Pas pour mon fils, ni pour la mémoire de Malcolm, ni pour prouver à ma mère qu'elle avait tort. Pour moi. Juste pour moi.

À présent, elle sentait les larmes rouler sur ses joues. Elle les essuya vigoureusement du revers de la main.

— Mais tu n'avais pas suffisamment confiance en moi pour me dire la vérité, n'est-ce pas ? répliqua-t-il.

Un épais silence s'installa entre eux tandis qu'il la regardait fixement, de l'autre bout de la pièce. Il n'avait pas besoin de sa réponse ; il la connaissait déjà : n'avait-elle pas refusé de lui parler quand il l'avait interrogée sur son fils ?

— Que craignais-tu, Anna ? Que je parle à Robert ? Que je fasse du mal à Iain ?

Il vit à ses yeux écarquillés qu'il avait touché juste.

— C'est le fils de mon meilleur ami ! Et je t'avais promis de le protéger.

Il poussa un profond soupir, songeant soudain à un autre serment, prononcé bien avant de connaître Anna.

— Tout comme j'avais promis à Mal de rester à ses côtés et d'être le parrain de son fils, poursuivit-il. Un pacte de sang conclu par deux jeunes garçons convaincus que leur amitié durerait toujours.

La petite cicatrice à sa main se mit soudainement à le démanger, lui rappelant les paroles et le sang qu'ils avaient échangés pour sceller leur promesse. Il la frotta de son pouce.

— Oui, je craignais que tu ne parles à Robert, répondit Anna. Je connais ta loyauté à son égard, Davidh. Mais jamais je n'ai cru que tu pourrais faire du mal à mon fils. En revanche, j'ignorais quelles représailles d'autres voudraient ou pourraient exercer sur lui.

Davidh accueillit ces paroles avec soulagement. Si elle l'avait cru capable d'une telle ignominie…

— Maintenant que je sais la vérité sur ton fils, reprit-il, raconte-moi la suite. Tu sais les menaces qu'une telle révélation fera peser sur le clan. Comment comptes-tu t'y prendre ?

Les bras croisés, il s'efforça de durcir son cœur. Elle avait prétendu qu'elle l'aimait. Elle s'était donnée à lui. Et tout cela n'était que mensonges !

— Je ne savais rien des proscrits avant mon arrivée ici.

— Attends ! s'exclama-t-il en traversant la pièce pour venir se poster devant elle. Est-ce la vérité ? Ou t'es-tu liguée avec eux ?

— Davidh ! s'exclama-t-elle. Non ! Je suis étrangère à leurs complots ! Ils m'ont attaquée, souviens-toi !

Anna semblait profondément blessée. Il avait été injuste de l'accuser ainsi. Mais il était fou de rage. Elle s'était servie de lui, elle lui avait menti. Elle avait menti à tout le monde ! Il détourna le regard car la souffrance qu'il lisait dans ses yeux lui était insupportable.

— Je suis venue ici pour toutes les mauvaises raisons possibles, Davidh. Je le reconnais. Mais aucune d'entre elles n'a guidé mes actes, je t'en donne ma parole ! Dès le moment où j'ai fait ta connaissance, puis celle de Colm et des autres, ma détermination a faibli. Je n'étais plus si sûre de vouloir aller au bout de mon plan. Bientôt, je me suis rendu compte que je ne pouvais pas le faire, car je suis tombée amoureuse de toi, et d'eux. Tu m'as donné tout ce dont j'ai toujours rêvé.

Il voulait la croire. Il voulait croire que ces mots d'amour étaient sincères. Mais comment pouvait-elle clamer qu'elle l'aimait si elle ne pouvait se confier à lui ?

Ils échangèrent un long regard, et Davidh sut qu'ils s'étaient tout dit. À présent, pouvaient-ils continuer ? Ensemble ? S'il n'y avait pas de confiance entre eux, pouvaient-ils vraiment s'aimer ?

— Je dois partir, dit-il en se dirigeant vers la porte avant de soulever le loquet. Le devoir m'appelle.

Son devoir lui avait permis de ne pas devenir fou pendant ses années de deuil et de chagrin. C'était la seule chose sur laquelle il pouvait toujours compter dans sa vie. La seule chose qui ne changeait pas.

Davidh la quitta sans un mot de plus. À présent, il lui fallait mettre de l'ordre dans ses idées. Qu'allait-il faire ? Il avait, avant tout, une obligation de loyauté envers son clan et son chef. Robert devait donc être informé de ce qu'il avait découvert, et ce serait à lui qu'il reviendrait de prendre une décision.

Sautant en selle, Davidh éperonna son cheval. Mais au lieu de se rendre au château, il s'arrêta aux écuries et y laissa sa monture. Il passa plusieurs heures à errer dehors, regardant les guerriers s'entraîner, observant Lachlan et ses hommes au travail. Parfois, il se contentait de rester debout sans rien faire tandis que, autour de lui, la vie suivait son cours.

Son rôle ici avait toujours été clair. Il était là pour servir le clan des Cameron et son chef. Pour les garder, l'un et l'autre, des dangers et des attaques, qu'elles viennent de l'intérieur ou de l'extérieur. Il choisissait les hommes les plus vaillants pour défendre le clan et lutter pour ses causes. Il protégeait ceux et celles qui ne pouvaient se battre.

Mais voilà qu'une attaque particulièrement dangereuse avait échappé à sa vigilance. Anna avait trompé sa prudence en prenant soin de Colm, puis de lui-même. Elle avait introduit au château son fils, un jeune homme qui menaçait non seulement la paix pour laquelle Davidh luttait corps et âme, mais aussi la hiérarchie qu'il avait juré de défendre.

Enfin, par sa faute, l'âme de son défunt ami avait resurgi de la tombe pour lui rappeler le premier serment qu'il avait prononcé.

L'entraînement se termina, le repas du soir fut annoncé, et Davidh en était toujours au même point. Ce qui aurait dû être un choix évident — honorer son vœu de loyauté envers son chef — se compliquait terriblement dès qu'il songeait aux conséquences que cela entraînerait pour la femme qu'il aimait.

Cette fois, c'est à pied qu'il franchit les grilles pour retrouver sa maison, son fils, celui de Malcolm et son épouse. Lorsqu'il poussa la porte, il ne savait pas davantage ce qu'il devait faire qu'au moment où il avait découvert la vérité.

# *Chapitre 25*

Davidh trouva Anna debout devant la cheminée, le corps secoué de frissons. Toute couleur s'était effacée de son teint. Elle était si pâle qu'il la crut souffrante. Qui soignait la guérisseuse lorsqu'elle était malade ?

Refermant la porte derrière lui, il chercha des yeux les garçons. Il n'y avait pas le moindre signe de leur présence. Perplexe, il réprima l'envie de prendre Anna dans ses bras pour l'embrasser. Comme elle restait muette, une expression horrifiée dans le regard, il s'approcha d'elle.

— Qu'y a-t-il, Anna ? Êtes-vous souffrante ?

De plus en plus inquiet, il posa la main sur son front, comme elle le faisait pour déterminer si un malade avait de la fièvre. Est-ce Colm ? demanda-t-il soudain.

Sa plus grande peur était pour son fils. Était-ce arrivé ? Ses poumons avaient-ils cessé de lutter ? Était-il… mort ?

— Je ne savais pas quoi faire, Davidh ! murmura-t-elle en tendant la main.

Elle serrait entre ses doigts un parchemin plié.

— Tu es le seul à qui je peux demander de l'aide.

Davidh déplia le message et le lut. Aussitôt, il sentit son sang se glacer dans ses veines et comprit pourquoi Anna était si bouleversée.

Si elle n'apportait pas la preuve que son fils pouvait légitimement prétendre au rang de chef du clan Cameron, ses ravisseurs tueraient Colm. Et si elle persistait à refuser, ils lui enverraient un à un des membres du corps de Iain jusqu'à ce qu'elle s'exécute.

— Seigneur, qui les a enlevés ? demanda-t-il. Où as-tu trouvé ce message ? Quand ? Y avait-il quelqu'un avec toi ? Quand as-tu vu les garçons pour la dernière fois ?

En la voyant cligner rapidement des yeux, il se rendit compte qu'il l'assaillait de questions sans lui laisser le temps d'y répondre.

— Quand les garçons ont-ils été vus pour la dernière fois ?

— J'ai demandé à Iain de rester ici avec Colm. Ton fils ne se sentait pas bien et je voulais qu'il se repose. Je ne pouvais pas l'envoyer chez Suisan, car elle était allée rendre visite à sa sœur. C'était juste avant midi.

— Iain est donc resté ici ?

— Il est allé parler à Lachlan, puis il est revenu. Je leur ai donné à manger et je suis partie rendre visite à des malades.

Anna regarda autour d'elle.

— Quand je suis revenue pour préparer le repas du soir, la maison était vide. Je m'apprêtais à aller les chercher quand j'ai entendu un bruit contre la porte. J'ai trouvé ce parchemin attaché à une pierre.

Davidh examina encore le message. Peut-être un détail lui avait-il échappé la première fois. Les instructions prouvaient que les ravisseurs connaissaient bien Achnacarry et ses habitudes, mais aussi qu'ils étaient renseignés sur les événements à venir. Ils devaient donc avoir des espions dans le village. Il fut surpris de sentir la main d'Anna sur son bras. C'était le premier contact entre eux depuis qu'il avait découvert la vérité sur Iain.

— Il faut que tu sauves les garçons, Davidh ! Alors je détruirai la preuve et j'emmènerai Iain loin d'ici. Jamais plus on ne se servira de lui pour menacer les Cameron, et tu seras débarrassé de nous. Mais sauve-les, je t'en supplie !

— Pourquoi n'es-tu pas venue me chercher quand tu as reçu ceci ?

— Ils nous surveillent. Ils savent que Brodie Mackintosh et son épouse regagneront leurs terres demain et que tu dois les escorter. Le message indique que je ne dois rien te dire, et que si je commets la moindre erreur…

— Tu as bien fait.

Davidh étudia rapidement la situation. Que pouvait-il faire ? Que savaient les proscrits, que voulaient-ils ? Ils garderaient son fils en vie aussi longtemps qu'ils auraient besoin de lui — si sa santé avait résisté à l'enlèvement. Iain était leur véritable cible. Sans doute avaient-ils découvert sa véritable identité et voulaient-ils le présenter comme le seul chef légitime. Ainsi, ils rallieraient les Cameron à leur cause et se débarrasseraient de Robert.

— Que vas-tu faire ? demanda Anna en se tordant les mains, les yeux emplis d'angoisse et de terreur.

— Demain, nous suivrons leurs instructions. Je ne sais pas quelle est la preuve que tu possèdes, mais tu l'emporteras pour la déposer à l'endroit indiqué.

À ces mots, elle se dirigea vers sa boîte à couture et l'ouvrit pour fouiller à l'intérieur. Bientôt elle en sortit un petit objet qu'elle apporta à Davidh. Il le prit entre ses doigts pour l'examiner.

L'anneau de Malcolm.

L'emblème du clan était gravé sur la surface sombre, ornée de pierreries. Son père l'avait fait faire pour son douzième anniversaire. Le cadeau d'un chef à son fils, pour affirmer sa position de successeur. Quiconque était en vie à l'époque se souvenait de la cérémonie, des festivités et de la fierté de Euan Cameron lorsque Malcolm était officiellement devenu l'héritier du clan.

Davidh se souvenait aussi du jour où Mal avait prétendu avoir perdu l'anneau. Le châtiment avait été aussi terrible qu'immédiat, car le chef des Cameron ne pardonnait pas facilement la perte d'un objet aussi précieux. Pas même de la part de son fils unique.

Ainsi, il ne l'avait pas perdu, mais donné à une femme en gage de son amour. Davidh regarda alors Anna, et il sut qu'il l'aimait. Quel étrange et ironique destin avait décidé qu'il aimerait la même femme que son meilleur ami ! Il lui sourit en lui remettant l'anneau.

— Demain matin, j'irai au château et j'escorterai comme prévu Brodie Mackintosh et Lady Arabella jusqu'à leurs terres. Tu attendras mon départ pour aller déposer l'anneau à l'endroit indiqué par les ravisseurs.

Anna ouvrit la bouche, mais il coupa court à ses questions en posant le doigt sur ses lèvres.

— Je te demande de me faire confiance, Anna. Le peux-tu ?

Après avoir scruté son visage, elle hocha la tête.

— Bien. À présent, va te reposer, car une longue et épuisante journée nous attend.

— Vont-ils leur faire du mal ?

— Les garçons sont trop précieux pour eux. Non, je ne pense pas qu'ils leur feront du mal.

Anna esquissa un pas vers lui et il faillit lui ouvrir ses bras. Mais ensuite elle détourna le regard et se rendit dans leur chambre, comme il le lui avait ordonné.

Il ne parvint pas à trouver le sommeil cette nuit-là, et il était certain qu'elle ne dormait pas non plus. Assis sur la paillasse de Colm, il se demanda si son fils avait peur. Il pensa aussi à Iain, qui ne comprenait sans doute pas pourquoi ces gens l'avaient enlevé, et quelle valeur il pouvait bien avoir pour eux. Quelle façon terrible de découvrir le secret de sa naissance !

Lorsque le soleil se leva le matin suivant, Davidh était prêt. Le plan qu'il avait préparé reposait entièrement sur la confiance : sa confiance en d'autres, et celle d'Anna en lui-même. En franchissant la porte, il pria pour qu'elle ne lui donne pas tort.

Ce matin-là, Anna fut incapable de parler à Davidh. Et lorsque vint le moment de jouer son rôle, elle était presque paralysée de terreur. Sans ses paroles calmes et pleines d'assurance de la veille, lorsqu'il l'avait pressée de suivre ses instructions et de lui faire confiance, elle aurait parcouru le village en hurlant comme une possédée.

Elle avait résisté à l'envie de se jeter à ses pieds pour implorer son pardon. Tout ce qu'elle avait pu faire, c'était lui promettre de disparaître en échange de son aide. Anna priait pour que leurs fils n'aient pas à payer le prix de ses mensonges et de sa trahison.

Avant de sortir, elle cacha sous sa chemise l'anneau qu'elle avait suspendu à son cou par un ruban. Puis elle fit ce que les ravisseurs demandaient : quittant le village, elle prit la route qui menait vers l'est puis contournait le loch en direction du sud. Tout en marchant, elle compta les gros rochers qui bordaient la route et s'arrêta au dixième. Tout en ôtant le ruban de son cou, elle adressa une prière à Mal, afin qu'il demande au Tout-Puissant de protéger les garçons. Puis elle déposa l'anneau sur le rocher.

Fermant les paupières, elle tendit l'oreille un instant avant de faire demi-tour pour regagner le village. C'était l'une des choses les plus difficiles qu'elle ait jamais faites, mais Davidh lui avait promis de sauver les garçons. Elle devait lui faire confiance.

Lorsque leurs fils seraient de retour, sains et saufs, elle emmènerait Iain loin d'ici. Ils trouveraient un autre village où personne ne les connaissait, et ils commenceraient une nouvelle vie.

Pendant le reste de la matinée, Anna aida Suisan à faire la lessive en s'efforçant de se comporter comme si c'était une journée comme les autres. Fort heureusement, la femme du forgeron avait maintes petites histoires à raconter après sa visite chez sa sœur. C'est à peine si elle s'arrêta de parler pour reprendre son souffle.

Les minutes passèrent comme des heures, et lorsque enfin midi arriva, Anna avait l'impression d'avoir attendu une éternité. Elle pria Suisan de l'excuser et marcha jusqu'à la maison de Davidh pour attendre encore, prier et espérer. En franchissant le seuil, elle songea qu'il lui faudrait à nouveau faire ses bagages. Elle avait changé de demeure plus de fois en trois mois que pendant le reste de sa vie.

Debout au milieu de la pièce, elle promena un regard autour d'elle. Tant de paniers, de bols, de pots et de fioles ! À l'approche de l'été, le jardin de Caig Falls commencerait à donner ses fruits. Il y aurait des tiges et des feuilles à couper, faire sécher et conserver. La réserve serait bien approvisionnée, suffisamment pour que le village ne manque de rien jusqu'au début du printemps suivant.

Mais elle ne serait pas là. Son regard tomba sur le panier de sa mère. C'était celui dont elle se servait pour transporter ses remèdes lors de ses visites quotidiennes aux villageois. Elle n'emporterait que ce panier et les objets essentiels qui l'avaient suivie jusqu'ici. Ainsi que différentes boutures qu'elle pourrait planter là où elle irait s'installer.

Perdue dans ses pensées et ses regrets de devoir partir et perdre tout ce qu'elle avait commencé ici, elle ne prêta pas immédiatement attention aux bruits qui venaient du dehors. Des cris, un martèlement de sabots puis des pas lourds qui se rapprochaient… Elle courut vers la porte et l'ouvrit juste au moment où Parlan gravissait le perron.

— Parlan ? Que se passe-t-il ?

Elle eut à peine le temps de s'écarter pour laisser

passer le guerrier robuste qui courait vers elle, les bras chargés d'un paquet enveloppé de couvertures. Sans s'arrêter, il traversa la pièce principale et entra dans la première chambre.

C'est seulement au moment où il posa son paquet sur une paillasse qu'Anna comprit que c'était un garçon. Un garçon inconscient. Parlan écarta les couvertures et recula.

— Davidh m'a dit de vous l'amener. Il a dit que vous le sauveriez.

Juste ciel ! C'était Colm. Son teint était affreusement gris et elle n'était pas certaine qu'il respirait encore. Elle lui pinça vigoureusement la jambe en espérant déclencher une réaction. Lorsque la douleur arracha à l'enfant un faible gémissement, elle laissa échapper un cri.

— Il est vivant !

Elle se pencha au-dessus de lui et, une main posée sur sa poitrine, approcha l'oreille de sa bouche.

— Sa respiration est très faible, dit-elle avant de toucher son visage et sa nuque.

Sa peau était froide et humide sous ses doigts.

— Pas de fièvre.

Détachant un instant les yeux du petit malade, elle se tourna vers Parlan.

— Et Iain ? Avez-vous trouvé mon fils ?

— Non, seulement Colm. Mais Davidh est à leurs trousses, dit-il. Il le retrouvera, Anna.

Elle s'efforça de le croire et de ne pas céder à la peur atroce qui lui étreignait le cœur. Pour l'heure, elle ne pouvait rien faire d'autre que s'occuper de Colm en priant Dieu d'épargner les deux garçons.

Probablement alertée par l'arrivée fracassante de Parlan, Suisan pénétra dans la pièce et s'agenouilla à côté d'elle.

— Que pouvons-nous faire ? De quoi avez-vous besoin ? demanda-t-elle.

Anna donna ses instructions : faire chauffer de l'eau, aller chercher telle herbe et telle poudre, verser ceci, mélanger cela. Bientôt, tout fut prêt. Tout d'abord, elle devait stimuler la respiration du garçon en lui administrant une potion. Puis il faudrait surveiller la toux qui ne manquerait pas de venir. Il y aurait ensuite des crampes, et peut-être des convulsions.

Et à chaque étape, l'enfant risquait la mort.

*Pas son fils. Pas son fils. Pas son fils.*

Durant les heures qui suivirent, tandis qu'elle se battait pour sauver la vie de Colm, elle implora sans relâche le Tout-Puissant. À voix basse, elle lui adressait prières et promesses, comme Davidh lui avait avoué le faire depuis que la maladie de son fils s'était déclarée.

Pendant cette journée et la nuit qui lui succéda, pas un instant elle ne quitta le chevet du garçon. Suisan et Parlan demeurèrent à ses côtés, et de nombreux villageois vinrent leur proposer leur aide pendant cette longue et éprouvante lutte.

Le lendemain matin, Colm ouvrit les yeux et demanda où était son père. Alors seulement Anna prit le temps d'interroger Parlan sur ce qui s'était passé. Tandis qu'il racontait, l'enfant l'interrompit plusieurs fois, prenant une longue et prudente inspiration avant de parler d'une voix faible et lente.

— Iain leur a dit que mon père les massacrerait tous si je venais à mourir. Il leur a dit que j'allais leur attirer de terribles ennuis.

— Des paroles audacieuses, commenta Anna.

Quoi qu'il arrive, elle était fière du courage dont son fils avait fait preuve. Une nouvelle prière, pour Iain, cette fois, monta vers le ciel.

— Oui. Il m'a dit d'attendre son signal, puis de faire semblant d'être malade. Je devais tousser et me laisser tomber sur le sol, comme si j'étais mort. Et je l'ai fait.

— Colm ! s'écria Anna, effarée, tandis que Parlan le félicitait.

— Il leur a dit de me laisser là, sur la route, pour éviter que je les ralentisse, poursuivit l'enfant en haussant les épaules. Je savais qu'il faisait cela pour me protéger : il m'a dit que nous étions frères, et que c'était là le rôle d'un frère.

— Votre fils a réussi à laisser des traces de leur passage, intervint Parlan. Davidh et les autres ont continué à suivre leur piste afin de trouver leur camp. Pendant ce temps, j'ai conduit Colm jusqu'à vous.

— Et son mensonge a bien failli devenir réalité, termina Anna. Mais… Attendez ! Les autres ?

— Oui, mon amour. Un bon commandant sait s'entourer pour mener à bien une mission.

Anna se retourna. Elle aurait reconnu cette voix grave entre toutes. Davidh se trouvait dans l'embrasure de la porte, couvert de boue, de feuilles… et de sang. Un coup d'œil rapide la rassura : pour la majeure partie, ce n'était pas le sien. Tandis qu'elle se levait, il esquissa un pas de côté, laissant apparaître Iain derrière lui.

Anna traversa la courte distance qui les séparait pour étreindre son fils, le serrant contre elle à l'étouffer. Dans un premier temps, elle parvint à se maîtriser. Mais en songeant qu'elle aurait pu le perdre, qu'elle aurait pu perdre Davidh et Colm, elle éclata en sanglots.

— Commandant ? demanda Iain par-dessus son épaule tandis qu'elle versait des larmes trop longtemps contenues.

— Allons, allons, mon amour, dit Davidh en l'écartant doucement de lui pour la prendre dans ses bras.

— Je te remercie d'avoir ramené mon fils sain et sauf, murmura-t-elle.

— Merci à toi d'avoir sauvé le mien. Je l'ai cru mort lorsque nous l'avons trouvé sur le bord de la route.

— Je vous l'ai dit, Mistress Mackenzie ! s'exclama Colm. J'ai fait le mort, comme Iain me l'avait demandé !

Davidh desserra son étreinte pour se diriger vers son fils. Agenouillé à son chevet, il lui parla à voix basse. Anna avait envie de pleurer encore, de donner libre cours au chagrin qui emplissait son cœur, mais il y avait trop à faire. Davidh avait rempli sa part de leur marché. À présent, son tour était venu de tenir sa promesse.

— J'aimerais rester encore un jour, dit-elle. Pour m'assurer que sa respiration est revenue à la normale.

Elle essuya ses joues avant de lisser ses jupes et son tablier.

— Ensuite, nous partirons.

— Partir ? répéta Davidh. Je ne veux pas que tu partes, Anna. Je ne te l'ai jamais demandé.

— Mais je t'ai promis de le faire.

— Je crois que nous devrions cesser de faire des promesses impossibles. Contentons-nous de celles que nous pouvons tenir.

Davidh lui prit la main et entremêla ses doigts aux siens comme il l'avait fait tant de fois.

— J'ai promis de t'aimer et de te chérir. Commençons donc par là.

— Je te promets de te faire confiance, Davidh.

Alors il l'embrassa et, pendant cet instant suspendu où leurs lèvres s'unirent, elle comprit qu'il lui jurait de l'aimer pour toujours.

Lorsque les murmures autour d'eux se muèrent en un brouhaha de voix, Anna se rappela qu'ils n'étaient pas seuls. En tendant l'oreille, elle se rendit compte qu'en plus des quelques personnes rassemblées dans la maison, d'autres attendaient à l'extérieur. Traversant la pièce, elle sortit sur le pas de la porte.

Une foule s'était massée autour de la maison de Davidh. Il y avait là des Cameron, mais aussi des Mackintosh. Des guerriers à cheval et à pied, mais aussi les deux chefs, accompagnés de leurs gardes, et enfin des villageois et des habitants du château. Tous avaient les yeux rivés sur elle.

— Tu es allé trouver le laird ? chuchota-t-elle à l'attention de Davidh.

— Oui, répondit-il. J'ai foi en mon laird, et je savais que je pouvais lui demander son aide. Il m'a donné raison.

— Sait-il toute la vérité ?

— Oui, mistress, répondit Robert Cameron, qui avait entendu sa question. Je sais.

À la grande surprise d'Anna, les deux chefs avaient hoché la tête en même temps.

— Le garçon fait aussi partie de ma famille, mistress, expliqua Brodie Mackintosh avant de tourner son regard vers la route qui menait au château. Sacrebleu ! jura-t-il tout haut. Cette femme ne peut pas se tenir tranquille une minute ! Je vais tâcher de la ralentir.

Brodie Mackintosh sauta lourdement à terre pour aller à la rencontre de sa femme, qui arrivait vers eux en courant.

Iain était le neveu de Lady Arabella, le fils de son frère jumeau. Mais le savait-il seulement ? Laissant le laird rejoindre son épouse, elle se tourna vers Davidh.

— Et Iain, sait-il la vérité ?

— Oui, répondit-il. Les proscrits lui ont tout raconté lorsqu'ils ont voulu le convaincre de jouer un rôle dans leur insurrection. Ils lui ont promis de le soutenir s'il revendiquait sa filiation pour prendre la place de notre chef.

— Je te demande pardon, Iain, dit Anna en se dirigeant vers son fils. J'aurais dû te parler de ton père il y a longtemps.

— Tu l'as fait, maman, répondit-il. Le commandant et moi avons parlé de lui. Je me suis rendu compte que tu m'avais déjà appris beaucoup de choses. Et grâce à lui, j'en sais encore plus.

Avant qu'elle n'ait le temps d'ajouter quoi que ce soit,

Robert Cameron descendit de cheval et pénétra dans la maison, seul. En le voyant approcher, Anna s'inclina devant lui.

— Comment se porte le fils de Davidh ? demanda-t-il.

— Mieux, Dieu merci.

— J'aimerais vous parler d'une affaire privée, mistress, ajouta-t-il en baissant la voix. Pour apaiser votre cœur, si je le puis.

Elle tendit la main à Davidh et tous trois s'isolèrent à l'autre bout de la pièce.

— Davidh m'a parlé de votre histoire, et je crois savoir des choses que vous ignorez, murmura le laird.

Anna sentit le bras de Davidh enserrer fermement sa taille.

— Le père de Malcolm avait découvert votre existence. Je ne crois pas qu'il ait su que vous portiez son enfant, mais il craignait que vous ne lui fassiez perdre son ascendant sur son fils. Et surtout, il ne voulait pas que vous compromettiez les plans qu'il avait en tête pour le jeune homme.

— Il savait ? Comment est-ce possible ?

— Rien n'échappait au pouvoir de Euan. D'après ce qu'il m'a dit cet été-là, je crois qu'il a forcé votre mère à vous emmener loin d'ici.

À ces mots, Anna étouffa un cri.

— Il m'a alors confié mon neveu, avec ordre de l'envoyer dans le Sud, et de le retenir pendant plusieurs mois.

— Ce que vous avez fait, ajouta Davidh. Mal n'est revenu qu'au milieu de l'hiver.

— À son retour, mon frère l'a surveillé de près et l'a chargé de nouvelles responsabilités pour le préparer à sa succession. Malcolm n'a plus jamais eu de temps à consacrer à ses « incartades », comme les appelait Euan.

— Pourquoi me dites-vous cela ? demanda Anna. Iain ne représente-t-il pas une menace pour vous ?

— Nul n'ignore que je suis devenu chef à un âge

avancé, et dans quelles circonstances, répondit le laird, toujours à mi-voix. Bien que je souhaite voir mon fils aîné me succéder après ma mort, je sais que la vie se plaît à déjouer nos plans. Et j'ai appris qu'il était imprudent de braver le destin. C'est pourquoi j'avais jusqu'à présent choisi de me taire. Je suis heureux que le fils de Malcolm soit désormais parmi nous. Il recevra l'enseignement et l'entraînement nécessaires et, si l'avenir en décide ainsi, il sera choisi pour prendre ma place, poursuivit-il en désignant Iain d'un geste du menton. Avec Davidh, il sera à bonne école, ajouta-t-il en prenant la main d'Anna. Comme il l'a été avec sa mère.

Robert Cameron fouilla dans sa tunique et en sortit l'anneau de Malcolm.

— Son père vous a offert ceci en gage de son amour. Nous l'avons retrouvé quand nous nous sommes emparés du camp des proscrits. C'est à Iain qu'il revient, à présent, déclara-t-il. C'est un cadeau précieux. J'en ai fait faire pour mes fils, gravés du même emblème.

Après avoir remis l'anneau à Anna, il s'éclaircit la gorge.

— Elizabeth m'attend au château, dit-il à voix haute, cette fois. Il faut que j'aille la retrouver avant qu'elle n'accoure à son tour !

Il sortit sur le perron et éclata de rire.

— Trop tard, hélas ! Je crains que l'épouse de Brodie Mackintosh n'ait une mauvaise influence sur la mienne.

Robert Cameron referma la porte derrière lui et, enfin, la maison retrouva son calme.

# *Chapitre 26*

Une fois le laird parti, la foule rassemblée devant la maison commença à se disperser. La nouvelle du rétablissement de Colm s'étant répandue, la vie quotidienne reprit le dessus et chacun retourna à ses tâches et devoirs respectifs. L'annonce d'un banquet, prévu deux jours plus tard pour célébrer la défaite des proscrits, offrait en outre une raison de se réjouir.

Davidh resta seul avec Anna et leurs fils. Colm s'était endormi, épuisé par ses efforts pour respirer et les remèdes qui lui avaient été administrés. Lorsque, au bord de la route, Davidh avait confié l'enfant à Parlan, il ignorait s'il le reverrait vivant. Aussi, à présent, ne voulait-il rien faire d'autre que rester à son chevet et caresser sa petite main en adressant au ciel de nouvelles prières.

Il entendait, dans la pièce principale, Anna et son fils qui parlaient à voix basse. Iain avait fait preuve de courage et d'intelligence lors de cette épreuve. Son inventivité et sa vivacité d'esprit avaient, sans nul doute, sauvé la vie de Colm. Et grâce aux indices qu'il avait laissés sur la route, Davidh avait pu suivre les ravisseurs jusqu'à leur camp.

L'attaque avait été rapide. Davidh et sa troupe avaient pris les proscrits par surprise et les avaient éliminés jusqu'au dernier. Ailbert, le frère de Lilias, s'était révélé être leur espion. Il avait subi le même sort que les autres. Comme il réfléchissait à ces événements, Davidh se rendit compte qu'il portait encore sur lui la crasse de sa chevauchée et le sang de ses ennemis. Fort heureusement, si cette journée avait fait de nombreuses victimes, il n'y en avait eu qu'une parmi ses hommes.

Sans quitter des yeux son fils endormi, il lâcha doucement sa main et la reposa sur la paillasse. Puis il remonta les couvertures jusqu'à ses frêles épaules et se leva. En sortant de la chambre, il trouva Anna seule.

— Où est Iain ?

— Il voulait voir ses amis. Je n'avais pas de raison de le retenir ici : il n'est pas blessé, et il avait tellement envie de parler avec eux !

— Pour lui, tout ceci est une aventure. Il a une histoire à raconter, à présent.

Davidh attendit qu'elle se tourne vers lui, mais elle n'en fit rien.

— Il me fait penser à son père, Anna. Mal était toujours impatient de me raconter ses voyages lorsqu'il rentrait à Achnacarry.

En la voyant hocher la tête, Davidh comprit que Mal s'était confié à elle de la même manière, jadis. Il imaginait le fils du chef, qui avait vu et appris tant de choses, raconter ses aventures à la femme qu'il aimait. Ils avaient eu le même ami, elle et lui.

— Je suis en train de faire chauffer de l'eau pour que tu puisses te laver, dit-elle sans s'éloigner de l'âtre. Et il y a du porridge dans la marmite. J'ai pensé que tu aurais envie d'un plat chaud et consistant.

Elle parlait d'une voix hésitante, sans le regarder.

Quelque chose n'allait pas.

Il s'approcha d'elle et, la saisissant doucement par les épaules, il la tourna vers lui. Elle semblait glacée et tremblait entre ses mains. Son regard était hagard et son visage pâle. Davidh connaissait cela. Il avait vu bien des hommes réagir ainsi après avoir affronté le danger. Lui-même avait éprouvé cette étrange torpeur. Il se mit à lui frotter les bras pour la réchauffer.

— Ce sont les émotions de cette terrible journée qui resurgissent. Les peurs que tu as dû contenir pour faire ce que tu avais à faire. Les angoisses que tu as éprouvées pour mon fils quand tu t'efforçais de le maintenir en vie. Et même la stupéfaction de voir Iain devenir un jeune homme que tu ne connais pas encore, et qu'il ne connaît pas lui-même. Tu as mené une grande bataille aujourd'hui, mon amour.

Il se pencha pour l'embrasser. Du bout de la langue, il caressa ses lèvres, goûtant les traces de sa peur. Anna s'abandonna à son étreinte et entrouvrit la bouche. Alors son baiser se fit plus profond. Tandis que leurs langues se mêlaient, il sentit son corps se détendre. Elle glissa les bras autour de sa taille et le serra contre elle, sans se soucier de ses vêtements sales qui souillaient les siens.

— J'aurais dû te faire confiance, Davidh ! J'aurais dû te dire qui était son père dès que j'ai su qui tu étais, souffla-t-elle avant de lever les yeux vers lui.

— Moi aussi, j'aurais dû te faire confiance, Anna. Quand tu m'as tout expliqué. Quand tu m'as dit que tu avais renoncé à ton but. Nous aurions pu, ensemble, présenter Iain à Robert et à sa famille, au lieu de laisser les proscrits se servir de lui contre son clan.

— Que d'erreurs !

— Oui, que d'erreurs ! Mais je n'ai pas l'intention d'en commettre davantage.

Il vit un sourire se dessiner sur son visage.

— Je n'ai pas l'habitude de rendre des comptes à un homme, dit-elle. Il y a si longtemps que je pourvois seule aux besoins de mon fils et aux miens ! Il me faudra du temps pour apprendre à dépendre de quelqu'un d'autre.

— Nous avons tout le temps, maintenant, répondit-il.

Après les dangers que nous avons surmontés, ce devrait être beaucoup plus facile !

Anna éclata d'un rire qui lui réchauffa le cœur. Il voulait l'entendre rire chaque jour, durant le restant de sa vie. Pendant des années, sa maison n'avait connu que chagrin, douleur et inquiétude. À présent, elle s'emplirait de joie et de chaleur grâce à elle.

Et grâce aux deux fils qu'ils élèveraient ensemble.

Il continua à l'enlacer en silence, en songeant avec bonheur à l'avenir qui les attendait. Mais soudain, une étrange pensée lui vint.

Un jour, il y avait bien longtemps, Mal lui avait demandé d'être le parrain de son fils, et de protéger son épouse et leur enfant. Davidh avait été surpris par cette requête : pourquoi son ami se montrait-il si prévoyant alors qu'il n'était pas même fiancé ? En fouillant dans ses souvenirs, il se rappela quand avait eu lieu cette conversation.

C'était un an après cet été-là. Après l'été où Mal avait rencontré et aimé Anna, et où ils avaient conçu Iain. Son ami savait-il alors qu'elle lui avait donné un fils ? Davidh scruta le visage de son épouse. Devait-il lui en parler ?

Un jour, il démêlerait le fil de ses souvenirs, et il lui raconterait tout.

Pour l'heure, il se contenterait d'être le tuteur de son fils, et de rester à ses côtés pour l'aimer et la protéger. Le reste pouvait attendre un peu.

*Deux jours plus tard*

— Lady Arabella nous a invités à lui rendre visite à Glenlui, dit Anna tout en regardant son fils qui parlait avec le chef des Mackintosh et la lady.

Le puissant laird avait visiblement été impressionné par la conduite de Iain lors de l'enlèvement, puis du combat mené pour l'arracher aux mains des proscrits. Il avait proposé de l'accueillir quelque temps sur ses terres. En voyant le visage de son fils s'éclairer, Anna sourit. De toute évidence, cette perspective l'enchantait. Tout comme elle semblait enchanter Lady Arabella, qui regardait son neveu avec une tendresse non dissimulée. Si Davidh et elle acceptaient la proposition de Brodie Mackintosh, nul doute que la lady prendrait grand soin de lui.

— Elle a dit que nous pourrions venir quand nous le souhaiterions.

— Tu as donc pris ta décision, ma chère épouse ? murmura Davidh en glissant sa main dans la sienne.

— Après avoir écouté tes conseils, et étant donné que ce ne serait pas avant l'année prochaine, je crois que nous devrions accepter. Cela ferait le plus grand bien à Iain. Et ce serait une occasion pour lui de rencontrer ses cousins du clan Mackintosh, et d'autres parents qui vivent là-bas.

— Tu as bien dit « nous » ? demanda-t-il en riant.

Il se tenait derrière elle, et son souffle chaud vint caresser sa nuque.

— J'aime quand ma femme écoute mes paroles et mes ordres…

Son époux faisait allusion aux heures qu'ils avaient passées au lit ce matin-là, et aux « ordres » qu'il lui avait donnés. Un frisson parcourut son corps lorsqu'elle songea à ceux qui lui avaient donné le plus de plaisir.

— Mais certainement, mon cher époux. Vous savez que je vous obéirai toujours !

Se pressant contre lui, elle sentit que son corps réagissait à ses provocations.

Lorsqu'il laissa échapper un gémissement, elle s'écarta de lui en riant et tâcha de cesser de le torturer. Si elle ne prenait garde, il trouverait le moyen de l'attirer dans une alcôve, ou même un placard. Non que ces étreintes furtives soient pour lui déplaire, bien au contraire. Mais elle avait une nouvelle à lui annoncer, et le moment semblait opportun. Tout en lissant les plis de sa robe, elle chercha ses mots.

— Ce pourrait bien être la période idéale pour que Iain séjourne à Glenlui, commença-t-elle en se tournant légèrement de façon à voir le visage de Davidh. Je vais être très occupée, au printemps prochain.

— Vraiment ? Les travaux du jardin devraient être bien avancés, à cette époque. Tu ne comptes tout de même pas l'agrandir ?

Elle le regarda, amusée.

— Non, mon cher époux. Ce n'est pas le jardin que je vais agrandir… mais notre famille.

Quelques secondes s'écoulèrent. Et quelques autres encore. Enfin, Davidh écarquilla les yeux et prit une profonde inspiration.

— Vraiment ? chuchota-t-il.

Elle hocha la tête.

— Depuis quand le sais-tu ?

Anna se pencha près de lui.

— Je pensais que j'avais du retard à cause de tous les… bouleversements que nous avons vécus. Mais ce matin, je n'ai pas gardé mon porridge.

Davidh la regardait avec un large sourire, comme si le fait qu'elle ait rendu son porridge le comblait de joie.

— J'ai réfléchi, et j'ai calculé que mon retard remontait à…

Elle s'interrompit, sentant ses joues s'empourprer.

— À cette fois où tu… Où nous avons… sur la table de la réserve.

Davidh rit si fort que plusieurs personnes se tournèrent vers eux. Puis il la serra dans ses bras et prit sa bouche. Un baiser, puis un autre et un autre encore, jusqu'à ce que, hors d'haleine, elle éclate de rire à son tour. Alors il l'entraîna dans une alcôve fermée par un rideau.

— Comment te sens-tu ? À part ces nausées ?

— Jusqu'à présent, je me sens très bien.

— Es-tu contente ? Nous n'avons jamais évoqué la possibilité d'avoir un enfant, lui dit-il en scrutant son visage d'un regard inquiet.

— Cette nouvelle me surprend et me bouleverse, Davidh. Mais, poursuivit-elle en souriant, je suis très contente.

Il lui prit les deux mains en entremêlant ses doigts aux siens.

— Et toi ?

— Oui, mon amour. Je suis heureux à l'idée que nous allons avoir un enfant ensemble.

Il embrassa ses mains l'une après l'autre.

— Et Colm sera ravi d'avoir un petit frère !

— Ou une petite sœur, ajouta-t-elle.

— Ou une petite sœur. Quand allons-nous annoncer la nouvelle à nos fils ?

— Je crois que nous devrions en parler quand nous discuterons de la proposition de Brodie Mackintosh. Alors nous pourrons dire à Colm qu'un bébé est à naître à la fin de l'hiver.

Quelques minutes plus tard, Davidh et elle se joignirent à nouveau aux festivités. En prenant place à table, Anna se rendit soudain compte que sa vie avait enfin pris le tour qu'elle avait désiré depuis sa rencontre avec Malcolm, tant d'années plus tôt.

À présent, leur fils était accepté par son clan, comme elle l'avait rêvé et espéré. Et il continuerait à grandir et à vivre au sein de sa famille.

Peut-être Malcolm Cameron était-il mort, mais ce qu'il avait de meilleur continuait à vivre en son fils et héritier. Iain serait-il appelé à occuper la place de chef, ou servirait-il le clan d'une autre façon ? Cela, seul l'avenir le dirait.

Retrouvez en août 2019,
dans votre collection

# Les Historiques

## Un cœur à apprivoiser, de Michelle Styles - N°841

*877 après J.-C., île de Colbhasa, Écosse*

Ragnhild fuit celui qui fut son beau-frère avant la mort de son horrible époux et qui souhaite désormais sa mort pour hériter de ses terres. Désespérée, Ragn a accepté d'épouser un illustre inconnu pour sauver sa vie et se retrouve désormais sans un sou, sur son île reculée, afin de concrétiser leur mariage. Malgré toutes les épreuves qu'elle a traversées, Ragn garde l'espoir de trouver l'amour, ou du moins un peu de paix. Mais c'est compter sans la résolution de son promis, Gunnar Olafson, qui s'est juré, à la mort de sa propre famille, de ne jamais plus aimer quiconque…

## Sous la protection du croisé, d'Anne Herries - N°842

En fuite pour échapper au cruel comte de Newark, qui veut la prendre pour épouse, Elaine croise le chemin de Sir Zander de Bricasse. Émerveillée par ces retrouvailles fortuites, elle s'empresse d'accepter la protection de son amour d'enfance. Mais l'homme plein d'idéaux qui avait autrefois su ravir son cœur semble avoir changé depuis son retour de croisade. Zander, devenu sombre, a perdu toute foi en Dieu et tout amour pour elle…

## La belle et le Highlander, de Nicola Cornick - N°843

**LES HÉRITIÈRES MACMORLAN - TOME 1**

*Forres Castle, Écosse, 1803*

Robert, marquis de Methven, exige un mariage de convenance avec Lucy, pour hériter des domaines MacMorlan à titre de réparation. Lucy, farouchement opposée à toute idée d'engagement, refuse et éconduit le marquis, malgré le charme viril qu'il dégage. Mais, lorsque Robert menace de révéler ses activités secrètes, elle panique. S'il venait à se découvrir qu'elle écrit des missives romantiques contre de l'argent, elle serait à jamais déshonorée…

LES HISTORIQUES

HARLEQUIN

## Le tourbillon du scandale, de Helen Dickson - N°844

*Écosse, 1358*

Piégée par une tempête de neige dans la demeure d'Ewen Tremain, Alice est pétrifiée. Cette intimité avec un homme fera de nouveau d'elle l'objet des rumeurs les plus folles alors qu'elle a fui Paris pour échapper à un scandale. Sans compter que la proximité avec Ewen, promis à Roberta, l'amie proche qui héberge Alice, la déstabilise au plus haut point…

## Un baiser défendu, de Christine Merrill - N°845

**AU SERVICE DES STRICKLANDS - TOME 1**

Hope doit retrouver au plus vite la parure égarée dans la succession familiale, pour apaiser l'ire de Miles Strickland, lointain héritier de Comstock qu'elle doit épouser sous peu. Aussi accepte-t-elle l'aide de Gregory Drake, expert en résolution d'intrigues aristocratiques. Mais au contact de cet homme, bien loin des gentlemen qu'elle a pu connaître, Hope se prend à douter. Et si, le temps d'une nuit, elle s'accordait une parenthèse entre les bras interdits de Gregory ?

## Le pacte du dragon, de Catherine Archer - N°846

*Angleterre, 1200*

Au retour d'une croisade en Terre sainte, Sir Simon Warleigh découvre que son ennemi juré, le comte de Kelsey, l'a calomnié auprès du roi Jean afin de s'emparer de ses biens. Pour rentrer en grâce et conserver son fief, il se voit contraint par Sa Majesté d'épouser Isabelle, la fille du duc. Cette dernière, une beauté glaciale, consent sans broncher à cette union forcée. Une apparente indifférence qui dissimule en fait une sensibilité à fleur de peau et un espoir secret : avoir bientôt un enfant à aimer. Espoir déçu, car Simon, se méprenant quant aux raisons de sa froideur, met un point d'honneur à ne pas l'approcher…

## La rose interdite, de Terri Brisbin - N°847

*Écosse, 1356*

Se soumettre à l'arrogant Rurik Erengisl, qui prétend l'escorter jusqu'en Écosse pour la ramener à son père ? Lady Margriet y répugne. Dans son état, comment pourrait-elle accepter, sans que cela entache l'honneur de sa famille ? Rurik le guerrier le lui fait savoir : si elle s'obstine dans la rébellion, il mettra le feu au couvent où elle s'est réfugiée. Révoltée mais acculée, la fière Margriet finit donc par céder – non sans avoir auparavant mis au point un stratagème ingénieux pour le piéger.

Composé et édité par HarperCollins France.

Achevé d'imprimer en mai 2019.

CPI
BLACK PRINT

Barcelone

Dépôt légal : juin 2019.

FSC
www.fsc.org
MIXTE
Papier issu de sources responsables
FSC® C108412

---

Pour limiter l'empreinte environnementale de ses livres, HarperCollins France s'engage à n'utiliser que du papier fabriqué à partir de bois provenant de forêts gérées durablement et de manière responsable.

---

*Imprimé en Espagne.*